ティアムーン帝国物語 XIV

Tearmoon Empire Story

断頭台から始まる、姫の転生逆転ストーリー

Written by Nozomu Mochitsuki

餅月望

TOブックス

サンクランド王国
Sunkland Kingdom
王都
騎馬王国
Kingdom of Cavalry
セントノエル
学園
公都
ノエリージュ湖
聖ヴェールガ公国
Principality of Saint Veirga
王都
レムノ王国
Remno Kingdom
辺土
N
未開地
Map by. 冒険姫ベル

Tearmoon Empire Story World Map
ギルデン
辺土伯領
未開地
ティアムーン帝国
Tearmoon Empire
新月地区
帝都
ガヌドス港湾国
Ganudos
Port Country
初期帝国領土
(中央貴族領地群)
ガレリア海
静海《セイレント》の森
ルドルフォン
辺土伯領
ペルージャン農業国
Perugian
Agricultural country

contents

第六部　馬夏《まなつ》の青星夜《よ》の満月夢《ゆめ》Ⅱ

イラスト —— Gilse
デザイン —— 名和田耕平デザイン事務所

CHARACTERS

ティアムーン帝国

パトリシア
ベルと一緒に
現れた少女。

孫と祖母

ミーアベル
首を矢で穿たれ、
光の粒となって消えたが、
成長した姿で
再び現れた。

ミーア
主人公。
帝国唯一の皇女で
元わがまま姫。
が、実はただの小心者。
革命が起きて処刑されたが、
12歳に逆転転生《タイムリープ》した。
ギロチン回避に成功するも
ベルが現れ……!?

四大公爵家

ルヴィ
レッド
ムーン家の
令嬢。
男装の麗人。

シュトリナ
イエロームーン家の
一人娘。
ベルにできた
初めての友人。

エメラルダ
グリーン
ムーン家の令嬢。
自称ミーアの
親友。

サフィアス
ブルームーン家の
長男。
ミーアにより
生徒会入りした。

ルードヴィッヒ
少壮の文官。毒舌。
地方に飛ばされかけた所を
ミーアに救われる。ミーアを
女帝にしようと考えている。

アンヌ
ミーアの専属メイド。
実家は貧しい商家。
前世でもミーアを助けた。
ミーアの腹心。

仇敵

ディオン
百人隊の隊長で、
帝国最強の騎士。
前の時間軸で
ミーアを処刑した人物。

※—— 未来の時間軸での関係性
※…… 前の時間軸での関係性

革命
仇敵

ルドルフォン辺土伯家

セロ

ティオーナの弟。優秀。
寒さに強い
小麦を開発した。

ティオーナ

辺土伯家の長女。
ミーアを慕っている。前の
時間軸では革命軍を主導。

助力
仇敵

サンクランド王国

キースウッド

シオン王子の従者。
皮肉屋だが、
腕が立つ。

シオン

第一王子。文武両道の天才。
前の時間軸ではティオーナ
を助け、後に断罪王と
恐れられたミーアの仇敵。
今世ではミーアを
「帝国の叡智」と認めている。

［風鴉《かざがらす》］サンクランド王国の諜報隊。

［白鴉《はくあ》］ある計画のために、風鴉内に作られたチーム

支援
支援

聖ヴェールガ公国

ラフィーナ

公爵令嬢。セントノエル学園の実質的な
支配者。前の時間軸ではシオンと
ティオーナを裏から支えた。
必要とあらば笑顔で人を殺せる。

［セントノエル学園］

近隣諸国の王侯貴族の子弟が
集められた超エリート校。

レムノ王国

アベル

王国の第二王子。前の時間軸
では希代のプレイボーイとして
知られた。今世では、
ミーアに出会ったことで
真面目に剣の腕を磨いている。

［フォークロード商会］

クロエ

いくつかの国をまたぐ
フォークロード商会の一人娘。
ミーアの学友で読書仲間。

混沌の蛇

聖ヴェールガ公国や中央正教会に仇なし、世界を混乱に陥れようとする破壊者の集団。歴史の裏で暗躍するが、詳細は不明。

ティアムーン帝国

ニーナ
エメラルダの専属メイド。

バルタザル
ルードヴィッヒの
兄弟弟子。

ジルベール
ルードヴィッヒの
兄弟弟子。

ムスタ
ティアムーン帝国の
宮廷料理長。

エリス
アンヌの妹で、
リトシュタイン家の次女。
ミーアのお抱え小説家。

リオラ
ティオーナのメイド。
森林の少数民族
ルールー族の出身。弓の名手。

バノス
ディオンの副官で、
ティアムーン帝国軍の
百人隊の副隊長。
大男。

マティアス
ミーアの父。
ティアムーン帝国の皇帝。
娘を溺愛している。

アデライード
ミーアの母親。故人。

ガルヴ
ルードヴィッヒの師匠の
老賢者。

ヒルデブラント
ルヴィの婚約者候補で、
ミーアの従兄弟。無類の馬好き。

騎馬王国

馬龍《マーロン》
ミーアの先輩。
馬術部の部長。

慧馬《エマ》
火族の末裔。
ミーアのお友達。

荒嵐《コウラン》
月兎馬《つきとば》。ミーアの愛馬。

サンクランド王国

モニカ
白鴉の一員。レムノ王国に
アベル付きの従者として潜入していた。

グレアム
白鴉の一員。モニカの上司に当たる男。

商人

マルコ
クロエの父親。フォークロード商会の長。

シャローク
大陸の各国に様々な商品を卸している大商人。

レムノ王国

リンシャ
レムノ王国の没落貴族の娘。
ラフィーナのメイドとして働きながら、
セントノエル学園で学業に勤しんでいる。

ペルージャン農業国

ラーニャ
ペルージャン農業国の第三王女。ミーアの学友。

アーシャ
ラーニャの姉で、ペルージャン農業国の第二王女。

STORY

元わがまま姫ことティアムーン帝国皇女のミーアは、
未来から来た孫娘ベルと過去から来た自分の祖母らしいパティと共に、
『ルードヴィッヒの日記帳』を指針に二人が時間移動《タイムトラベル》してきた謎を解くことに。
まずは、パティを蛇の教えから解放するべく奔走を開始するが、
夏休みで帰国した帝国ではルヴィの縁談話が持ち上がっていて……？

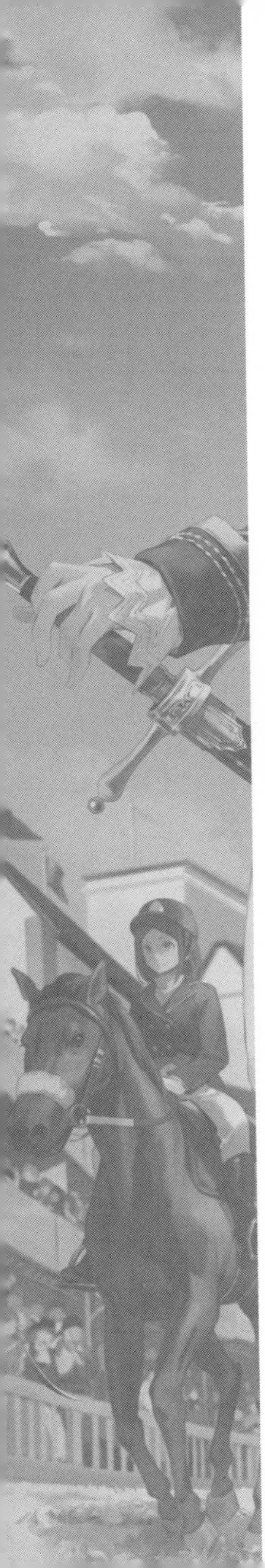

第六部

馬《ま》夏《なつ》の青星《よ》の満月夢《ゆめ》II

FULL MOON-DREAM IN THE SUMMER OF HORSE

第一話　始まる、乗馬大会！

乗馬大会の当日、早朝のこと……。

日が顔を出すまで、まだ、数刻といった時刻……。

薄暗い室内、ミーアは、ひぃいいいいいいっ！　という悲鳴《ひめい》のような声で目を覚ました。

「う……ううん……」

——今の声は、夢かしら……？

などと寝ぼけ眼《まなこ》で思った次の瞬間、再びの、ひぃいいいいいっ！　に、ミーアは心の中で、ひぃいいいいいっ！　っと悲鳴を上げた。

——いっ、いっ、今の声は……なんですの？　なんですの!?

寝返りを打つふりをして、辺りを確認。広い部屋には、誰もいなかった！

ここがセントノエル学園であれば、すぐ隣のベッドではアンヌが寝ている。だが、残念ながら今は夏休み。この白月宮殿の自室にいるのはミーア一人である。一人である！

では……先ほどの悲鳴はどこから聞こえたのだろう？

誰もいないのに……誰が……声を？

などと思った次の瞬間、ひぃいいいいいっ！　っと再びの悲鳴。

さらに、窓を塞《ふさ》ぐ木戸が、ガタガタガタッと揺すられ、ミーアは震え上がった！

チラと薄闇《うすやみ》に視線をやってから、窓のほうに背を向けて――それから、おもむろに毛布《もうふ》をかぶる。

――あっ、アンヌがいるなら……怖がってないか心配だから助けに行くところですけど……今はわたくし一人ですし。うん、このまま寝てしまっても問題ありませんわね。決して怖いとか、そういうことではありませんけれど、わざわざベッドから出て原因を調べに行くとか、そんな必要ありませんし。

ぶつぶつつぶやきつつ、ギュッと目をつぶるミーアであったが……。音は一向に止《や》むことはなかった。

――うっ、うう……これでは、眠ることができませんわ……っ！

などと、毛布の中で唸《うな》ることしばし……、気付けば辺りは明るくなっていた。

「……あら？　お、おかしいですわ。なぜ、こんなに一瞬で朝に……？　この奇妙な現象はいったい……？」

などと言いつつ、無意識に口元の涎《よだれ》を拭《ぬぐ》うミーアである。どうやら、寝落ちしていただけだったらしい……。

「おはようございます。ミーアさま。お目覚めですか？」

ドアを開け、入ってきたアンヌの顔を見て、ミーアは思わず、ほぅっと安堵《あんど》のため息を吐《つ》く。

「ああ、アンヌ……。ご機嫌よう、良い朝ですわね」

「はい。ですが、昨晩は、すごい風でしたね。ミーアさま、お眠りになることができましたか？」

「風……ああ、あれは風でしたのね……。ええ。まぁ、きちんと眠れましたわ。うん」

ミーアがベッドから起き上がるのと同時に、アンヌが窓を塞ぐ木戸を開いた。すると、外から、まぶしいばかりの日の光が降り注いできた。

「おお、見事に晴れましたわね。ふふ、これは絶好の乗馬日和ですわ」

見上げれば、空は抜けるような青。のんびりと流れていく白い雲が、夏の日差しを反射して、キラキラと輝いていた。

穏やかな風が運んでくる朝の匂いを、思い切り胸に吸い込みながら、ミーアは大きく一つ伸びをする。

「さっ、それでは、参りますわよ」

気合を入れて向かう先は、言わずもがな……食堂だった。


さて、料理長の料理に舌鼓《したづつみ》を打つルーチンワークを終え、気合充実したところで、ミーアは早々と乗馬服に着替える。

それから、白月宮殿の厩舎《きゅうしゃ》へと向かった。

騎馬王国での一件から、ミーアの専用馬扱いになった東風《トウフウ》は、皇女専属近衛隊《プリンセスガード》の厩舎から、城の厩舎へと移されていた。

ミーアの顔を見ると、東風は、穏やかな声で嘶《いなな》いた。

「ふふふ、今日はよろしくお願いしますわね、東風」

そうして、ミーアは東風の鼻先を撫《な》でる。

荒嵐《コウラン》だったら、くしゃみを吹っかけられそうなところだが、紳士にして騎士である東風は、そんな無礼な真似はしない。無礼な真似はしないが……それはそれで、ちょっぴり寂しくも感じてしまうミーアである。

——ふふふ、不思議なものですわね。くしゃみをかけられたことを、懐かしい思い出のように感じるなんて……。また、セントノエルに戻ったら、たっぷり乗り回してやることにいたしましょうか。

そんなことを考えている時だった。

「おお、ミーア姫。馬の手入れに来たのか？」

元気の良い声。視線を向ければ、慧馬《エマ》が笑みを浮かべて歩いてくるところだった。っと、その顔が急に曇《くも》り、辺りをキョトキョトと見回してから。

「ところで、護衛にディオン・アライアを連れていたりは……？」

などと、恐る恐る聞いてくる。

「心配はありませんわ。さすがに、お城の中でまでは、連れておりません。それより、慧馬さん、今日はよろしくお願いいたしますわね」

そっと頭を下げると、慧馬は偉そうに腕組みして、

「ふふふ、そういうことであれば、我ではなく、蛍雷《ケイライ》に言っておいてもらおう」

慧馬は、静かに厩舎に目をやる。その言葉を聞いていたのか、蛍雷が静かな瞳を、こちらに向けてきた。

鼻がひくひくっとしたかと思うと、ぶふぅーっと深く息を吐く。

「蛍雷の調子も良さそうだ。ふふふ、天気もいいし、良き勝負ができそうだ」

慧馬は、そっと空に目を向けて言った。

「今度は、帝国には負けんぞ」

「ふっふっふ、それはどうかしら?」

慧馬の力強い言葉を、笑顔で煽《あお》ってから、ミーアは続ける。

「ヒルデブラントも、彼が乗る夕兎《セキト》も、かなりの実力者。ゆめゆめ油断はせぬように、お願いしたいですわ」

かくて、ミーア主催の乗馬大会が始まる。

第二話　平和の祭典、ミーアピック

平和の祭典、月女神《ミーア》の選び《ピック》。

今や、世界的なイベントとして知られるようになったその乗馬大会だが、初めて開かれたのがティアムーン帝国であるということ、最初に企画したのが帝国の叡智《えいち》、ミーア・ルーナ・ティアムーンであるということもまた、有名な話である。

あらゆる地上の闇を等しく照らす月女神《ミーア》によって選《ピッ》ばれた、各国の乗馬自慢の者たちを集め、そ

の技術力を競い合い、互いに健闘を称《たた》え合うその大会は、国同士の友好関係を深めるものとして、人々に受け入れられてきた。

そんなミーアピックであるが、もちろん、批判的な見方をする者もいる。大会の規模が大きくなれば、その分、好ましく思わない者たちが出てくるのが世の常というもの。帝国の叡智が始めたミーアピックであっても、それは例外ではなかった。

ある者たちは言う。

「なにが平和の祭典か。これは、各国の騎兵力を誇示《こじ》するための場。軍事力を誇示し、他国を恫喝《どうかつ》するための場に過ぎないではないか！」

と。

確かに、ミーアピックの競技の中には、軍事教練をもとに作ったものも多い。なるほど、騎兵の技術を見せ合う場、と強弁《きょうべん》することはできるだろう。

その発言には一定の説得力があった。

けれど、帝国の叡智の信奉者たちは答える。

「そのようなことを言うのは、帝国の叡智が成したことを知らないからだ。彼女がどれほど大陸の平和に貢献したのか、お前は知らないのか？　口だけしか出さぬエセ平和主義者とは違い、女帝ミーアは自身の生き方をもって、平和を作ることを実践したではないか」

この論説にもまた、大いなる説得力があった。

その当時から、すでに彼女の存在は「平和を生み出す聖母」として、大陸中に知れ渡っていたからだ。

そんな女帝ミーアが始めた大会が、軍事力を誇示するものであったなどと、言いがかりもいいところだ、と、彼らは主張しているのだ。


では、どちらが正しいのだろうか？

かつて、聖ミーア学園の生徒が、女帝ミーアに尋ねたことがあったという。

「ミーア陛下は、どのようなお心で、ミーアピックを始めたのですか？　騎馬隊を強化するために、良き馬の乗り手を探し出すためですか？　軍事力を誇示するためですか？　それとも、各国の兵たちの友好をはかり、平和を維持するためですか？」

その問いに女帝ミーアは、一瞬、驚いたように瞳を見開き、そうして、なんとも言えない苦笑を浮かべたという。

そして、ついに、質問に答えることはなかった。

なぜ、彼女は明言を避けたのか……。

数多《あまた》の歴史家たちは、その苦笑に意味を見出《みい》だそうと、考察を重ねてきた。

自身の善意が、そのように世間にとられてしまったのか、と思わず苦笑してしまったのだという者がいた。

自身の想いとあまりにもかけ離れた曲解に、悲しんで言葉を失ったのだ、という者もいた。

そんなこと、考えるまでもないことではないか、と子どもの無邪気さに苦笑したという説もあった。

いくつもの説が出たが、結局のところ、その真意は誰にもわからなかった。彼女は、答えを口にしてくれなかったからだ。

だが、こうは考えられないだろうか？

女帝ミーアは、あえて、答えを口にせず、その答えを後の世を生きる我々に委《ゆだ》ねたのだ、と……。

それを平和の祭典とするか、それとも、各国の軍事力を誇示する場に貶《おとし》めるのか……。

その解釈の責任は、後の世を生きる者たち、自分の子どもたちに委ねようと、帝国の叡智は、そう考えたのではないだろうか。

その答えを出すのはあなたたちだと……答えられる質問に、あえて正解を出してくれなかったのではなかったか。

それは、彼女の祈りだったかもしれない。

自分の子どもたちに、帝国の、大陸の子どもたちに、賢明で、光り輝く未来を築いてほしいという……。

あるいは、信頼でもあったかもしれない。

きっと、子どもたちは大丈夫だと……。自分たちが築いた平和を受け継ぎ、そこから、さらに前に進んでいってくれると……。

その信頼を受け取った我々は……では、どのように生きていくべきだろうか？

その答えは、ぜひ、君たち、一人一人に出してもらいたい。

聖ミーア学園　第二十代学園長の卒業生への祝辞より抜粋《ばっすい》

……さて……卒業生への祝辞にも登場してしまう、世界的祭典、乗馬大会ミーアピックではあるのだが……ミーアが、なにを思って始めたのか、実際のところは……。

「おお……。これは、なかなか……」

ミーア発案の乗馬大会の会場は、帝都ルナティアの郊外にあった。

帝国七軍をまとめ、軍事部門を管轄する黒月省《こくげつしょう》の練馬場は、普段は、だだっ広いだけの、なんの飾り気もない広場なのだが……今はすっかり様相を変えていた。

そこは、異様な熱気で溢《あふ》れていた。

入ってすぐの場所、左右両側に分かれて陣を張る両軍。

西に陣取るは、帝国正規軍を凌駕《りょうが》するとも噂《うわさ》されるレッドムーン家の私兵団。巨大な赤い月の旗を振り、気勢を上げている。

対する東に陣取るは、皇女ミーアの身を守ることに身命を懸ける皇女専属近衛隊《プリンセスガード》。紫色の巨大な旗を振りながら、負けじと声を張り上げる。

「むっ……あの旗は……」

「皇女専属近衛隊《プリンセスガード》の旗でしょうか……」

傍らに控えていたルードヴィッヒは、穏やかな笑みを浮かべて言った。

「ミーアさまへの忠誠心を、形にするような旗が欲しいと、以前から申し出を受けておりました」

「なるほど……」

紫色の旗の表面には、妖精《ようせい》のような翼を生やしたミーアが三日月に腰かけているという、実になんともファンシーな刺繍《ししゅう》が施してあったりするのだが……ミーアはよく見えなかったので、特には批評《ひひょう》を口にしなかった。

「ミーアさま、どうぞ、あちらの席に」

そうして、ルードヴィッヒが指し示したのは、会場の奥。両陣営とは均等の位置にある席だった。

「あら、あれは……櫓《やぐら》かしら？」

「はい。レッドムーン家の協力で、即席の観覧席を作らせていただきました。全体の戦況を見通すために、高所から戦場全域を見渡す際に用いるものを利用しています」

それは、木材を組んで作った即席の櫓だった。

高さは、城の二階ぐらいだろうか。上のほうはバルコニーのようになっていて、そこに、席が並んでいた。

「すでに、レッドムーン公はいらっしゃっています。陛下も、じきに到着される予定です」

「ふむ、では、先に登っておきましょうか……」

ミーアに同行するのは、レムノ王国王子であるアベルと星持ち公爵令嬢《エトワーリン》のシュトリナだった。

さすがに、素性を明らかにすることのできないベルは下の席で、アンヌと共に子どもたちの面倒を見てもらうことになっている。

階段を上ると、そこには、レッドムーン公マンサーナ、それに、ルヴィが待っていた。

「レッドムーン公、ご機嫌よう。このたびは、わたくしの企画にご協力いただき、感謝いたしますわ」

ちょこん、とスカートを持ち上げて、ミーアは、お姫さまっぽい笑みを浮かべた。

そうなのだ……やる気になればミーアだって、お姫さまめいた顔はできるのだ。馬鹿にしたものではないのだ！

……いや、だが待ってほしい。よくよく考えてみると、ミーアは元からお姫さまなので、やる気にならなければお姫さま顔ができないというのは、実は、奇妙なことなのかもしれないが……。いや、だが、それは深く考えてはいけないことか。

今のミーアは、頑張ってお姫さまっぽい顔をしているし、それに成功している。その事実だけが大事なのだから、やっぱり考えるのはよそう。

そうして、お姫さま面したミーアに、レッドムーン公マンサーナは上機嫌な笑みを浮かべた。

「いえ、このように楽しい場にご招待いただき、感謝いたします。ミーア姫殿下。恥ずかしながら、この熱気に、私自身の血もたぎるような思いがしていますよ。ははは」

どうやら、楽しんでもらえている様子に、安堵しかけるミーアであったが……。

想定外の事態は、突如として襲ってくるもの。

「失礼いたします。ミーアさま」

急転は、ミーアの従兄弟の姿をして、やってきた。

「ご機嫌麗《うるわ》しゅう。ミーア姫殿下」

「あら、ヒルデブラント。ふふふ、なかなか、気合が入った格好をしておりますのね」

観覧席にやってきたヒルデブラント・コティヤールは、すでに乗馬しやすい服に着替えていた。

キリリッと背筋を伸ばした彼は、快活な笑みをもって答える。

「今すぐにでも、競技に臨《のぞ》める心持ちでおります。なにしろ、従兄弟である私の失態は、ミーアさまの失態。無様な姿など見せられようはずもありますまい」

「ふむ、その意気や良し、ですわね」

気合が入った様子のヒルデブラントに、ミーアはニッコリと……ほくそ笑む。

──いい感じですわ。本気で戦ってこそ、負けた時の衝撃も大きいはず。慧馬さんに完膚《かんぷ》なきまでに負ければ、俄然《がぜん》、騎馬王国への興味が生まれてきて、ふふふ……。計画通りですわ。

ミーアは、自らの計画が順調に進んでいっていることを疑わない。

今回の出来事に関しては、本当に、すべてが順調にいっていると信じ切っていた。信じ切っていたがゆえに……わずかなほころびに、今まで気付かなかったのだ。

「そうですわよ？　あなたの失敗はわたくしの恥《はじ》に……うん？」

生じたのは、刹那《せつな》の違和感。

なにかが、ミーアの危機意識を刺激していた。

ゾクリ、と背筋を駆け上がった直感、それはまるで、波の頂上にいると思い込んでいたら、突如として後方に巨大な波が現れて……、ああ実は、自分は今まさに波に呑み込まれそうになっていたのだ、と気付いた瞬間のように……。

――よくよく考えると……ヒルデブラントは、わたくしの従兄弟ですわね？　だから、彼のミスは、わたくしの恥になる……。うん、間違ってはおりませんわ。おりませんけれど……あら？

そうして、ミーアは、思ってしまうのだ。

――ここで、ヒルデブラントが「婚約話を断って、勝手に騎馬王国に行く」などと言い出す無礼を働いたら……それって、わたくしへの印象の悪化を招くのでは……？

なにしろ、マンサーナは、ヒルデブラントとの縁談が、ミーアとの関係強化に繋《つな》がると考えている。そのぐらいには、ヒルデブラントのことを「ミーアの身内」と把握しているのだ。

そんなヒルデブラントが、勝手なことをして、騎馬王国に行ってしまったら……マンサーナは、気分を害さないだろうか？

そして、その気分を害させたのは「ミーアの身内」「ミーアの従兄弟」なのだ。

――あっ、こっ、これは、盲点《もうてん》でしたわ。くぅっ、これが一番、穏当《おんとう》にヒルデブラントとルヴィさんの縁談を破談に導けると思っておりましたのに……。想定外ですわ！

知らず知らずのうちに油断していたことに、ミーアは歯噛《はが》みする。

けれど、それは、仕方のないことだったかもしれない。

なにしろ前の時間軸では、ヒルデブラントは早々に死んでしまい、ミーアはその死を悼《いた》んでいる余裕はなかった。そして、過去に舞い戻った、やり直しの時間軸。ミーアは彼と親戚付き合いをしている余裕はなかった。

要するに、ミーアの中で、彼に対する印象が薄すぎたのだ。

結果、ミーアはヒルデブラントを身内として捉えきれていなかった。彼の失敗が自分の恥になると言いつつ、それを実感することができていなかったのだ。

――不覚ですわ……。これは、なんたる不覚……。

愕然《しょうぜん》としたミーアであるが……すぐに立ち直り、軌道修正を図る。

それは、今朝の、料理長のお料理がとっても美味しかったから。

乗馬大会だから、今日はサービスです、と言って出してくれたデザートが……新しく輸入した甘い豆を使った料理が、大変に美味しかったから……。

その甘味をエネルギーにし、ミーアの脳が活動を開始する。

――やはり、基本はどちらにも得になること……。つまり、レッドムーン公にとっても、ヒルデブラントとの縁談がなくなったほうが得となるような状況を作り出す……それが無理だとしても、せめて「まぁ、いいか」と思うぐらいの状況を作り出すことが肝要。そうすれば、レッドムーン公の、わたくしに対する印象悪化も避けられるはず。となれば……。

ミーアはチラリと自らの皇女専属近衛隊《プリンセスガード》のほうに目を向ける。

幸いなことに隊長であるバノスも、競技に参加する予定だ。しかも、例の五種競技に、である。

強兵好きなレッドムーン家の話は有名だ。アピールすることは十分可能ではないだろうか？

それから、ミーアは、ルヴィのほうに視線をやる。

シュトリナやアベルと挨拶《あいさつ》を交わすルヴィであったが……あれからバノスとなにか進展があったという話は聞かない。ついぞ聞かないっ！　まったくもって、微塵《みじん》も聞かないっ!!

――ルヴィさんも、意外と小心者ですわね。わたくしの親戚筋の方ですのに……。まぁ、エメラルダさんもサフィアスさんも、わりと小心者ですし、わたくしとリーナさんだけが例外ということなのかもしれませんけど……。

なぁんて考えつつも、ミーアは小さくため息を吐いた。

――仕方ありませんわ。放っておくつもりでしたけれど、わたくしのほうから、マンサーナさまに、バノスさんのことをプッシュして、後押しさせていただきますわ。

「ははは、ヒルデブラント殿が、いかに夕兎を乗りこなすのか、楽しみだ」

レッドムーン公マンサーナの言葉で、ミーアはハッと我に返る。それから、やや慌て気味に、

「それはもちろんですけれど、わたくしの自慢の皇女専属近衛隊《プリンセスガード》の者たちの雄姿《ゆうし》も、ぜひ楽しんでいっていただけたら嬉しいですわ。隊長以下、精兵が集まっておりますのよ？」

「ほう。それはとても楽しみですね。我がレッドムーン家の軍と、どちらが上か……」

ニヤリ、と口元に笑みを浮かべ、マンサーナは言った。

「ふふふ、負けませんわよ、絶対に」

ミーアはマンサーナと、ヒルデブラントを交互に見ながら鼻息荒く言うのだった。

ミーアピック……後に平和の祭典と呼ばれることになるその大会が、溢れんばかりの愛（ルヴィの）と情熱（恋愛小説みたいな身分違いの恋が見たいミーアの）を原動力としたものであったことを知る者は少ない。されど、いささか打算的な想いがあったにしろ、愛と情熱が平和へと繋がって

いったのだから、純粋に素晴らしい祭典といえないこともない……のだろう、たぶん……きっと。

第三話　開会宣言

その後、遅れてやってきた父の「パパと呼びなさい」攻勢を華麗なるステップでスルーした後、ミーアには大役が回ってきた。

本日の乗馬大会、開会の挨拶である。

「では、初めにミーアさま、一言をお願いします」

ミーアたちの観覧席の前に集合した一同。レッドムーン公の私兵団と皇女専属近衛隊《プリンセスガード》の面々に向かって、ミーアは気合十分に鼻息を吐いた。

「ふむ……」

ぶっちゃけ、わりと無茶振りではあったのだが……ミーアは動じない。すでに、この程度の状況に動揺するミーアではない。

席を立ち上がると、おもむろに観覧席の前方まで歩き、兵たちを見下ろす。

小さく息を吸って、吐いてから、

「ご機嫌よう、みなさん。今日は、わたくしのわがままにお付き合いいただき、感謝いたしますわ」

ニコやかに話しだす。

――とりあえず、皇女専属近衛隊《プリンセスガード》の士気を上げる必要がありますわ。

なにしろ、彼らの活躍は、その隊長たるバノスの評価へと繋がる。

すでに、十分に士気は上がっているように見えなくもなかったが、念には念を入れるべく、ミーアは静かに語りだす。

「特に、今回は、我が皇女専属近衛隊《プリンセスガード》の相手として、レッドムーン公の騎士団にご参加いただけたことは、望外《ぼうがい》の喜びですわ」

ニッコリと笑みを向けつつ、ミーアは続ける。

「レッドムーン公爵家の軍は、帝国一の精兵揃《ぞろ》いと聞いておりますわ。その評判に相応《ふさわ》しい働きを期待しておりますわ」

息をするがごとく、極めてスムーズかつ自然なヨイショだった。

それはマンサーナのご機嫌取り……ということはもちろんあれど、むしろ、ミーアが意識したのは……。

――波が高ければ高いほど、それを乗り越えた者の力が認められるというものですわ。

強力なレッドムーン公の軍と互角の戦いをしたとあれば、否応なく皇女専属近衛隊《プリンセスガード》の評判も上がる。当然、その隊長はどんな優秀な人間なんだ？　と興味も湧《わ》こうというもの。

――爵位の問題はありますけれど、まずは、マンサーナさまに気に入っていただく必要がありますわ。

ゆえに、ミーアは、レッドムーン公の私兵団を最初に持ち上げたうえで、皇女専属近衛隊《プリンセスガード》へと視線を移す。

「そして、我が皇女専属近衛隊《プリンセスガード》のみなさん……。わたくしのために、いつも働いていただき、感謝いたしますわ。特に、ここしばらくはとても忙しい任務にあたっていただいておりますわね。まず、心からお疲れさま、と言わせていただきたいですわ」

ミーアは穏やかな口調で言った。

その言葉に、嘘偽《うそいつわ》りはなかった。ミーアは、彼らの働きが断頭台を遠ざけるものであると知っている。ゆえに、心からの感謝の言葉を贈ったのだ。

それを聞き、何人かの兵の目に、感極《かんきわ》まったかのような涙が浮かぶ。

女帝派の面々に決して劣らぬ、ミーアへの忠誠心を保持している皇女専属近衛隊《プリンセスガード》であった。

「そのようにして、忙しくしているところ、このような会を開いてしまい、心苦しくはございますけれど……どうぞ、気楽に、お遊び気分で……などと言うわけにはまいりませんの」

ミーア、ここで、キッと表情を引き締める。

「あなたたちは、わたくしの誇る剣にして盾。未《いま》だ、その名においては、レッドムーン公の軍に劣るとしても、実力においては決して劣るものではない、と、わたくしは信じておりますわ」

それから、ミーアは観覧席のほうに目を向けて……。

「本日は、ここに、我が父たる皇帝陛下と、レッドムーン公爵にいらしていただいておりますわ。あなたたちの真の力を披露する絶好の機会。華々しい勝利を期待しておりますわ」

そうして、ミーアは、一転、優しい笑みを浮かべて。

「さて、これで結びとしますけれど、これから対決するとはいえ、両陣営共に、栄えある我がティアムーン帝国の軍。味方同士でいがみ合うことなく、勝負が終われば互いの健闘を称え合うこと」

今回の大会をきっかけに、レッドムーン公の軍と関係が悪化するのは、ミーアの望むところではない。いざという時には、両軍で協力して、自分たちを守ってもらいたいミーアである。

ゆえに、あくまでも対抗心を燃やすのは、この競技の中でのこと、と明言しておく。

「そして、そのために、怪我はしないよう、無理せず競技に臨むこと、ぜひ、それを心掛けていただきたいですわ」

誰かが血を流せば、禍根《かこん》が残る……という側面はもちろんあるが、それ以上に、皇女専属近衛隊《プリンセスガード》の者が怪我をすると、物資の輸送に支障が出るかもしれない。それもまた、ミーアの望むところではない。ゆえに、怪我するなよ、無理するなよ！　とも強調しておく。

そうして、とどめに……。

「それでは、楽しみましょう」

これは、楽しむためのものですよー、ということも、印象づけておく。

発言を終えると、ミーアは優雅に踵《きびす》を返し、自らの席に座る。

「それでは、両陣営、元の位置に。戻ったら、第一競技から順番に始めていく。該当の者はコースに出るように。それと、審判は所定の位置に……」

キビキビとしたルードヴィッヒの指示が飛ぶ中、席に戻ったミーアに皇帝が話しかけてきた。

「ミーアが出るのは、この最後のホースダンスという競技か？」

「ええ、そうですわ……。って、お父さま、ずいぶんと眠そうですすわね」

「ふふふ、ミーアがこのような催し物に誘ってくれるとは……。嬉しすぎて、昨晩、眠れぬでな」

それを横で聞いていたマンサーナが穏やかな笑みを浮かべる。

「ああ、陛下もそうでしたか。私も、最近、ルヴィがそっけない態度をとるので、ちょっとしたことでも声をかけてもらえると、ついつい嬉しくなってしまうのです」

「はははは、そうかそうか。どこも同じようだな」

そのように、和気あいあいと笑い合う父親たちを、ミーアとルヴィ、さらにシュトリナまでもが、なんとも言えない表情で眺めているのだった。

第四話　意気上がる者たち……

正直な話……。皇女専属近衛隊《プリンセスガード》内において、今回の乗馬大会は、若干の違和感をもって受け止められていた。

これまでの帝国の叡智の行動には、すべて確固たる理由が存在していた。

最近忙しくしている食料の護衛などは最たるもので、自分たちの仕事に極めて重大な意義を感じていた。それゆえに、忙しくてもなんの問題もなかったわけだが……。

今回の乗馬大会は、それとはいささか趣《おもむき》が違っていた。

ある者たちは、労《ねぎら》うために、肩の力を抜けるような、楽しめるようなイベントを用意してくれたのだ、と言っていたが……。

「まぁ、確かに、常に緊張感の高い任務ばかりでは息が詰まる。ここいらで、一息吐けるような、ちょっとしたレクリエーションを用意してくださろうという、そのお心が嬉しいではないか……」

そのぐらいの感覚でいたのだ。

競技に参加する者も、それは同様で……どちらかといえば、ミーアが後半に言っていた、「怪我をせず楽しもうぜ！」という意識のほうが強かったのだ。が……。

「……みな、聞いたな。ミーア姫殿下のお言葉を」

「ああ……確かに……しかと聞いた」

皇女専属近衛隊《プリンセスガード》の者たちは、自らの陣営に戻ってくるや否や、小声で囁《ささや》き合った。

「ミーアさまは、我々を、誇りと言われた。ご自分の、帝国の叡智の、剣にして、盾と……言ってくださった……」

その言葉に、誇らしくも胸を張るのは、元近衛隊の者たちだ。

忠義に厚い彼らにとって、ミーアの言葉は、なによりも誇らしいものだった。

対して、元ディオン隊の者たちの反応は違っていた。

「レッドムーン公の軍に勝てと、おっしゃるか。なるほど、さすがはミーア姫殿下。言うことが違う」

百戦錬磨のディオン隊の者たちにとっても、レッドムーン公の軍は、紛れもない精鋭部隊だ。剣や弓の腕のみならず、その乗馬技術も超一級品で……けれど、皇女ミーアは、そんな強敵に立ち向かい、勝てと言う。

あなたたちならば勝てるのだ、と……堂々と言う。

かのディオン・アライアに鍛えられし兵が……どこかの潰《つい》えた未来で、年老いた身なれど、聖女の軍に一泡吹かせた男たちが……、そのようなことを言われたら、どうなるのか……。

「さすがは、ミーア姫殿下。実に愉快なことをおっしゃる。ならば、その命令、達成しないわけにはいかないな……」

「当たり前だ。いちいち口にするまでもない」

ニヤリと獰猛《どうもう》な笑みを浮かべる男たち。その士気は、天井知らずに上がっていく。

「我らにこのような見せ場を用意してくださった。ミーアさまのお心遣いに応えるためにも、お前ら、気張れよ」

そんな檄《げき》を受けるのは、代表として選ばれた騎手たちだ。

「おうっ！　任せておけ」

仲間たちの声援を背に、騎手たちは自らの馬のもとに向かって走っていった。

一方でレッドムーン公の私兵団の方も、意気上がっていた。

なにしろ皇女専属近衛隊《プリンセスガード》に、大切なルヴィお嬢さまを筆頭《ひっとう》に、複数の女性兵を引き抜かれた彼らである。

いかに、皇女ミーアの近衛隊に……とはいえ、微妙に納得のいかないモヤモヤを抱えていたのだ。

「これは、意趣返《いしゅ》しの良い機会だ。さすがに、正面から戦を仕掛けるわけにもいかなかったところを……まさか、あちらのほうから、このような場を設けてくださるとは思わなんだ。ミーア姫殿下の前で、奴らに恥をかいてもらうとしよう」

「そうですな。先ほどの姫殿下の演説も、いささか聞き捨てなりませんでしたし。騎馬の扱いにて、我らを負かせとは……」

レッドムーン公爵家の兵たちは、自分たちの軍を誇りに思っている。ミーアが口にした帝国最強というお世辞《せじ》を、彼らは、ごく自然に受け入れていた。

そう、自分たちこそが帝国の最精鋭。姫のそばにはべる近衛などに、負けるはずもなし。

にもかかわらず、先ほど、ミーアは言ったのだ。

皇女専属近衛隊《プリンセスガード》に「勝て」と……。

そのせいで、彼らのプライドはいたく傷ついたのだ。

「我らは帝国臣民として、ミーア姫殿下を敬愛している。ゆえに……、姫殿下の不見識《ふけんしき》を放置してはおけぬ。このまま放置しては姫殿下の恥となろう。ここは、ご見識を改めていただくべく、一肌《ひとはだ》脱ごうではないか。なぁ、諸君？」

リーダー格の男の声に、おおうっ！　っと気合の声を返す面々である。

さて、意気上がる両陣営を遠目に見て、ミーアは、うんうん、っと満足げに頷《うなず》いた。

――双方、共にやる気十分ですわね。あれだけ気合が入っているのですし、きっとレッドムーン公にもご満足いただけますわ。迫力が違いますもの……。

そうして、待つことしばし。

第一試合が始まる。最初は、単純な速さ勝負だ。

「ちなみに、レッドムーン家では、馬はどのように揃えておりますの？」

ふと気になって聞いてみると……。

「大部分は、テールトルテュエ種ですな。あとは、血を混ぜた種類もおりますが……しかし、だいたいは、テールトルテュエ種で統一しております」

帝国が誇るワークホース、テールトルテュエ。速さは月兎馬《つきとば》に譲るものの。絶対的な安定性とタフネスには定評がある馬である。

「ほう、テールトルテュエ……東風と同じ種類ですわね……。となると、馬の差はほとんどなく、純粋に乗り手の技術が問われそうですわね」

なにやら、解説家めいた偉そうなことをつぶやいてから、ミーアは、ふんっと腕組みするのだった。

第五話　令嬢たちのアピール、直撃す！

乗馬大会の開幕を飾るのは、純粋なる速さの競い合いたる周回競走であった。

ちなみに、極めてどうでもいいことながら、乗馬大会の閉幕を彩るのは、華やかな姫の乗馬ダンス……ということになっている。ということで、かなりのレベルのものが披露されると、みなが相応の期待をしているわけなのだが……。大丈夫だろうか？

まぁ、それはともかく……。

「ふむ、これは、なかなかに見応えがありますわ」

ミーアは能天気に、白熱のレースに吐息を漏らした。

「荒嵐の時には、もっと地面が荒れておりましたけれど、こうして、きちんと整地された場所でのレースは純粋な速さ勝負になって、これはこれで迫力がございますわ」

思わず前のめりになって応援するミーアに、

「あの時は、してやられました」

苦笑いを浮かべるルヴィである。が、そこで、ふと思いついたように、首を傾げた。

「しかし、ミーアさま。もしもあの時、地面がまともな状態だったら、どのように私と勝負するおつもりだったのですか？」

「え？　それは……もちろん、秘密ですわ」

そう言って、意味深……っぽく見える笑みを浮かべるミーアである。

言うまでもないことだが、なにか良いアイデアがあるわけでもなく……っというか、そもそも、コースのぬかるみの件にしても、利用したのはミーアではなく、荒嵐なわけで……。ミーアには、作戦など最初からなかったわけで……。

なので、笑って誤魔化しつつ、話を変えにかかるミーアである。

「あっ、と……そうそう。伝え忘れるところでしたけれど、ルヴィさん。わたくし、今回の乗馬大会では、マンサーナさまに、バノスさんのことをアピールする予定ですわ」

「……はぇ？」

突然の不意打ちに、ぽっかーんっと口を開けるルヴィ。それは、ご令嬢にはあるまじき、ちょっぴりアレな表情だった――ちなみに、ミーアがよくするやつだが……。

「なっ、おっ、そ、え？」

「しっ、声が大きいですわ、ルヴィさん」

ミーアは、そっと、自らの唇に人差し指を当ててから、優しく笑みを浮かべる。

「いいですこと？　わたくしの狙《ねら》いが上手くいけば、今回の婚約話は取りやめになるはずですわ。けれど、それは、あなたの縁談を先延ばしにするだけのこと。であるならば、今回はもう一手……攻めの手を打っておくべきですわ」

「そっ、それが、父にバノス隊長をアピールすること……なんですか？」

神妙な顔で問いかけるルヴィに、ミーアはこっくりと頷いて……。

「そうですわ。縁談の相手からヒルデブラントを外すだけではだめ。そこに、バノスさんをきちんと当てはめるように動かなければなりませんの」

極めて真剣な顔で諭《さと》す、諭す！　熱心にルヴィを諭すミーアなのである。

なにしろ「ヒルデブラントよりも有望な相手がいるかも？」と思ってもらわないことには、ミーアの印象が悪化することは避けられないわけで……。

軍事に明るいマンサーナとは、ぜひとも仲良くしておきたいミーアとしては真剣にならざるを得ないのだ。

「まずは、マンサーナさまにバノスさんをアピールする。きちんとその存在を認識し、できれば、なかなか見どころがある奴だ！　ぐらいのことは思ってもらわなければなりませんわ」

ミーアの力のこもった囁きにルヴィは、真剣な顔でうんうん、と頷き、

「それならば、問題ないかと……。なにしろ、バノス隊長は、とっても素敵な方……。見てもらえるだけでも、その魅力は伝わるはずです。特にあの筋肉が……ふふふ」

などと……まぁ、ご令嬢二人が若干アレな会話をする中で、競技は進んでいく。


「ふぅむ……。今までのところ、レッドムーン公の軍と五分といったところかしら」

前半の速力勝負は、ほぼ互角だった。

さすがに、安定力とタフネスが自慢のテールトルテュエ種である。どちらも大崩れしたりすることもなく、息の詰まるような接戦を繰り広げていた。

一本目の五周対決ではレッドムーン公の私兵が、二本目の三周対決では、皇女専属近衛隊《プリンセスガード》が、三本目の一周対決では、僅差《きんさ》で皇女専属近衛隊《プリンセスガード》が勝利をおさめていた。

「ほう、あの方は……トニさんといったかしら……。なかなかですわね」

接戦ものにして、ビクトリーランをする騎兵を眺《なが》めながら、ミーアはつぶやく。

ちなみに、当然というか、いうまでもないことながら……ミーアは本日の、皇女専属近衛隊《プリンセスガード》の出場者のこと、その名前と顔とをすべて記憶している。

なにしろ、皇女専属近衛隊《プリンセスガード》は、ミーアの剣にして盾。命を懸けて、革命の火からミーアを守ってくれる者たちなのだ。そんな彼らに「誰だったかしら？」などと言おうものならば、士気は下がってしまうだろう。うっかり盾を下げて「守り切れませんでした！」などという事態も起こり得るかもしれない。

そんな苦境に陥《おちい》らぬためにも、ミーアは日夜、努力して、脳みそを酷使《こくし》しているのである。そうして、その日に摂取した甘味をきちんと消費するようにしているのだ。だから、甘い物をちょっぴり食べ過ぎてしまうのは、脳を適切に使っている証拠なのだ……たぶん。

「しかし、これはやはりバノス隊長の薫陶《くんとう》が行き届いているということかしら……。ねぇ、ルヴィさん？」

チラリ、とルヴィに視線を送り、続けて、マンサーナのほうを窺《うかが》うミーア。突然に話を振られたルヴィは、したり顔で。

「はい。その通りです。いつも、バノス隊長が熱の入った指導をしておられます。とても優秀な方で、特にその筋肉が素晴らしく……部下の者たちにも鍛練を施しております」

「まぁ、それは素晴らしいですわ。やはり分厚い筋肉があると安心感がございますし……」

などというミーアとルヴィの会話を、脇で聞いていたのはシュトリナだった。

小さく首を傾げたシュトリナだったが、直後、なにかを得心《とくしん》した顔で頷くと、

「そうですね。ミーアさまのところの大きな隊長さんは、とても頼りがいがある方ですね。あの熊《くま》のような体つき……、護衛として、リーナもとっても心強いと思います」

即座にノッてくる！　実に、勘が良いシュトリナである。

さて……そんな令嬢たちのバノスアピールを聞いて、興味を示したのは、レッドムーン公マンサーナ……………ではなく、その隣で観戦していた皇帝陛下だった！

「ほう……。筋肉……。頼りがいのあるパパ……なるほど」

そのつぶやきを聞き、ミーア、震え上がる！

「あ、いえ……お父さま、その……お父さまは別に、鍛える必要は……」

脳裏に、熊のように大きくなった父が「パパと呼んでくれ」と迫ってくる姿が過《よぎ》る。

ミーアは慌てて父を諫《いさ》めつつ、シュシュッとレッドムーン公マンサーナのほうを窺う。っと……。

「なにをやっとるか！　我がレッドムーン家の騎兵が、そう簡単に競《せ》り負けるでない！　最後まで諦めずに粘《ねば》らんかっ！」

マンサーナ、聞いちゃいなかった！

拳《こぶし》をぐぐぅっと握りしめ、大きく声を張り上げる。

彼は普段、どちらかというと落ち着きがあるイメージの人なのだが……。馬は……人を熱狂させる、罪な生き物なのだ。

「しかし、なかなか、やりますな。ミーア姫殿下の兵士たちは……。ですが、戦の技術は、馬に乗るだけにあらず。まだまだ勝負はこれからですぞ」

ギラリ、と熱のこもった視線を向けてくるレッドムーン公マンサーナ。それを受けて、ミーアは、

「ふっふっふ。受けて立ちますわよ。なにしろ、我が皇女専属近衛隊《プリンセスガード》の隊長は、とおっても優秀なんですから！　特に、こう……パパ呼びを強要しないところとか、高評価ですわね！」

……ややアピールの方向が迷走しかけるのだった。

第六話　令嬢たち、動きだす

さて、速駆け勝負三本と障害物レースが終わったところで、前半の競技は終了。いったん、小休止を入れようということになった。

「なるほど、あの障害物の飛び方はなかなかお見事……。勉強になりますわ」

ホースダンスに向けて、障害物を飛び越える練習を積んできたミーアである。同じような動きが多い障害物レースは、実に参考になる部分が多かった。

基本的に、騎馬王国民の乗馬技術も見知っているため、目が肥えているミーアであるが……そのミーアをも唸らせるだけの腕前を、兵士たちは披露していたのだ。

「特に、今の最後のジャンプはお見事でしたわね。流れるような動きでしたわ」

「ああ。とても見応えがあったね」

そうして、隣で観戦するアベルと笑みを交わし合い……、

「ああ、実に幸せですわ……」

なぁんて、浸りかけるミーアだったが……不意に、そこで動きを止める。

――って、バノスさんのアピールをすっかり忘れてましたわ！

そう、ミーアが集中力《シリアスモード》を持続させ続けるには、アベルのそばは場所が悪かったのだ。

――というか、こうしていい勝負をして盛り上がるのは良いのですけど……マンサーナさまを感心させるという意味では……まったく足りてないですわ。

視線を移せば、マンサーナは、確かに競馬に見入っている様子だったが、特に皇女専属近衛隊《プリンセスガード》に感心している様子はない。

つい先ほどまでルヴィとミーアで懸命に売り込みをしていたのだが（あの騎兵は、隊長が手ずから鍛えた人物で……とか、良い乗り手だけど、隊長には一歩及ばない、などと、わりと露骨にアピールしているのだが……）、いまいち手応えがない。

競馬に夢中のマンサーナである。

――やはりバノスさん自身の腕前で、注目させるしかありませんわね。まぁ、もともとそのつもりでしたし……とすると、ここは少し気合を入れに行ったほうがよろしいかしら……。

っと、その時だった。

「ミーアさま、すみません。少し席を外します」

「あら、リーナさん、どちらへ？」

尋ねると、シュトリナは、実に可憐《かれん》な笑みを浮かべて、ミーアに耳打ちする。

「少し子どもたちのことが気になるので、見に行こうかなと思いまして……」

子どもたち＝ベル、と頭の中で翻訳して、ミーアは、ふむ、っと頷いた。

──お父さまの手前、前半は一緒に観戦して……その後で、こっそりと抜け出して、お友だちと一緒に見ようということですわね。

星持ち公爵令嬢《エトワーリン》としての務めを果たしつつ、お友だちと遊ぶことを諦めない、その姿勢！

ミーアは、そこに、シュトリナの矜持《きょうじ》を見た気がした。

……まぁ、それはともかく。

「それならば、わたくしも、一緒に行きますわ。着替えをしなければなりませんし……」

途中で、アンヌと合流し、さらにバノスを激励してこようと思い立つミーアである。が、それを聞いて、

「なにっ⁉　もう行ってしまうのか？　もう少し、ここにいても良いのではないか？」

ごね始めたのは皇帝であった。

若干、ウザいですわ……などと感じるミーアであったが、それを口にしたりはしない。

なにせ、今年の冬でミーアは十六歳。もう、立派なレディーなのだ。そのぐらい、大人の態度で、かるぅく流せるのだ。

……いや、だが、待ってほしい。

ミーアは、過去に戻った時にすでに二十歳……立派なレディーだったような気がしないでもないが……。

まぁ、そんな些細《ささい》なことは置いておくとして、ミーアはシレッとした顔で、

「あら、お父さま。準備をしなければ、わたくし、ホースダンスに出られなくなってしまいますけれど、それでもよろしいのかしら？」

「ぐぬ……いや、だ、だが……それは、あまりに寂しい……ぐぬぬ……」

皇帝は、悔しげに唸ってから……。ぽんっと手を叩《たた》いた。

「おお、そう言えば、あの子たちが一緒に来ているのでなかったか？」

「あの子たち、とは……？　ええと、パティたちとベルでしたら、下におりますけれど……」

「なんと！　それならば是非もなし。子どもたちをここへと呼んでやると良い」

「いや……でも、よろしいんですの？　お父さま」

仮にも大国の皇帝である。

そんなに気安く素性の知れぬ者を呼んでも良いのか……？　と尋ねれば……。

「素性の知れぬことはあるまい。ミーアが後見人を務める子どもたちなのであろう？　であれば、それだけで十分だ」

「お父さま……」

父の言葉、そこから窺える自身への信頼にミーアは、不覚にも、ちょっぴり感動しかけて……。

「そもそも、ミーアに顔が似ているとなれば、それだけでなにも言うことがない！」

続く言葉に、ちょっぴりげんなりする。

――そうでしたわ。お父さまはベルの顔に、わたくしの面影があるからというだけで、甘やかす

人でしたわ。

そのうえ今は、母の面影を持つ少女パティ（本人だが……）もいる。

ここに呼ぶことを躊躇《ためら》う理由はなにもないのだろう。

「皇帝と子どもは高いところが好きというからな。きっと、ここに来たら喜ぶぞ」

などと無邪気《むじゃき》に笑う父。

ミーアは、その横にいるもう一人の重鎮、レッドムーン公爵に目を向ける。が、彼のほうも穏やかな笑みを浮かべ、

「陛下が良いと言うものを、私がどうこう言うものではありませぬ。それに……やはり、馬はみなで楽しまなければばっ！」

後半は、なんだか、前のめりになるウマニアである。

ウマニアってそこら中にいるんだなぁ、なんて感慨深く思うミーアであった。

ふむ、と鼻を鳴らしてから、今度はシュトリナに目を向ける。

もしかしたら、こういった緊張感のある場所ではなく、もっと気楽な場所でお友だちと観戦を楽しみたいのではないか、と危惧《きぐ》したのだが……。

「では、早速、不肖《ふしょう》、このリーナが迎えに行ってきます」

などとすまし顔で言った。

——そうですわね。よくよく考えたら、リーナさんは、皇帝の前であろうと、緊張なんかしそうにありませんし……。

納得顔で頷いて、

「では、行ってまいりますわ。お父さま」

ミーアは静かに踵を返す。っと、その時だった。

「お待ちくださいい。ミーアさま。私も、ご一緒いたします」

やおら、ルヴィが立ち上がり、キリリッとした顔で言った。

「おや、どうかしたのかね？　ルヴィ」

父の問いかけに、キビキビとした様子で振り返り、

「はい。副隊長として、出場する騎手たちを激励してこようと思いますので……」

「出場する騎手……」

それを聞いて、マンサーナは得心したように頷いて、

「なるほど。それは大切なことだ。行ってきなさい。『彼』によろしくな」

その『彼』というのが、バノスを指すのでないことは明らかだろう。

恐らく、マンサーナは、ルヴィが婚約者となる予定の青年、ヒルデブラントの応援に行くと思ったのだろう。

そのことを察したのか、ルヴィの顔がわずかに曇るも、

「わかりました。お父さまも、どうぞ、引き続き、お楽しみくださいい。我が皇女専属近衛隊《プリンセスガード》の雄姿を」

そうして、ルヴィは静かにその場を去っていった。

第七話　裏方の男たち

「周囲に異常はないか……?」

乗馬大会会場内、皇女専属近衛隊《プリンセスガード》の陣営から少し離れた場所で、二人の男たちが会話していた。

一人は、いかにも目立つ巨体を誇る男。ほかならぬ、皇女専属近衛隊《プリンセスガード》隊長のバノスである。

「はい。今のところは異常はございません。観覧席に近づく者もいないようですし、弓で狙えそうな場所も、しっかりチェック済みです」

問いかけに答えるは、同じく皇女専属近衛隊《プリンセスガード》に所属する、オイゲンという名の騎士だった。

今日の乗馬大会は、基本的に、彼らの息抜きのために開催されたものだ。けれど、オイゲンをはじめとする一部の兵士たちは、今日も変わらず、ミーアの護衛をすることを主張した。

オイゲンは、剣の腕こそバノスに及ばないまでも、その忠誠心においては、右に並ぶ者のない男だった。

たとえ、皇女専属近衛隊《プリンセスガード》が彼以外全滅したとしても、彼は一人で最後まで戦い抜くだろう……と、そう確信を抱かせる忠義の人だった。

ゆえに、バノスは彼に全幅《ぜんぷく》の信頼を置いていた。

「近衛隊もよく警備してくれています」

さらに、元近衛隊ということも、都合が良かった。現在、会場の警備にあたっている者たちとのやり取りがスムーズにいくからだ。

これがバノスでは、ここまで上手くはいかなかっただろう。

「そうか。まぁ、皇帝陛下もご観覧あそばせているとあれば、連中も気が抜けないだろうしな。この警備の中で、ミーア姫殿下を狙うのは無理な話か……」

最後は、自分に言い聞かせるような口調でつぶやいてから、それを否定するようにバノスは首を振る。

「いや、やはり、油断《ゆだん》は禁物だな。俺たちのほうでも必ず一隊は、ミーア姫殿下の護衛に回るようにしよう。それと、周りのご友人の方々もだ」

バノスの見立てでは、この場で最も命を狙われるのは、ほかならぬミーアだ。

彼の中で、皇女ミーアの重要性は、すでに星持ち公爵や皇帝を上回っている。この帝国が、まがりなりにも平和でいられるのは、すべて彼女のおかげだと、彼は確信しているのだ。

――思えば、最初に会った時にも、そうだったな……。

初めて出会ったのは、ルールー族との抗争の最中だった。

自分を守って領都まで戻れ、などと言い出した時には、なんてわがままな子どもだと呆《あき》れつつ、上手く撤退の口実を得た幸運を神に感謝したものだったが……。

――今から考えると、あれは、すべて計算の内だったんだな……。恐ろしい人だ。

そんな、帝国の屋台骨にして、自分たちの大恩人であるミーアの守りに力を入れるのは、バノスにとってごく当たり前のことだった。

――本来なら、皇帝陛下のほうも気にかけなけりゃならないところだろうが……そっちは近衛に任せちまおう。俺たちは、ミーア姫殿下を徹底的に守るべきだ。

帝国兵として一番に守るべきは皇帝であろうが……この際は、そのような原理原則は無視する。

――まぁ〝皇女専属〟近衛隊だからな。ミーア皇女殿下の護衛に専念しても問題ない……と主張することもできるだろう。皇帝陛下もミーア姫殿下のことを、たいそう大切にされている様子だし……。


「やあ、やってるな……」

突然の声。咄嗟《とっさ》に、剣に手をかけそうになったバノスは、相手を見て、ため息を吐いた。

「ああ、ディオン隊長。気配を消して近づかんでくださいよ……」

「すまんな。いつもの癖だ」

軽く手を上げるディオンだったが、すぐに苦笑いを浮かべて、

「だが、今の隊長は君だろう？」

「ははは。そうでしたな。いや、どうもこちらもいつもの癖が抜けませんな」

頭をぼりぼりとかいてから、バノスは言った。

「それで、隊長……ディオン殿も、ミーア姫殿下の護衛で？」

「ああ、そうだな。少し気になる敵が、帝国内にやってきたらしくてな……」

腕組みするディオンだったが、不意に、皇女専属近衛隊《プリンセスガード》のほうに視線を向けて、目を細める。

「それはそうと、上手いこと部隊をまとめてるみたいだね」

「ははは。ディオン隊長が鍛えた百人隊ですからね。そりゃ、どこに行っても十分以上の戦果を挙げ……」

「半分は近衛隊だろう。それに、レッドムーン公の兵も交じっている。任務も、ただ戦えばいいというわけでもなく、あの、自由気ままな姫さんの護衛ときてる。いや、最近では輸送部隊の護衛もやっているんだったか……」

ディオンは、やれやれ、と肩をすくめて、

「実に面倒そうだ。僕ならごめんこうむるところだが……。実際、よくやってると思うよ。バノス隊長」

ニヤリ、と口元に笑みを浮かべた。

「ああ、あなたに認めてもらうというのは、ちっとばかし照れくさいもんがありますな。正直、実務的な部分はルヴィ嬢ちゃん……レッドムーン公爵令嬢が頑張ってくれてますし」

「そうなのかい？　副隊長にレッドムーン公の娘だなんて、やりづらくて仕方ないかと思っていたが……」

意外そうな顔をするディオンに、バノスは小さく肩をすくめた。

「同感ですな。いやぁ、嬉しい誤算でしたな。ははは」

っと、冗談めかした笑いを見せた後に、ふと、バノスは優しい顔になる。

「まぁ、実際、よくやってますよ、あのお嬢さまは。平民の俺の命令もよく聞いて、その意図をきっちりと酌《く》んだ動きをしてくれる。助かってますよ」

その口ぶりに、ディオンは意外そうな顔をする。

「なるほど。君があああいった女性が好みだとは知らなかったな」

「ははは。そうですな。俺があと二十は若けりゃ、そんなおとぎ話を楽しめたかもしれませんな」

豪快に笑い飛ばすバノスに、ディオンも苦笑いを浮かべる。

「まぁ、そうだな。確かにおとぎ話だ。平民出身の騎士と大貴族のご令嬢の婚姻《こんいん》だなんて。あまりにも荒唐無稽《こうとうむけい》すぎて赤面するが……」

ふと、思いついた様子で、彼は言った。

「だが、姫さんは、どうやらそういう話が好みらしいから、あまり馬鹿にしないほうがいい」

「そうなんですかい？」

眉《まゆ》をひそめるバノスに、ディオンは深々と頷き、

「なんといったかな……。友人のご令嬢とそういった本を読んでいるらしい。皇女専属近衛隊《プリンセスガード》ならば、姫さんの暇つぶしに付き合うこともあるだろう。機会があれば聞いてみると良い」

などと噂をしていると、ちょうどタイミングを計ったかのように、ミーアが近づいてくるのが見えた。一緒に、ルヴィとシュトリナ、さらには慧馬の姿まである。

ディオンの姿を見て、おや？　と意外そうな顔をするミーア。っと、次の瞬間、かたわらにいた慧馬が、すすす、っと、音もなく、ミーアの背中に隠れた。

「ははは、慕われてますなぁ……ディオン殿」

「まったく、出会ったばかりの頃の姫さんを思い出して、実に懐かしい限りだよ」

対して、ディオンは苦笑いを浮かべるのだった。

第八話　やっぱり！

ミーアは、ルヴィ、シュトリナの両星持ち公爵令嬢《エトワーリン》を伴い、観覧席を降りた。

「ふぅむ、バノスさんのところに行く前に、アンヌと合流して着替えを済ませてしまうべきかしら……？　しかし、着替えてる途中でバノスさんの競技が始まってしまってもつまらないですし……どうしたものか……あら？」

などとつぶやいていると、ちょうど蛍雷にブラシをかけている慧馬の姿が見えた。

「ああ、ミーア姫か……」

ゆっくり振り返った慧馬は、実に、なんとも締まりのない顔をしていた。

「あら、どうかしましたの？　慧馬さん、なんだか、とっても楽しそうなお顔……」

「当たり前だろう？　こんなに楽しい日に、楽しそうにするなというほうが無理な話だ」

ウッキウキと嬉しそうに弾みながら、慧馬は言う。

「ああ、なんだか、久しぶりに胸が高鳴る。我の中にある血がたぎるようだ。思えば、我が一族の命運がかかった馬合わせの時に、我は勝負に臨むことができなかった……」

遠い目をして、慧馬は言う。

「あの時に、この胸に溜まったモヤモヤとした気持ち……今日、晴らさせてもらおう。ふっふっふ、今の我は何物をも恐れぬ！　我と蛍雷は、走りに飢えているぞ」

獰猛な雄叫《おたけ》びを上げる慧馬。実に頼もしい様子に、ミーアは、ふむ、と頷き……、

「どうやら、ヒルデブラントのほうは、どうにかなりそうですわね……。あとは、バノスさんのほうか……」

っと、皇女専属近衛隊《プリンセスガード》のほうに目を向けたところで、ミーアは目的の人物の姿を見つける。仮設のベンチに思い思いに座る兵士たち。その前方、競技場と見物席とを区切る仮設の柵、その柵に寄りかかるようにしてバノスの巨体が見えた。

「ああ……あそこにいますわね。バノスさん。ふふふ、遠くからでもすごく目立ちますわね」

「お？　帝国の馬の乗り手を見に行くのだな。では、我も共に行こう」

などと、ノリノリでついてきた慧馬だったが……バノスの隣に、ディオンの姿を見つけて、

「ひぃっ……！」

ぴょんこっと飛び上がると、すっすうっとミーアの後ろに下がる。相変わらず、ディオンのことが怖いらしい。

——まぁ、よくよく考えると、慧馬さんは、狼使いという凄腕《すごうで》のお兄さまがいるわけで……。そんな強さを知っているお兄さまを、遥《はる》かに上回る剣の使い手がいたら、怖がるのは仕方のないことかもしれませんわね。

ミーアは、慧馬を背中でかばってやりながら、ニッコリ笑みを浮かべる。

「ご機嫌よう、バノスさん。それに、ディオンさんも来てましたのね」

「ああ、姫さん……じゃなかった。ミーア姫殿下。酷いじゃないですか、こんなに面白そうな大会に誘ってくださらないなんて」

「ふふふ、剣術大会であれば、その腕を存分に振るっていただくところですけれど……いや、ディオンさんが出てしまったら、面白くないかしら？」

「そうですな。それは、あと五年ぐらい経ったら、開催してください。たぶん、姫さんの愛しの王子殿下が、良い感じに仕上がっていそうなんでね」

などと話をしていると、不意に、ディオンがミーアの隣に視線を向けた。

その視線の先にいたのは、シュトリナだったのだが……。

「あっ、ぅっ、でぃ、ディオン・アライア……」

なぜだろう、シュトリナは、微妙に居心地が悪そうに身じろぎした。

――あら……、慧馬さんだけじゃなくリーナさんも、ディオンさんのこと、苦手なのかしら？

まぁ、よくよく考えてみれば、リーナさんは蛇の関係者……。一度は、ディオンさんと敵対した者としては、なかなか、恐怖が薄れないのかもしれませんけれど……。

ちょっぴり、心配になる。

できることならば、味方同士、仲良くしてもらいたいと思うミーアである。

「おや、イエロームーン公爵令嬢。ずいぶんとお久しぶりだ。騎馬王国以来、だったかな」

ディオンは、かしこまった礼を見せるが、シュトリナは、なぜだろう、微妙に頬が赤く染まっていた。

「リーナさん、どうかなさいましたの?」

「え? あ……ええ。いえ、別に何も……」

それから、シュトリナは、んっ、んんっ、などと喉を鳴らしてから、いつもの可憐な笑みを浮かべる。

「ご機嫌よう、ディオン・アライア。相変わらず、物騒な殺気を放っているのね。可哀想に、騎馬王国のお姫さまが怯《おび》えてしまってるわ。そんな風に気遣いを欠いていると、女性に嫌われてしまうと思うけど」

チラリと慧馬を見ながら、シュトリナは言った。対して、

「ははは。また、そんな笑顔ができるようになってなによりだよ。イエロームーン公爵令嬢」

ディオンはニヤリと笑みを浮かべて返す。

「あら? リーナの笑顔に興味があるの? 二十歳以下の女性には興味がないと聞いていたけど、もしかして、移り気にも宗旨《しゅうし》替えしたとか?」

可憐な笑みに、ちょっぴりの、からかうような色を乗せて、シュトリナが言った。

対して、ディオンは……。

「もちろん、興味はないさ。だが、どちらかというと飽きの問題でね。妙齢《みょうれい》の貴婦人の泣き顔ならば、見ていて飽きないのかもしれないが……」

シュトリナの顔を見て、やれやれ、と首を振り……。

「泣き虫な子どもの泣き顔は見飽きるし、鑑賞にも堪えないものでね。どうせなら、ミーア姫殿下のように、愉快な慌て顔を見せてくれると飽きなくていいんだけど……」

「なっぁ！」

思わず、ムッとした顔をするシュトリナである。

そんな二人のやり取りを見ながら、ミーアは満足げに頷いた。

──ふむ、仲が悪いわけではなさそうで、ホッとし……って、あら？　今、わたくし、ちょっぴり悪口言われた……？　いえ、でも、愉快というのは褒め言葉なのかしら？

思わぬ流れ矢に、ミーア、腕組みをして考え込んで……。

──うん、まぁでも、ディオンさんに不愉快と思われているよりは、愉快と思われていたほうがいいですわね。うんうん。

そう結論づける。

なにしろミーアは、「ミーア焼き」なる庶民のお菓子を見かけても、美味しければ、まぁいいか！と思える程度には器が大きいのだ。この程度、どうということもないのである。

さて、その間にも、二人の会話は続いていた。

反撃に転じるべく、シュトリナはしばし黙考。その後、なにか思いついたのか、ちょっぴり得意げな笑顔で、何かを言おうと息を吸って……。

「なるほど、これが、リーナちゃんの若かりし日の恋模様なんですね……」

直後、後ろから聞こえた声に、ひゃっ！　っと悲鳴を上げた。

「なっ、べっ、ベルちゃん？　どっ、どうして？　いつから？」

狼狽《うろた》えた様子のシュトリナに、ベルは小さく胸を張り……。

「休憩になって、ミーアお姉さまたちが降りてきたのが見えたから、みんなで来たんです。けど
……」

それから、とっても嬉しそうな顔で言った。

「よかった。ボク、安心しました。やっぱり、リーナちゃん、ディオン将軍と……」

「ちっ、違う。違うのよ、ベルちゃん。リーナは……ええと……」

慌ててなにか言おうとするシュトリナに、ベルはペラペラ手を振りながら、

「うふふ、いいんですよ。リーナちゃん。大丈夫。ボク、わかってますから……」

ぽむぽむとシュトリナの肩を叩きながら、ベルは優しい笑みを浮かべる。

そんなベルの顔を見て、シュトリナは声にならない悲鳴を上げるのだった。

第九話　恋愛大将軍ミーア、語る！

「ところで、バノスさん。今回は、あなたの腕前をぜひ見せていただきたいですわ」

ベルとシュトリナの微笑ましいやり取りを尻目《しりめ》に、ミーアは改めてバノスのほうへ向き直った。

「よくよく考えてみれば、わたくし、あなたの乗馬の腕前を見たことがありませんでしたわ。ディオンさんの常識外れの無敵っぷりは何度も目にしておりますけれど……」

バノスは、ディオンを諫める役割。ミーアにとって重要な人物だった。けれど、その剣や乗馬の腕前、彼の本気を目にしたことはなかったはずだ。

「ははは。言われてみればそうでしたな。では、ミーア姫殿下のご期待に応えられるよう、せいぜい気張《きば》ってみますかな」

裏表のない豪快な笑みを浮かべるバノスを見て、ふと、ミーアは感慨にふける。

「思えば……あなたとも、ルールー族との抗争以来、ずいぶんと長いお付き合いになっておりますわね」

彼があの森で命を落とすはずだったことを思えば、感慨も一入《ひとしお》といったところだ。

「そうですな。あの時以来、栄光溢れる道を歩ませていただいております」

バノスはふと、真面目な顔になって言った。

「できますれば、今後も姫殿下の護衛という栄誉ある職務を全うしたく思っております。そのためにも、今日は良き機会……。どうぞ存分に、姫の騎士の技をご堪能いただければ幸いです」

「ふふふ、期待しておりますわ。バノス隊長」

っと、そこで……。

「バノス隊長……」

ミーアの隣、ジッと黙っていたルヴィが一歩前に出る。

「ご武運をお祈りしております。隊長の勝利を信じています」

胸の前で手を組み、まるで祈りをささげるようにルヴィは言った。

「ははは、信頼はありがたいが……。しかし、副隊長の前でも、それほど騎乗戦闘は披露していなかったんじゃないですかね？」

不思議そうな顔で首を傾げるバノスに、ルヴィは静かに首を振った。首を振って——なぜか、覚悟がキマった顔で！

「いえ。よく存じ上げております。だって、私は……あなたが……す」

——ちょちょちょっ！　る、ルヴィさん、まさか、このタイミング、告白するつもりですのっ⁉

ミーア、突然のルヴィの凶行に慌てる。なんの前触れもない告白は、さすがのミーアも想定外。

けれど、今さら止められるわけもなく……。ミーアは、ただ、ゴクリ、と喉を鳴らすのみで……。

「す……す……」

ルヴィは口をあわわ、っとさせた後で……。

「素晴らしい馬の乗り手でなければ……あなたの部下たる私の名にも傷がつきますからっ！」

キリリッと表情を引き締めて、ルヴィは言った。

「なるほど。確かに今の俺はレッドムーン家のご令嬢を部下に持つ身。ははは、簡単に負けるわけには、確かにいきませんな」

豪快な笑い声をあげるバノスに、ルヴィは疲れたため息を吐き……それから、改めて表情を引き締める。

「隊長が競技に臨まれている間、ミーア姫殿下の護衛はきっちりと行います。どうぞ、安心して、競技に専念してください」

ミーアの、ただの応援とは違う……。それは、後顧《こうこ》の憂いを断つ言葉。バノスの背中を力強く押す言葉。隊長を支える副隊長の言葉で……彼と共に重責を担う者の言葉だった。

バノスは、ルヴィのエールに、少し驚いた様子で瞳を瞬《またた》かせたが、

「レッドムーン家出身の副隊長にまでそう言われたら、頑張らないわけにはいかなそうだ」

「はい。今の私は、皇女専属近衛隊《プリンセスガード》副隊長のルヴィですから。どうぞ、心置きなくお勝ちください。バノス隊長」

それでは……などと言って踵を返すルヴィ。その肩は心なしか、ちょっぴり寂しげに下がってい て……。

――ふむ……これは……。

ミーア、新たに深刻な危機を見つける。

素早くルヴィに歩み寄り、そっと耳打ち。

「ルヴィさん……あなた、今、告白しに行きましたわよね？」

「うっ……」

ルヴィはビクッと肩を震わせて……。ミーアのほうを見つめて……なんとも情けない顔をする。

「……うう……。私は、こんなにも勇気がなかったのか、と……落ち込みます。ずっと、ずっと伝えたかったことなのに……いつでも伝えられるはずなのに、どうして言えないのか……」

などと切なげな乙女の顔で言うルヴィ……だったが、ミーアはその言葉の中に否定のしようのない誤謬《ごびゅう》を見出だした！　それは……。

「なるほど……確かにルヴィさん、あなたには勇気がないかもしれませんわ。けれど、もしも、あなたが行動していたとしたら……それは、ただの勇気ではなく蛮勇《ばんゆう》……。無謀な行動に堕《おと》してしまっていたかもしれませんわ」

「え……？」

きょとん、と瞳を瞬かせるルヴィに、ミーアは……さながら、揺るがないこの世の真実を語るかのような口調で言った。

「あなたには……大切なものが欠けておりますわ、ルヴィさん」

「というと……？」

ルヴィ、キリリッと表情を引き締め、姿勢を正す。

そんなルヴィの前で、ミーアは実に偉そうに胸を張り……。

「知れたこと。タイミングですわ！」

まるで歴戦の名将のような口調で言った。

「たっ、タイミング……？」

衝撃を受けたように、ルヴィが仰《の》け反る。そんなルヴィに、ミーアは優しい口調で続ける。

「ふむ、勝機、と言い換えても良いかもしれませんけれど……。いずれにせよ、いつでも想いを伝えられる、という認識は改めるべきですわ。種を蒔《ま》き、花が咲き、果実が実った時、初めて刈り入れというのは行うもの。種を蒔くべき時に蒔き、育てるべき時に育て、刈り入れる時に刈り入れる。あるいは戦《いくさ》もそういうものではないかしら？　攻めるべき時に攻め、守るべき時は守る」

恋愛大将軍ミーアは、腕組みをして頷く。

「すべてのことには、時がある。想いを伝えるのにも、時がありますわ。いつでも言えるなどというのは誤りですわ」

あのタイミングで告白に行くなど、どう考えてもあり得ない。

蓄積された、ミーアの……恋愛小説知識が、そう物語っていた！

あのタイミングだけは、ない！　と。

「いつでも言える、は誤り……」

ゴクリ、と喉を鳴らすルヴィに、ミーアは小さく首を振った。

「やれやれ……仕方ありませんわね。まさか、あなたが、ここまで恋愛に疎《うと》いとは思っておりませんでしたわ。その辺りのことも一緒に、教える必要がありそうですわね」

言うと、ミーアは、自らの忠実なるメイドを呼ぶ。

「アンヌ。これ、アンヌ……」

「はい。ミーアさま」

すちゃっと前に進み出たアンヌが、すまし顔で頭を下げる。

「すみませんけど、ルヴィさんにも、恋愛の基礎が学べる読み物を用意していただけないかしら？　そうですわね……エリスの書いた『姫殿下の大恋愛！』あたりがよろしいんじゃないかしら？」

「かしこまりました。では、近いうちに用意してお持ちいたします」

「テキストを読みながら進めていきましょう。大丈夫、恋愛など、わたくしにかかれば、馬形のサンドイッチを作るより簡単にできますわ」

などと……。恋愛大将軍ミーアと、その軍師アンヌとにより、ルヴィの恋愛教育は進められることになるのだった……大丈夫だろうか？

第十話　帝国の叡智は乗馬を知り尽くしている

さて、ルヴィに偉そうな説教を垂れた後、ミーアは急いで仮設の幕屋《まくや》へと急いだ。そこで乗馬服に着替えるためだ。

それは、ホースダンスに合わせて新調した、ちょっぴり派手めのものだった。

ふさふさの羽根が付いた半月形の帽子、身にまとうのはレムノ王国の軍服にも似た青色を基調とした服だった。その上からまとう赤いマントは、かつて選挙で用いた自らのカラーだからか、はたまた、レッドムーン公爵への配慮か。

最後に、アベルに買ってもらった靴をきちんと履いて、姿見で確認。

「ふむ、いい感じですわ！」

っと、満足げに頷き、競技場へと戻る。

戻ってきたミーアの姿を確認したルードヴィッヒによって、競技の再開が告げられる。

次なる競技はチーム戦。四頭の馬をリレー形式に走らせ、伝令を届けさせるものだった。

最初の騎馬が一周、二番目が二周、三番目が三周と、徐々に長くなる距離を走り、命令書を渡していく。四番目の騎馬が最終走者となり、四周を駆け抜けることとなる。

ちなみに、コースの一周は千五百m《ムーンテール》であり、四周、六千mともなれば……ミーアが全力で走っても半日はかかりそうな距離になる。

いや、というか、そんな距離走ることは、ミーアには不可能なわけで……。

――あれだけの長距離を走り続けられる馬というのは、やはり素晴らしい存在ですわ。大切にしなければなりませんわね。うん……。

愛馬精神を新たにするミーアであった。天馬姫《ペガプリ》ミーアは、翼を持たぬ凡百《ぼんびゃく》の馬をも愛でるのである。

――しかし、何番目に走るかで大変さが変わるとは。あれを見ていると、こう……ついつい、我が事のように思えてきてしまいますわね。

長きティアムーン帝国の歴史……。その中で、幾人の皇女が安穏《あんのん》とした人生を過ごしてきたことだろうか？

あと二代か三代前に生まれていれば、このような苦労をすることなく生きていられたはずなのに……などと考えると、悔しくもなろうというものである。

――ぐぬぬ、生まれる時代を間違えたのですわね。できれば、あの最初の馬に生まれたかったですわ。一番、距離が短くて楽な馬が良かった……。

そうすれば、このように苦労をすることもなく、悠々自適《ゆうゆうじてき》にベッドの上で過ごせたはず。手を叩けばケーキが出てきて、それで……。

「ミーアさま、どうかなさいましたか？」

ふと見れば、アンヌが心配そうな顔をしていた。それを見て、ミーアはハッと我に返る。

――ケーキが出てきて……そう、ですわね。わたくしが、もっと早くに生まれてきていれば、アンヌにケーキを放り投げられることもなかったですわね。

そうしてミーアは、思わず苦笑する。

――ああ、そうですわ……。この時代に生まれなければ、アンヌやルードヴィッヒと出会うこともなかったわけですし……もしかしたら、もっと苦労していた可能性だってありますわね。

それこそ、過去の時代にも、しっかりと蛇はいるわけで……そんな時代に味方もなく生まれていたら、どんなことになっていたのか……。

――そう考えると、パティは苦労しますわね、きっと……。

ミーアとは違い、誰が信用できるか、パティはわからないのだから。

ふと見ると、ちょうどパティと目が合った。ミーアの視線の意味がわからないのか、きょとりん、と首を傾げている。

「あの、ミーアさま……？」

再びのアンヌの声。ミーアはそれに笑みを浮かべて、

「ええ。なんでもありませんわ。アンヌ。着替えを手伝ってくれてありがとう。わたくしは、果報《かほう》

者《もの》ですわね……」

信じるに足る忠臣を得ていることの、どれほど心強いことか……ミーアは改めて実感する。

──やっぱり、わたくし、この時代に生まれてきて正解でしたわ！

などと、ミーアが、馬の走る姿から人生を考察している間にも、レースは進んでいく。

第一走の馬から、第二走の馬へ。勝負はほぼ互角。

「ふむ……。この競技は、距離を変えてあるのが、面白さの肝《きも》と考えるべきかしら？」

ミーアのつぶやきに、答えたのは……。

「そのようですね。私も乗馬についてはあまり詳しくはないのですが……」

キラリ、と眼鏡を光らせるルードヴィッヒだった。

「距離の長さと、レースの展開を考慮しつつペース配分を決めていく。状況判断がとても大切な競技になるだろう、と、馬番のゴルカが言っていました。例えば終盤までは相手の後ろにつけて風よけに使ったり、差が開きすぎていれば、序盤から速度を上げて距離を詰めたり……戦略はいろいろ考えられるとか……」

「ほう。なるほど。状況判断……ふむ、確かにそれは、とても大切なことですわね」

ミーアは改めて思う。やはり、乗馬にも状況判断が大切なのだ。ゆえに、きちんと状況判断ができる『馬』に乗らなければいけない、と！

「……しかし、そうか。馬の能力だけではありませんわね。その要旨を、きちんと馬に伝えることも大切ですわ」

置かれた状況を馬にきちんと伝え、その情報をもとに、判断してもらわなければならないのだ。

誰に？　もちろん、馬にである！

だが、判断を馬に委ねるにしても、判断材料はきちんとわかりやすく伝える必要があるわけで……。

「馬との意思疎通が問われるわけですわね……。実に深い……。とても、考えられた競技ですわね」

そう、微笑むミーアである。

そんなミーアのつぶやきは……ルードヴィッヒにはこう聞こえた。

「騎手が馬の能力をきちんと把握し、正しく状況を判断してペースを配分する。その意図をきちんと馬に伝える能力も大切になっていく、とても深い競技だ」

などと……。

――ミーアさまは、やはり馬に対する造詣《ぞうけい》が深い方なのだな。そんなミーアさまに認めてもらえたのだから、競技を考案したゴルカも鼻が高いだろうな……。

後で彼にも、ちゃんと話してあげよう、と心に決めるルードヴィッヒなのであった。

第十一話　悲しい罪悪感

一方、ミーアと別れたベルと子どもたちは、シュトリナに連れられて観覧席に登った。

やってきた子どもたちに、皇帝は実にこう……優しい笑みを浮かべた。

マンサーナもベル……ではなく、パティのほうを見て、興味深そうに瞳を細める。

「なるほど……。確かに、先代の皇妃さまの面影がありますな。それに、そちらの少女のほうは、どことなくミーア姫殿下に似ている……」

「ははは。そうだろうそうだろう。まぁ、実際にはミーアの可愛さには及ばないがな……」

上機嫌に笑う皇帝。促されるままに、ベルたち一行は席に着いた。

そんな中、ヤナは場違いな緊張感に体を硬くしていた。一度挨拶したとはいえ、帝国の皇帝と大貴族が座るような席である。緊張するなというのが無理な話だった。

一方で、キリルは席に座らず、前方の柵から身を乗り出してレースを眺めていた。

「すごい……」

高い位置から見る乗馬は、また一味違った迫力があった。

「こんなに馬がいるなんて、帝国ってすごい」

馬たちの白熱のレースを見て、歓声を上げるキリル。それを聞いたベルが、にんまーり、と笑みを浮かべ……語りだす。

「ふっふっふ、キリルくんに、いいことを教えてあげましょう。実は、騎馬王国っていう、みんなが馬に乗ってる国があるんですよ」

「騎馬王国……？」

小さく首を傾げるキリルに、ベルは大変偉そうな口調で語る。

「はい。それはもう、とっても素敵な国なんですよ？　広い広い草原が広がってて……。そこを馬たちが駆けまわる。住む人たちも馬と一緒に生きてて、ふふふ、ボクもたくさん乗りました。懐かしいなぁ」

そうしてベルは首を巡らせる。遥か遠く、騎馬王国の景色に目を向けるように、そっと瞳を細めて……。

「こうしてると、あの草原の光景が見える気がします。あ、ほら、あっちに……」

「ベルちゃん……騎馬王国は、あっちかも……」

シュトリナの控えめなツッコミを受けて、ベルは、何気ない風を装って顔の向きを変え……。

「……懐かしいなぁ！」

いつでも適当マイペースなベルである。

さて、ちょっぴりダメなベルお姉さんの発言にもかかわらず、キリルは、目をキラキラさせて言った。

「いつかぼくたちも行ってみたいね、ヤナお姉ちゃん」

嬉しそうな弟の様子に、ヤナもちょっぴり頬を緩めて、それからキリルの頭を撫でて……。

「うん。いつか、そこで暮らすのもいいかもしれないな」

自分で言ったその言葉……ヤナは、ふと不思議に感じる。

――少し前までなら、考えられなかったな……。

ガヌドス港湾国での、辛かった日々が頭を過る。

食べ物を盗み、自分たちと同じ貧しい子どもたちと奪い合い、殴られて痛い思いをして……それでも必死に生きてきた。

すべてはキリルを守るため、そして二人で生き残るためだった。けれど、今は……。

――なにをしたい、どこで暮らしたい……そんなこと、考えてる……。

「お姉ちゃん……？」

ふと我に返ると、キリルが心配そうな顔で見つめていた。安心させるように、その頭を撫でてから、ヤナはパティに目を向けた。

パティは相変わらず、顔になんの表情も浮かべずに、競走を見守っていた。

けれど、ヤナには、なんとなく……その顔が後ろめたそうに見えた。

――そっか……。パティの弟は今……。

ヤナは思い出し、今の日々を楽しく感じる自分に罪悪感を覚えた。

それは恐らく、パティが抱いているのと同種の罪悪感だった。

それは……自分だけが、心置きなく幸せな日々の中で生きていることへの罪悪感。

――よくわからないけど、パティは弟と会えない。そして、弟はあまり幸せじゃないところにいる……。

それがわかっているのに、自分は幸せを満喫している……。そのことが、ヤナの心に棘《とげ》のように刺さっていた。

『パティの良いお友だちになっていただきたいんですの……』

頭に響くのは、大恩人ミーアに言われた言葉だ。

今、友として、パティに言えることは何だろう……？

迷った末……ヤナは口を開いた。

「ねぇ、パティ……。パティの弟を連れて、あたしたちと一緒に行けないかな？」

「……え？」

パティが、きょとんと瞳を見開いた。

「騎馬王国、一緒に行けたら、きっとすごく楽しいと思うんだ。キリルも喜ぶし……。えっと、もちろん、あたしはパティのこと、よくわからない。パティの弟が今どうしてるかも知らない。でも、きっとミーアさまなら……なんとかしてくれる」

ヤナが言いたかったこと、それは、ミーアならばきっと助けてくれるということ。

それは、小さな希望。

ミーアに助けを求めればきっと助けてくれる……。今がどれだけ絶望的でも、明日には、明後日には幸せが訪れる。

ヤナが、友だちに伝えたかったのは、そんな希望のことだった。でも……。

「だからさ……全部、終わったら、一緒にあたしたちと……」

勇気を振り絞った言葉は、けれど、届かない。

パティは……黙ったまま小さく首を振った。

「……それは、できないの……。ごめんなさい」

返ってきたのは拒絶の言葉。

そして、ヤナは、理由を問うことができなかった。

なぜなら、パティのその顔は……なんだか、泣きだしてしまいそうな、そんな顔に見えたからで……。


その様子を、ジッと見ている者がいた。

誰にも気付かれぬよう、こっそり二人の様子を観察していたのは、シュトリナだった。

パティの顔……彼女の心の動きを極めて正確に捉えたシュトリナは、そこに、かつての自分の姿を見た。

「やっぱり、あの子は……」

第十二話　陛下、ナニカに気付く……

元ディオン隊副隊長バノス。彼は面倒見の良い男として知られている。

鬼神のごとき強さを誇るディオン隊長と、精兵なれど、常人の域を出ない兵たち。その間を取り持つのが彼の仕事だった。そして、その手腕には定評があった。

だが、一兵士としての実力を、ミーアはよく知らなかった。

もしかして、隊長としてはイマイチなのでは？　などと不安になったこともあったが……。

バノスの活躍は、そんなミーアの不安を払拭《ふっしょく》して余りあるものだった。

「おおっ！　お見事ですわ」

ミーアは、現代五種の一つ目、弓術に臨むバノスの雄姿に思わず歓声を上げていた。

現代五種は、弓術、剣術、馬上弓術、馬上剣術、乗馬術からなる複合競技だ。兵の訓練を参考にしたそれは、まさに、バノスの得意とするものであった。

スッと伸びた背筋、天に向かって直立するその巨体は、さながら、大地に根差した巨木のごとく、どんと構えていてなんとも頼もしい。

そんな凛々《りり》しい立ち姿から放たれた矢は三本。

ひゅかっ！　と音が立つたびに、寸分たがわず、的を射落としていく。

しかも、一射目から二射目、三射目の放たれる間隔が速い。

ひゅか、ひゅか、ひゅかっと、リズムよく三度音が鳴り、的はあっという間に射抜かれていた。

名手ルールー族には及ばないだろうが、それでも、専門家たる弓兵に引けを取らない手際の良さである。

対戦相手もそれを見て焦ったのか、速さを優先するあまり狙いが散漫になる。一射、二射までは良かったが、三射目は的をわずかに外れる。

けれど、それで冷静さを取り戻したのだろう。一度大きく息を吐き、改めて一射。線を引くように飛翔した矢は、的のど真ん中を射抜いた。

――さすがはレッドムーンの抱える兵士。冷静ですわ……。

うむうむ、と、しきりに感心するミーアであった。

続いて、馬上弓術だ。

バノスは、その巨体を軽々と愛馬に乗せるや、馬を加速させる。そして、的のそばを通り過ぎながら、射る、射る、射る、射る！

「おおおっ！」

っと、ミーアが歓声を上げてしまうほど、それは見事な手際であった。

「すごいですわ！　よくあんな風に当たりますわね。しかも、馬を操りながら……」

褒めたたえるミーア。その隣では、ルヴィが、ふふーんっと胸を張っていた。心なしか、とっても偉そうな顔をしている。

「馬の上から弓を射るというのは、確かアンヌとティオーナさんも同じようなことやってましたわね？」

「はい。ですが、あの時は私が馬を、ティオーナさまが弓を、と分担していましたから」

などと、ぶんぶん手を振るアンヌに、ミーアはほんのり優しい笑みを浮かべて……。

「ふふふ、そのおかげで、わたくしは助かったのですから、謙遜《けんそん》することはありませんわ。それに、あなたはメイドですから、本来は、ああいった戦闘をする必要は全くないのですわよ？」

「でも、副隊長たる私は、多少はできたほうがいいのでしょうね……」

横で心配そうな顔をするルヴィである。先ほどの得意げな顔とは一転、実になんとも不安そうに、私にもできるだろうか？　などとつぶやいていた。

「まぁ、できるに越したことはないかもしれませんけれど……。あなたが前線で戦うようなことにはならないと思いますし……」

っと、チラリとフォローするミーア。そこに、

「ふっふっふ、まぁ、我はできるが……」

空気を読まずに、実に偉そうな顔で首を突っ込んできたのは慧馬だった。

ちなみに、今は、近くにディオンはいない。

ディオンとの距離に比例して、態度が大きくなる慧馬なのであった。

そんな騒がしい令嬢たちを置き去りに、競技は続いていく。

馬の速さを競う乗馬対決は、レッドムーン家の兵士の勝利。地上での剣術はバノスの勝利に終わり、最後に待つのは騎乗剣術だった。

「相手もなかなかの腕前のようですけれど、バノスさんには届きませんわね。ふふふ、さすがは、我が皇女専属近衛隊《プリンセスガード》の隊長ですわ」

満足そうに笑うミーア。それから、ふと隣を見ると……少し前まで楽しそうにしていた慧馬が、ちょっぴり青い顔をしていた。

「あら、慧馬さん、どうかなさいましたの？」

その視線を追えば、ディオン……ではなく、バノスの姿があった。

「あら、慧馬さん。もしかして、バノスさんを怖がってるんですの？　大丈夫ですわよ？　ああ見

えても、彼はディオンさんと比べて、ずっと常識的で、穏やかな方ですし」
「いや、別に怖がってはいないぞ？　ただ……な、あれを、片手で……片手間にあしらえるという
ディオン・アライアは常軌《じょうき》を逸した……とてつもなく恐ろしい存在なのではないか、と思ってしま
って……」
ぶるるっと体を震わせる慧馬。ミーアはしばし考え込み……。
「……なるほど……言われてみれば……」
思わず頷いてしまう。
ちなみに、別にディオンが片手でバノスをあしらえる……などということは、誰も言っていない
……まぁ、できないとも断言できないわけだが……。
「って！　駄目ですわ、慧馬さん。そのように恐ろしい想像を膨らませては、この後の乗馬に差し
障りがありますわよ？」
そう言って、ミーアは、ぽん、っと慧馬の肩を叩いた。
「大丈夫ですわ。もしも、ディオンさんが、こう……狼とかその仲間を斬りたそうな顔をしている
時には、わたくしが全力で止めて差し上げますわ」
「ミーア姫は、あのディオン・アライアが怖くないのか？」
慧馬の問いかけに、ミーアは余裕たっぷりの表情で……。
「もちろん怖くない、と言ったらウソになりますけれど……。でも、少なくとも、制止したぐらい
で斬りかかられたりはしないはずですわ……たぶん」

ミーアの心を支える言葉があった。それは……。

――わたくしは、彼にとって『愉快』な人間。となれば、そう簡単には斬られはしないはず。人は、不愉快なものはちょっとしたきっかけで斬って捨てたくなるものですけど、愉快なものならば別ですわ。

それから、ミーアは、慧馬に笑いかけた。

「さぁ、もうすぐ、あなたの出番ですわよ？　その前に、バノスさんの雄姿を見て、盛り上がりましょう。今日は、馬たちの競演を楽しむ日なのですから」

「そうか……。そうであったな……」

慧馬は、ちょっぴり明るい顔で、ミーアに頷いて見せた。

そうして、ミーアと慧馬はバノスに応援の歓声を送るのだった。


さて……ところ変わって観覧席。

こちらでもご令嬢たちが盛り上がっていた。

「うわぁ、すごい！　すごいです。さすが、ミーアお姉さまの近衛隊長！」

ピョンピョン飛び跳ねるベルと、その真似をしてキャッキャと笑うキリル。

表情こそ変わらないものの、パティもまた、ジッと、競技の行方を見守っていた。

それを、静かに見つめる者がいた……。

ティアムーン帝国、皇帝、マティアス・ルーナ・ティアムーンは、目をキラッキラさせるベルを見て……。ジッと視線を外さないパティを見て……。それから、下のほうで応援の声を上げるミーアを見て……。

その歓声の向かう場所、対戦相手と切り結ぶ巨漢の男、バノスを見て……。

「なるほど……」

重々しく頷いてから、小さな声でつぶやく。

「……筋肉、か。あの者に教えを請《こ》うのも……ふむ」

っと……。

瞬間、少し離れたところで応援しているミーアの背筋に、正体不明の悪寒《おかん》が走ったのだが、ミーアがその原因に気付くことはなかった。

第十三話　いよいよ、始まるメインレース

——ふむ、なにやら、寒気を感じましたけれど……。

ミーアは、キョロキョロと辺りを見回した後、観覧席のほうに目を向けた。そこでは、皇帝マティアスとレッドムーン公マンサーナが楽しげに談笑していた。

こう……肘《ひじ》を曲げて力こぶを作り、それを指さし、今度はバノスのほうを指さす。

恐らく、バノスの強靭《きょうじん》な肉体と強兵ぶりを二人で称えているのだろう。

それは、ミーアとしては望むべき展開……のはずなのだが、なぜだろう。ミーアには、なんとも言えない嫌ぁな予感がまとわりついていた。

――いえ、まぁ、考えすぎですわね。うん。

結局、競技は、バノスの圧勝に終わった。馬上剣術においても無類の強さを発揮したバノスは、レッドムーン私兵団の代表を圧倒。見事、皇女専属近衛隊《プリンセスガード》隊長の面目躍如《めんもくやくじょ》となったわけだ。

「まさか、バノスさんがあれほど強いとは……これは、意外な誤算でしたわね」

「ふっふっふ、誤算などではありませんよ。ミーアさま」

見ると、ルヴィが得意げに鼻を膨らませていた。

「バノス隊長ならば、あのぐらい、簡単にやってのけます。片手でも楽勝だったはずです」

片手で馬を操りながら剣を振るのは不可能なのでは……などと思わなくもないミーアだったが、口に出すような野暮《やぼ》はしない。恋する乙女に水を差すなど無粋極まりないではないか。

ニッコリ笑って、ミーアは言った。

「それは、とても心強いことですわ。まぁ、なんにせよ、レッドムーン公へのアピールは十分にできたはず……」

そうして、満足そうに頷きながら、

「後は、ヒルデブラントが上手いこと餌《えさ》に釣られてくれれば、我が計略なれり、ですわ。慧馬さん、頼みましたわよ」

視線を転じた先、ちょうどタイミングよく、慧馬とヒルデブラントが登場した。

二人の乗った見事な月兎馬に、会場内の空気が変わる。

「おお、あれは……」

「あれがレッドムーン公が誇る月兎馬『夕兎』か……。実に見事な毛並みだ」

「いや、しかし、ミーア姫殿下のご友人の乗る馬も素晴らしい馬だぞ。あのしなやかな後ろ脚を見ろ。実に美しい……」

ゴクリ、と喉を鳴らす、両陣営の兵士たち。

その様子を見てミーアは察する。

――なるほど、騎馬王国だけでなく、我が帝国にも結構な数の馬好きがいるみたいですわね……。ゴルカさんとか一部の方だけかと思ってましたけど……。

潜在的ウマニアの存在を発見するミーアである。

――ふむ……。これはもしや、ミーア学園で馬の研究を始めたら、興味を持つ方がいるのではないかしら？　それに、場合によっては、協力を申し出てくる貴族もいるやもしれませんわね……。

とかく学校経営にはお金がかかる。そして、若干、改善したとはいえ、未だに帝国の財政は厳しい。にもかかわらず、相変わらず無駄遣いをしやがる貴族はそれなりにいるわけで……。

――どうせお金を使いたいのなら、ミーア学園のために使わせるのがいいのですけど。その時には自分から喜んで出させるのが、さらによろしいですわ。ふむ……。

そこで、馬である。

馬の研究ならば、いろいろと役に立つし、将来的には、商売に繋《つな》がるかもしれない。

——馬を売るようなことは、騎馬王国の方々が好まないでしょうけれど……馬の怪我を治す方法の研究だとか、後は馬乳酒など、馬の乳を使った食べ物作りというのであれば……。それに、なにより良き馬を育てる技術であれば、むしろ興味を持つはず……。であれば……輸出も視野に……。

ミーアはニンマリと頷く。

「なるほど。いけるかもしれませんわね。騎馬隊の強化にも繋がるでしょうし、輸送にだって馬は必要。なにより、なにかあった時に逃げるのは馬……。いいですわね、馬の研究！」

「ミーアさま？　どうかされましたか？」

不思議そうな顔で尋ねてくるルードヴィッヒに、ミーアは小さく首を振った。

「いいえ。なんでもありませんわ。ええと、ちなみに、あの二人の勝負は、何周勝負なんですの？」

「一周です。月兎馬の速さが映える距離なのではないかということでしたので……」

「なるほど。純粋な速さ勝負ということですわね」

確かに、それは、月兎馬の勝負に相応しい。ミーアが、騎馬王国での馬合わせに勝てたのは、それが持久力勝負の長距離走だったからだ。山族の誇る月兎馬「落露《ラクロ》」と純粋な速さ勝負をしていたら、きっとミーアは負けていただろう。

——東風は良い馬ですけど、向き不向きというものがございますものね……。

そして、月兎馬の真価が現れるのは、やはり、この短距離走だろう。

自慢の馬を披露するためだろう。慧馬とヒルデブラントは並んで、観覧席の前に行き、それから、両陣営の前をゆっくりと歩く。

ちなみに、二人はどちらの陣営にも属さない。いわば、特別ゲスト扱いである。

それゆえに、なんのしがらみもなく、両陣営の者たちは応援することができた。

さて、二人が近づいてきたところで、ミーアは声を上げて応援する。

「慧馬さんっ！　頑張ってくださいまし！　ヒルデブラントもほどほどに！」

心からのエールを慧馬に、形ばかりのエールをヒルデブラントに送るミーア。

それに応えて、騎手二人は笑みを浮かべて手を振った。

――ふむ、あの顔……。慧馬さんもやる気がみなぎっておりますわ。これは、一安心ですわね。

ディオンを前に怯えていたのも今は昔。

勝負に集中する慧馬を見て、一安心のミーアであったが……。

彼女は気付いていなかった。すでに、危険な種が蒔かれていたということ……。

慧馬の走り、そこに含まれる兆候《ちょうこう》。それをミーアが感じ取ったのは、スタートの合図が鳴って、少ししてのことだった。

第十四話　誤算……ミーア、慧馬の乗馬スキルを盛大に見誤る！

二頭の馬がスタート地点についた。

勝負の気配に昂《たか》ぶる馬もいる中、夕兎と蛍雷の二頭は、いずれも落ち着き払った態度をとっていた。だが、その質は幾分異なるようだった。

貴公子然とした、どこかかしこまった態度の夕兎。それは、貴族の馬たる気品ある態度、周りに見せるためのものだった。

対して蛍雷は、ただ静かに、目の前のコースに意識を集中していた。それは、戦に集中する戦士の顔だった。

さすがは、火《カ》の一族が誇る最高の月兎馬、といったところだろうか。

実際に戦場に出たことがある馬とない馬との違いが、そこに表れているように、ミーアには感じられた。

――ふむ、恐らくいろいろな状況を走り慣れているのは蛍雷のほうでしょうけれど……しかし、夕兎とて、まっとうに走ればとても速い馬のはず。

ミーアの見たところ、走るコースに荒れはない。夕兎を動揺させるような、アクシデントのもとはない。つまりは、純粋な速さ勝負となるだろう……。

――わたくしが勝負した時には作戦が上手いことはまりましたけど……この状況ではなかなか難しい。慧馬さんは、どう考えているのかしら？

大丈夫だとは思いつつ、わずかばかり不安を感じるミーアである。

ちなみに作戦とは、無論「荒嵐」が考えた作戦、である。

馬が走り、馬が考える。そして、ミーアは頭を空っぽにして、ただただ走りやすいように馬に合わせることにのみ集中する。それこそが、理想的な役割分担といえるだろう……そうだろうか？

徐々に高まりつつある緊張感、審判係の者が旗を上げ……。振り下ろし、叫ぶ。

「はじめっ！」

スタートの合図と同時に、二頭の馬が飛び出した。

先行したのは――慧馬の乗る蛍雷だった！

ぐんぐん、っと見る間に加速、夕兎を引き離しにかかる。夕兎も追いすがるが、その差は徐々に開いていき、第一コーナーを曲がった時、二頭の差は一馬身《ばしん》ほどになっていた。

夕兎が……完全に置いていかれたのだ！

「おおっ！　すごいですわ！」

そう快哉《かいさい》を上げるミーア。見守る観客からも盛大な歓声が飛んでいた。

――うふふ、これまでで最高の盛り上がりですわ。これだけ盛り上がれば、レッドムーン公にもご満足いただけるのではないかしら？

などと、大満足なミーアだったが、すぐにその笑顔が凍《こお》りつくことになった。

ぐんぐん、加速する蛍雷。

「おおっ！　頑張ってくださいまし、慧馬さんっ！」

ミーア、歓声を上げる。

ぐんぐん、ぐんぐん、加速する蛍雷。それはまるで、空を舞うがごとく……。

「しかし、素晴らしい速さですわね……」

ミーア、感嘆のつぶやきをこぼす。

ぐんぐん、ぐんぐん、ぐんぐん、加速する！

ミーア、ここでふと思う。

——あら、ちょっと加速しすぎじゃないかしら？

などと。

この時、ミーアが感じ取った危機感は「ペース配分を考えろ！」とか、そういった次元のことではなかった。

慧馬は騎馬王国の人。火の一族を代表する馬の乗り手だ。後半で馬に息切れを起こさせるなどという無様なことはしないだろう。

また、後半息切れしそうな気配もない。生き生きと走る蛍雷は楽しげで、気持ちよさそうだった。

必死に追いすがる夕兎とヒルデブラントのほうが、むしろ苦しそうに見えてしまって……。

それほどまでに、慧馬と蛍雷の走りは圧巻だった。

圧倒的で、強くて、なによりも美しかった。

それは、ある種の極めた者たちの持つ美しさだった。

剣の達人、ディオン・アライアの剣術が人を魅了するほど美しいように。

あるいは、弓名人のルールー族の戦士たちの弓矢が、息を呑《の》むほど美しいように。

慧馬と蛍雷の走りは、凄みのある美しさをまとっていた。

誰しもが見惚《みと》れるような、見事な走りだったのだ。

——あっ、これ、ヤバいですわ。

ミーアの直感が訴えていた。

てっきり慧馬は、小驪《シャオレイ》と同じぐらいの腕前だと誤解していた。

ヒルデブラントには余裕で勝ち、適度に魅了して、彼を騎馬王国へと誘ってくれる……その程度の腕前を期待していたのだ。だがっ！

——これはあまりにも……あまりにも圧倒的すぎますわ！

第二コーナーを曲がった時、その差はじりじりと開いて三馬身になっていた。

一瞬、ヒルデブラントが最後の最後で追い上げて勝つことを狙っているのではないか？　と疑うミーアであったが……彼の顔を見て違うことを悟る。

焦り、懸命に夕兎に指示を出すヒルデブラント。だが、慧馬は……そもそも、蛍雷に指示を出していない。ただ、馬に身を任せ……否、まるで馬と心を通わせているかのように、人馬一体となってコースを駆け抜ける。

それは、それまでの、すべての競技がかすむほどの、凄味のある走りだった。

あれだけ場を盛り上げたバノスの競技すら、すでにみなの記憶からは消えているのではないだろうか……？

ミーアは、観覧席のほうを見上げ、マンサーナの顔を窺う。見たところ……慧馬の走りに釘付けになっているっ！　口をあんぐり開けて、無駄のない見事な走りを見守っている。

たぶん、先ほど大活躍を見せたバノスのことなど、とっくに記憶の彼方に投げ去っているだろう。

ちなみに、皇帝陛下のほうは両腕をいい感じに組んで、筋肉の具合を見ているようだった。こちらは、まだ、バノスの競技を覚えているみたいで何よりであるが……。

——いえ、お父さまのことは、どうでもいいんですわ。それより、レッドムーン公の頭からもバノスさんの印象が薄れてしまうのは望ましくありませんわ。くぅ、誤算でしたわ！

せっかくのバノスの奮戦も、こんな華麗な走りを見せられたら、忘れられてしまうに違いない。

——小驪さんとは比べ物にならない騎乗ですわ。わたくしですら、太刀打ちできるかどうか……。

ゴクリ、と喉を鳴らすミーア……。

ナチュラルに小驪より自分のほうが乗馬上手だと確信しているミーアである。

なるほど、確かに、ミーアが馬合わせに勝ったという事実はある。

確かに、それだけを考えれば、ミーアの乗馬技術は小驪より上といえるだろう……いえるかもしれない……のだが！

なぜだろう、微妙に納得がいかないような気がしてならない。不思議なことである。

まぁ、それはともかく……。

——うう、ヒルデブラントを魅了してくれるのは良いのですけど……やりすぎですわ。これでは他の方たちをも強力に魅了してしまいそうですわ。

ミーアは歯噛みしつつ、会場に目を向ける。

つい先ほどまで沸きに沸いていた会場は、打って変わって、しんと静まり返っていた。

思わず息を呑むほどに美しい、見惚れるような乗馬術。それは、帝国の天馬姫《ペガプリ》（）とは、一味も二味も違う、本物の乗馬上手の騎乗だった。

――ぐぅ、みなさんが、見惚れておりますわ。まさか慧馬さんがここまで魔性の女であったとは……。


ギリギリと歯ぎしりするミーアを尻目に、慧馬を乗せた蛍雷は第三コーナーを回った。

その差はさらに開いて四馬身。

懸命にヒルデブラントが鞭《むち》をしならせるが……夕兎の走りは伸びなかった。

対照的に、慧馬と蛍雷はますますリズムに乗る。軽やかな足運びに、観客が熱狂する。

っと、その時だった。

ミーアは、唐突に気付く。

――あ、あら？　っていうか、わたくし、この後で馬に乗らなければいけないんじゃ……え？　このものすっごーい空気の中を、わたくしが、乗るんですの……？

などと焦り始めるミーアであったが、さらにミーアに追い打ちをかける事態が間近に迫っていた。

それは……。

第十五話　ミーアの誤算～決死のホースダンスへ！

そうして、レースはなんの波乱もなく終わった。

――後半の逆転とか、追い上げとか、全然なかったですわね。

などと思うミーアであったが、そもそも、それを期待する者もいなければ、予想する者もいなかったのではないだろうか。

それほど、圧倒的な走りだったのだ。

ゴールした直後、慧馬は観覧席の前へ。

馬を降り、皇帝とレッドムーン公に、華麗に一礼してから、ミーアのほうにやってきた。

「ふふふ、どうかな、ミーア姫。騎馬王国の力、帝国に示すことができただろうか？」

ドヤァッという顔で言う慧馬に、ミーアは朗らかな笑みを浮かべ……。

「素晴らしい走りでしたわ。慧馬さん。さすがは火の一族随一の馬の乗り手ですわね」

パチパチと拍手しつつも……。

――なんだったら、もうちょっと手を抜いてくれてもよろしかったんですけど……。

などと言いたいミーアであるが……、その言葉をぐっと呑み込む。

騎馬王国の民にとって馬での勝負は神聖なことのはず。であれば、どんな勝負であれ、手を抜くことなど考えられないのだろう。

――まぁ、慧馬さんに文句を言うのは筋違い。ここは心からの称賛を送るべきですわね。ヒルデブラントも、慧馬さんの走りを堪能したでしょうし、絶対に騎馬王国に興味を持ったはずですわ。あまり、多くを求めてもよくない。ここは当初の目的通り、ルヴィとヒルデブラントの縁談をなんとかすることを考えるべきだろう。

っとそこで、タイミングよく、ヒルデブラントがやってくるのが見えた。

恐らくは慧馬の走りを褒め、互いに健闘を称え合うつもりなのだろう。あるいは、慧馬の愛馬、蛍雷を近くで見せてもらうつもりだろうか。

いずれにせよ、興味を持ってもらえたのは良いことだろう、と満足げに頷くミーア。

そばまでやってきたヒルデブラントは、真っ直ぐに慧馬を見つめ、笑みを浮かべた。

「いやぁ、慧馬嬢。貴女の乗馬術、実にお見事でした。このヒルデブラント、感服いたしました」

「そうか。我が友、蛍雷の力を示せたならば幸いだ」

慧馬、瞳を閉じたまま、ふっふーん、っと勝ち誇った顔で言う。

「ほう。馬を友と呼ぶ……。それが、騎馬王国の乗り手の考え方ということですか。そうでなければ、あの見事な騎乗はできないと……」

「そうだ。馬を使い捨ての道具のように扱えば、馬の力を十全に出すことはできぬ。戦場において馬は一番信用するべき戦友なのだ」

腕組みし……慧馬は偉そうに頷く。それを聞くヒルデブラントは、実になんともキラッキラした目をしていた。

——ふむ、なかなか良い感じですわ。あとはレッドムーン公にバノスさんの活躍をどう思い出させるか……。

などと、思考に浸ろうとしたミーアだったが……そんな余裕はなかった。

なぜなら……ヒルデブラントが唐突に、その場で片膝を突いたからだ。

「…………はぇ？」

その行動に、ミーアは、きょとんと瞳を瞬かせる。ヒルデブラントは慧馬を見上げながら、静かな声で言った。

「慧馬殿、貴女の乗馬術、ぜひとも私にご教示いただきたい。私の師となっていただけぬだろうか……？」

それを聞き、すぐにミーアは落ち着きを取り戻した。

——あ、ああ、まぁ、そうですわよね。単純なヒルデブラントならば、そんなこと言いだしそうですわ。

なにしろ、彼は、美味しいお菓子に出合った時、将来はお菓子になると言いだす男である。根が単純なのだ。

まぁなんにせよ、これは計画通りといえるだろう。慧馬に直接師事したいと言っているようだが、そこはそれ。慧馬に教わる前に、まず騎馬王国でもっと基礎的なことを学べ、とかなんとか、適当な誘導をしてやれば、彼を帝国から遠ざけられるはず。

そこで、騎馬王国の乗馬上手な女性に興味を持ってくれれば、さらに御の字だ。さすがに慧馬と恋仲になったりはしないかもしれないが、騎馬王国には乗馬上手の女性が溢れている。誰かしらと恋に落ちてくれれば、ルヴィとの縁談もなかったことになるはず……。

——いえ、慧馬さんと婚儀《こんぎ》を結んでくれれば、それはそれで良いかもしれませんわね。慧馬さんと親戚付き合いというのもちょっぴり楽しそうですすし、騎馬王国にも人脈ができるのは好ましいこと……。ふふふ、まぁ、ヒルデブラントが慧馬さんの心を掴《つか》めるかはわかりませんけれど……。

いずれにせよ、それはじっくりと親しくなってからの話で……。などと、ミーアは、完全に油断していたのだ。ヒルデブラントの一本気な性格を……見誤っていたのだ。

そのまま、慧馬の片手を取ったヒルデブラントは、続けて言ったのだ。

「いや、そうではないな。誤魔化すのはやめにしよう。できれば、私の生涯の伴侶《はんりょ》になってもらえないだろうか？」

「………………はぇ？」

驚愕《きょうがく》の声を上げたのは慧馬――ではなかった。ミーアである！

いきなりの展開にミーアは、瞳を瞬かせて……次の瞬間、急いで視線を転じる。向けた先は観覧席。自らの父の隣に座る男、帝国四大公爵の一人、マンサーナ・エトワ・レッドムーンで……。

その顔を見た瞬間、ミーアは思わず、ひぃいっ！　と悲鳴を上げそうになる。

マンサーナが……、大抵の場合、穏やかな笑みを浮かべた、あの男が……。

ギリギリギリ、っと歯ぎしりし、額に血管を浮かべていたからである。

『俺が、我慢に我慢を重ねて、可愛い娘をやろうとしてるっていうのに、てめえは、なに勝手なことしてやがんだ、この野郎！』

などと、公爵にはいささか相応しくない品のない言葉が、その顔に書かれているのが、確かにミーアには見えた。

まぁ、そもそもの話、紳士的に振る舞ってはいるが、レッドムーン公はもともと武闘派の人だ。そうじゃなきゃ、強力な私兵団とか作らないだろうし。

——なっ、なぜ、こんなことに……。

ミーアは、うぐぅ、っと思わずうめく。

すべては、慧馬の乗馬が、あまりにも見事だったせいだった。

慧馬が、あんなにも見事な乗馬をしなければ、ヒルデブラントが魅了されすぎたあまり、唐突な告白をすることもなかっただろう。

慧馬が、あんなにも見事な乗馬をしなければ、マンサーナの脳裏には、バノスという優れた兵士のことが残っていただろう。それを橋頭堡《きょうとうほ》として、ルヴィのお相手候補まで話を進められたかもしれないのに。

すべては、あまりにも圧巻だった、慧馬の乗馬のせいなのだ。

「くぅ、かくなる上は、仕方ありませんわ。このままシレッと次の競技に移って、なんとか誤魔化すしか……」

要は、次の競技の乗り手が、慧馬以上に見事な乗馬術を披露すれば良いのだ。それで、場を盛り上げて、会場の空気を変えることができれば、その間に、レッドムーン公の気持ちも落ち着くかもしれない……。

なぁんて、希望的観測にすがろうとしたミーアは、そこで、思わずつっこむ。

「って、次の競技って、わたくしのホースダンスでしたわっ！」

かくて、ミーアの決死のホースダンスが始まるっ！

第十六話　ポニプリミーア！　出走す！

ともかく、急いだほうがいい。状況は逼迫《ひっぱく》していた。

ミーアは東風のもとに小走りで向かう。

「ミーアさま……」

途中で歩み寄ってきたルードヴィッヒに、

「すぐにホースダンスをいたしますわ。障害物の設置を頼みますわね」

などと短い指示を飛ばしつつ、皇女専属近衛隊《プリンセスガード》とレッドムーン公の私兵団のほうを窺う。

騒然《そうぜん》とする兵たちに、ミーアは思わず、うぐぐ、と唸る。

「とっ、とんでもない雰囲気になっておりますわ！　ぐぬぬ……ヒルデブラント。もう少し、空気が読めるやつかと思っておりましたけど……」

幼き日、美味しいお菓子になりたかった男、ヒルデブラントの単純さは、時を経て、むしろ、磨きがかかっていたようであった。

「なんとも、自分の欲望に忠実な男ですわ。あの蛮勇が、もう少しルヴィさんにあったら、もっと……もっと？」

ミーア、そこで思い出す。

先ほど、唐突かつナチュラルに告白をやらかそうとしたルヴィの姿を思い出す。

「……まったく間違ったタイミングで告白していたこと、疑いようがありませんわね。ふむ、やはり、闇雲《やみくも》な勇気など百害あって一利なしですわ」

さて、待機状態だった東風はミーアを見ると、ふーぶっと小さく鼻を鳴らす。

どこか殺気すら帯びつつある空気とは裏腹に、まったくもって落ち着き払った様子だった。ぽげーっと、辺りを見回していた。

帝国が誇るワークホース、テールトルテュエは、どんな時でも落ち着いているのだ。

「ふむ、さすがは、東風。大した度胸ですわ」

東風の首筋を軽く撫でてから、ミーアは、すぐそばに控えるゴルカのほうを見た。

「準備は、もうできているかしら？」

見たところ、東風は手綱と鐙《あぶみ》がつけられて、後は乗るばかりといった様子だが……。

「はい。いつでも……」

ゴルカは、重々しく頷いて、それから……。

「先ほどの二頭、確かにどちらもすごい月兎馬でしたが……うちの東風も負けてませんから。どうか、こいつの力をみなに見せつけてくださいますように」

気合の入った応援の声に、ふむ、っと大きく頷いて、それからミーアは、颯爽《さっそう》と……颯爽と？

「よいしょー」っと勇ましい掛け声とともに、東風に乗った。

「まぁ、正直、この状況を打開できるとは、到底思いませんけれど……ともかく、少しでも空気を変える必要がございますわ。頼みますわね、東風」

ミーアは、もう一度、東風の首筋を撫でると、

「はいよー！　シル……東風！」

汁豆腐《しるとうふ》！　なる未知の料理の名前を叫び、出走した。

コースにはまだ、障害物が設置されていなかった。ルードヴィッヒの指揮のもと、急ピッチで作業が進んではいるが、未だ、会場はできあがっていない。

が、それはミーアも承知の上だった。

今は、むしろ、その場の空気を変えるのが肝要《かんよう》。

できるだけみなの視線が集まるように、ゆっくりコース内を一回り。片手を大きく振りながら、みなの前を走る。なにせ、このまま始めてしまうと、誰も見ていない可能性がある。それでは意味がないし、単純に寂しくもある。

──やったところで、あまり、意味はないかもしれませんけれど……。

あの慧馬の完璧《かんぺき》な乗馬の後である。しかも、ヒルデブラントのやらかしの後なのである。

──わたくしのホースダンスに興味がある方など、いるのかしら？

なぁんて、不安になるミーアだったが……。

「うおおっ！　ミーア！」

その歓声に、思わずミーアは驚いてしまう。

見ると、観覧席。いつの間にやら席を立った皇帝マティアス・ルーナ・ティアムーンが、両腕を

振り上げて応援の声を上げていた。慧馬の走りなどなかったかのように、ただただ、ミーアの走りのみを楽しみにしていた男の姿が、そこにはあった。

さらに、そのそばでは、アベルとベル、シュトリナ、子どもたちも歓声を上げている。

――ふふふ、いつもは若干、ウザいぐらいのお父さまですけれど、こういう時にはありがたいですわね。

なにしろ、ああ見えて、この国のトップである。そんな皇帝が興味を持ち、応援する者に対し、下々の兵士たちが無反応でいることが許されるはずもなく……。

さらに言えば、ミーアは失念もしていた。自分が何者であるのか……。

しつこいぐらいに確認しないと、なぜか、みなが忘れてしまう事実ではあるのだが、ミーアは、なにを隠そう、この帝国の皇女である。お姫さまなのである。

そして、長い帝国の歴史上、乗馬を嗜《たしな》んだ皇女というのは、ほとんどいない。絶対にいないかどうかは、歴史書を詳しくひもとかねばならないが、ともかくパッと思いつかないぐらいには、存在しないわけで……。

しかもミーアの乗馬術は、実のところそう悪くない。意外なことではあるが。

一般的な貴族のご令嬢の趣味レベルはとうに超えているし、セントノエル内でも、わりと上位の馬の乗り手といえる。

そう、いつの間にかミーアは、天馬姫《ペガサスプリンセス》は言いすぎでも、小馬姫《ポニープリンセス》ぐらいの腕前にはなっていたのである。

ポニプリミーアなのである……間違ってもプニプリではないので、念のため。

そうこうしている間に、コース上にいくつかの障害物が設置された。

それは、何度も練習したのとまったく同じ配置である。

「ふむ、完璧《かんぺき》な仕事ですわね。ルードヴィッヒ……。では、行きましょうか。東風」

ミーアの声と、東風の甲高い嘶き。


そして…………まるで、その声に応えるようにして風が吹き始めた。

第十七話　ミーア姫はダンス上手！

大きく息を吐き、思い切り吸って……。

ミーアは東風に指示を出した。

「派手にやってやりますわよ、東風。蛍雷と慧馬さんに、負けないようにお願いいたしますわね」

ミーアの声に、東風は、ぶるるーふと鼻を鳴らして答える。ミーアが手綱をキュッと短く持った瞬間、東風が静かに駆けだした。

それほど急ぐ必要もない。ミーアは東風が作る心地よい三拍子に身を委ねつつ、会場に視線をやる。

――ふむ、どうやら、こちらに意識を誘導することには成功しているみたいですけど……。

問題はこの後……。きちんと、演技が終えられるかどうかだ。視線を集めたうえで、失敗して途中で演技が止まってしまう、など赤っ恥もいいところである。

アベルの前で、無様な真似はできぬ、と大いに気合が入るミーアである。

そうして、まず、向かった先は、レッドムーン公の私兵団のすぐ前に置かれた障害物だ。その数は二つ。連続ジャンプをすることになる。

不意に東風の足のペースが変わる。綺麗な四拍子。それに合わせ、ミーアは腕と膝を使いリズムを重ねる。

障害物は、こうして見ると、なかなかに高い。されど、ミーアの心に恐れはない。

——変に怖がると、それが馬に伝わってしまいますし……。そもそも馬が怪我をしないよう、簡単に倒れる軽い障害物なわけですし……。

実際にミーアも練習の時に持ち上げてみたが、ミーアでも持ち上げられるほどに軽く、また、もろく作ってある。仮にミーアが頭からぶつかっても、怪我をするようなものではないわけで……。

ゆえに、ミーアはただただ、東風の動きにのみ集中する。

——集中ですわ。集中。どうせ、跳ぶのはわたくしではありませんし、ここは、東風に気持ちよく跳んでもらえるように、邪魔しないようにしなければなりませんわ。

歩調の変化に合わせ、体を揺らす。それはさながら、波間に漂う海月《くらげ》のごとく……自然に東風に身を委ねる。

近づく障害物を前に、ミーアはグッと鐙を踏み、体を前傾姿勢に。お尻が軽く浮いたところで、ぶわわっと東風の身体が飛んだ。

東風の重心と自身のそれを完全に一致させつつ着地。膝と腰を使って、衝撃を殺しつつ、次の障害物へ。

再びのジャンプ！

その二度のジャンプは意外なことに、お手本のように美しいものだった。意外なことに！

そうなのだ、昨今のミーアの乗馬の腕前は、かなりのレベルに到達しているのだ。

もはや、小馬姫《ポニプリ》などと、小馬鹿にすることなどできない。ミーアはすでに小馬姫を超えた乗り手、いわゆる、超・小馬姫と呼んでも過言ではない実力を持っているのだ。スーパーポニプリミーアなのである。

……スーパープニプニミーアではない。念のため。

そうして、二つ目の障害物を飛び越えたところで、驚くべき出来事が起きた。

ミーアが……あの、海月式馬術の権威たる、あのミーアが……なんと、

「東風、そこで、ぐるり、ですわ！」

自ら指示を出したのだ！　それは実に画期的な光景だった。

そうなのだ、乗馬に関して馬にすべてを委ねるミーアではあるのだが、ダンスに関しては話が変わってくる。なにしろ、ミーアの唯一と言っても良い特技がダンスなのだ。

ミーアは、ダンスパートナーに心地よく躍らせる術はもちろん、自分たちのダンスを周りに魅せる術をも、フワッと感覚で理解しているのだ。

レッドムーン私兵団の者たちに、自らの愛馬を紹介するように、小さな円を描いて一回転。それから、ゆっくりと、彼らの目の前を横切っていく。

それを見て、レッドムーン私兵団の中からも、ほう！ っと感心したようなため息がこぼれる。

次に、ミーアと東風が向かったのは、皇女専属近衛隊《プリンセスガード》のほうだった。

ミーアが近づくにつれて、うおおおっ！ と歓声のようなものが轟《とどろ》いた。皇女専属近衛隊《プリンセスガード》の中でのミーアの人気は高いのだ。

「東風、そこで……」

ミーアが声をかけると、東風の耳がぴくぴくっと動いた。ミーアが手綱を再び短く持って身構えると、東風は、ぶひひぃんっ！ と高々と嘶き、前脚を大きく上げた。

「おおおっ！」

っと、歓声を上げる皇女専属近衛隊《プリンセスガード》の面々。それに片手を上げて応えながら、

「行きますわよ。はいよー！ とうふー！」

ミーアの声に応え、東風が再び加速。障害物の前で、高々とジャンプ。着地。ジャンプッ！

ふんぬっ！ と気合を入れつつ両脚と腰でバランスを取り、ミーアは美しい姿勢を維持する。

ダンスと名がつくもので、無様な真似はできない。

ミーアにだって、意地がないわけではないのだ。一応は。

無事に着地した東風にその場でもう一度、一回転させて、ミーアは手を上げる。

「おおおおっ！」

と、再びの歓声。

それを聞き、ミーアはようやく自身の誤解に気がついた。

そうなのだ、ミーアは別に、自らの力で慧馬を上回る波を作り出す必要などなかったのだ。

――そうですわ。わたくしは……慧馬さんが作った波に上手く乗って、それなりにやり過ごせばよかったのですわ！

今の観客は、慧馬によってとても盛り上がりやすい状態にされているのだ。そんなチョロい観客を熱狂させることなど、わけもないこと！

「さて、仕上げですわ。東風。しっかり、レッドムーン公の視線を惹《ひ》いて差し上げますわ」

馬首を翻《ひるがえ》し、目指すは、観覧席前に設置された障害物。

今までと同じように、真っ直ぐに向かって駈けだした。

そんなミーアたちの背中を押すように、風は……少しずつ、強さを増していた。

第十八話　士爵《ナイト》

「さぁ、クライマックス、行きますわよ、東風」

ミーアの掛け声に、東風が再び、嘶いて答える。

そのまま一気に加速して、障害物に向かっていく。

今度の障害物は先ほどより一つ増えて、三つ並べられている。けれど、ミーアが臆《おく》することはない。

「うおおおおっ！　ミーア！　頑張れー！」

などと、父の声が聞こえて、いささか以上に恥ずかしいが……それも気にしないようにする。

――最後の盛り上がりに相応しい三連ジャンプ。ルードヴィッヒの指示か、はたまたゴルカさんのアイデアかはわかりませんけれど、最後を決めて大いに盛り上げますわよ！　それで、こう……なにか上手い具合に演説をして、なんとか誤魔化して切り抜けますわ！

そんな考えごとをしながら、ミーアは気持ちよーく一つ目の障害物を飛び越える。

なにも問題なく着地を華麗に決めつつ、二度目のジャンプ。びゅうっと勢いよく飛び上がる東風。息を合わせ、重心を合わせることに集中するミーアは、成功を確信する。

「次がラストですわ！」

実にスムーズに、流れる水のごとく……流される海月のごとく、二度目のジャンプを終え。最後の一回。

――さぁ、これが終われば後は……。

などと、ミーアは……先のことを考えてしまった。

それはしてはいけないこと……。致命的な油断となった。

三度目のジャンプ。障害物を飛び越えようと東風が飛び上がった……まさにその時だった！　びようっと、ひときわ大きな風が吹きつけてきた。

「うひゃっ⁉」

まるで、下から吹き上げるような風を受けた東風は、さながら天馬のごとく舞い上がる。

突然のことに、一瞬バランスを崩しかけたミーアであったが……。

「ふんぬっ！」

っと、いささかお姫さまらしからぬ鼻息を吐きつつ耐える！　手綱を掴み、鐙の上でバランスをとる。

そうして、ミーアは今までで最も長い浮遊感に、最後のジャンプの大成功を確信した。

――まさか、最後の最後で、この見事なジャンプとは！　うふふ、我ながら見事ですわ！

などと自画自賛するミーアは……けれど……この時……完全に油断していた。

だから……直後に響いた声を、てっきり称賛の歓声と聞き間違えていたのだ。

華麗に着地を決めたミーアが、満面の笑みで歓声に応えるため、手を上げようとしたところで……！

「ミーア姫殿下っ！　危ないっ！」

前方、ルヴィが駆け寄ってくるのが見えて……。その後ろ、遅れてバノスが駆けつけてくるのが見えて……。

……はて？　なにかあったのかしら……？

なぁんて、のんきに振り返ったミーアは……直後に見たっ！

強い風に巻き上げられた障害物がびゅうっとこちらに向かってきていることに！

「ミーアさま、こちらにっ！」

ルヴィが東風の手綱に手を伸ばすが……ダメだ。間に合わない！

横幅のある障害物はミーアのみならず、駆け寄ってきていたルヴィまでをも、巻き込みかねないもので……。

「ひっ、ひぃいいいっ！」

ひきつるような悲鳴を上げるミーアと、立ちすくむルヴィ。そこにっ！

「あぶねぇ！」

二人を守るように、堂々と立ちふさがったのはバノスの巨体だった。咄嗟にミーアとルヴィを守るように一歩前に出た彼は、グッと体躯《たいく》に力を入る。

強烈な勢いで向かってきた障害物、臆することなく、バノスは、思い切り肩からぶち当たった！

「バノス隊長！」

ルヴィの悲鳴と重なるようにして、バキィッと、なにかが折れ砕けるような、恐ろしい音が辺りに響いて……っ！　ミーア、思わず目を閉じかける……が、直後、びょうっとものすごい速度で、障害物が飛んでいくのが見えて、うひぃっと悲鳴を上げる。

幸い、障害物は、ミーアと、ルヴィとを避けるように、真っ二つに割れた状態だったので助かったが……。

——あら？　今の、どうして、二つに割れていたんですの？

「お怪我はありませんかい？　ミーア姫殿下」

恐る恐る目を向けた先、バノスが小走りに近づいてきた。

「ばっ、バノスさん……。いえ、わたくしは大丈夫ですけど……あ、あなたのほうこそ、大丈夫なんですの？　今の、あの障害物に思い切りぶつかっておりましたけど……」

「ん？　ははは、なぁに。あのぐらい、ディオン隊長のしごきに比べたら、どうということもないですよ」

などと笑うバノスを見て、へなへなっと力なく座り込んだのは、ルヴィだった。

「あ……ああ、よ……よかった……」

吐き出すようにつぶやいてから、

「むっ、無茶しないでください！　バノス隊長！」

若干、震えるような声で抗議する。

「いや、まぁ、大したことじゃあ……」

頭をかきつつ、困り顔のバノスであったが、次の瞬間、さらに困った事態に巻き込まれることになった。それは……。

「見事っ！　そなたの働き、この皇帝、マティアス・ルーナ・ティアムーンがしっかと見た！」

観覧席のほうから聞こえてきた大きな声だった。

見ると、皇帝が観覧席の前方まで歩み出て、ミーアたちを見下ろしていた。

彼は、感動に潤んだ瞳でバノスを見つめてから、

「よくぞ……よくぞ、我が娘、ミーアを守った。そなたの働き、まさに皇女の盾に相応しきものといえよう！」

感極まった口調で言ってから、彼は、厳かなる口調で言った。

「今この場で、この者の働きに相応しく報いよう。我は、皇帝マティアスの名において、この者を士爵《ナイト》の地位につける」

「…………はぇ？」

あまりにも……あまりにーも、突然の展開に、ミーアは瞳を瞬かせる。それは、他の者たちも同じだった。バノス本人はもちろん、周囲の近衛兵たちも、そして、ルヴィも驚愕《きょうがく》のあまり、口をぽかーんっとしていた。

そんな中、いち早く立ち直った者は……なんと、ミーアだった！

前の時間軸と合わせて、父の無茶と思い付きに振り回されることには、慣れっこのミーアである。冷静さを取り戻した彼女は、素早く、現状を分析する。

「士爵《ナイト》……」

小さくつぶやき、ミーアは頷く。

士爵、ティアムーン帝国におけるそれは、領地を持たぬ爵位。一代限りの爵位であり、一部の貴族特権は認められているものの、その実、名誉以外に意味があるものではない。

一応は、貴族ですよ……といえる程度のもので、他の帝国貴族からも貴族の一員として扱ってもらえるぐらいのもの……。

この程度ならば、皇帝のわがままで通してしまっても、特に問題はない。

また、今回の出来事は、インパクトも十分だった。

実際のところ、あの障害物、馬がぶつかっても怪我しないように、軽く、また、壊れやすく作ってあったわけで……見た目ほどにとんでもない破壊力があったわけではないのだが……しかし、事実はどうあれ、今、重要なのは、派手なことだった。

ものすごい勢いで飛んできたものから、身を挺《てい》してミーアを、そしてルヴィを守ったという功績……。

それは、強力な説得力を持っていた。

「それに、その男はミーアの皇女専属近衛隊《プリンセスガード》の隊長だというではないか。であれば、爵位を持っていないのは不都合があるのではないか？」

それもまた、事実であった。

今は、まだ、ミーアは一皇女に過ぎない。けれど、ルードヴィッヒらの働きかけが実ってしまい、ミーアが女帝になった暁《あかつき》には……。女帝の手足たる、女帝専属近衛隊《エンプレスガード》の隊長が平民というのは、いささか問題があるかもしれない。

名誉爵位とはいえ、貴族であれば、その辺りのこともバランスが取れるわけで……。

なぁんて難しい分析をミーアがしたかというと、もちろんそんなわけはない。

ミーアが考えたのは、ただ一つのことだけだ。すなわち……。

――平民の兵士が功績をあげたことで士爵《ナイト》となり……そして、星持ち公爵令嬢《エトワーリン》と結ばれる……。

実にドラマチックですわっ！

これである。

恋愛小説脳ミーアは、ピンク色の脳細胞に促されるままに、深々と頷き、

「なるほど、それは、とても素晴らしいことですわ」

満足げに微笑むのだった。

第十九話　カミカイヒ、直撃す

「ミーアさま！」

会場内が騒然とする中、アンヌが小走りにやってきた。

「あら、アンヌ。うふふ、どうでした？　わたくしの、ホースダンスは」

東風から降りたミーアは、ニッコリ微笑みつつ聞くが……。

「それよりも、お怪我は本当にありませんか？」

アンヌは心配そうな顔で、ミーアの体を見て回った。

「ええ。なにも問題はございませんわ」

「そうですか……よかった。あ、こちらをどうぞ」

そう言ってアンヌが差し出してきたのは、月雫《つきのしずく》レモンティーの入った水筒だった。

「あら、ありがとう」

早速、水筒に口をつけたミーアは、口の中に広がった風味に、思わず、ほふぅっと息を吐く。

舌の上に感じる果実の酸味、紅茶の芳しい香りが、なんとも心地よい。喉を潤す感覚は、熱すぎず、冷たすぎず、ちょうど良かった。

「ふふふ、さすがアンヌですわ。とっても美味しい」

笑みを浮かべるミーア。アンヌは、嬉しそうに微笑み返してから、不意に黙り込み……。

「本当に、ご無事でホッとしました。あの……ところでミーアさま？　つかぬことをお聞きしますが……今回の風は、わざとではありませんよね？」

「はて……？　わざと……とは？」

きょっとーんと不思議そうに首を傾げるミーアに、アンヌはとても真剣な顔で言った。

「あの風はミーアさまが起こされたものだったとか、そんなことはありませんよね？　あるいは、あの風が吹くことを予想していた、とか……」

「……な、なぜ、そのような話に？」

一瞬、混乱してしまうミーアだったが……。

「ミーアさまは天を操る、と騎馬王国の人たちが言っていました」

「ああ……」

確かに、何人かの方たちは言いそうですわ！　などと納得しつつも、ミーアは思わず眉をひそめて……。

「そのような力、わたくしにはございませんわ。あの風も完全に想定外のことでしたもの」

きちんと否定しておく。なにしろ、アンヌの妹は、エリスである。あの、ミーア皇女伝をこの世に生みだしたエリスなのである。

こんな話を聞かれたら、どんなことになるか……想像するだけで寒気がするミーアである。

「本当に……？」

「ええ！　もちろんですわ。わたくしには、そのような力はございませんわ」

断言してやると、アンヌは、ホッと胸に手を当てて……。

「そう……ですか……良かった」

「はて？　良かったとは……どういうことですの？」

そう問いかければ、アンヌは、極めて真面目な顔で、

「もしも、わざとだったら文句を言っているところです。危ないことをして、心配かけないでください！　って……」

「まぁ、アンヌ。あのような風を起こす力を持つわたくしに諫言《かんげん》とは……なかなかに命知らずの蛮勇ですわね」

冗談めかして言うミーアに、アンヌは小さく首を振った。

「たとえミーアさまが天を操る魔法が使えたとしても、それを悪用しないって、私は信じてますから。私が怖いのは、ミーアさまがそれを使って、ご自分を危険な目に遭わせるような、無茶をなさることだけです。だから、ミーアさまをお諫めすることを躊躇《ためら》うことなんか、あり得ません」

「アンヌ……」

忠臣の小動《ゆるぎ》もしない信頼に、思わず感動するミーアである。

「ミーア！」

アンヌに続いて、アベルがやってきた。走ってきたのか、その顔にはほんのり朱が差していた。

「あら、アベル。どうしましたの？　そんなに慌てて……」

「いや、その……」

アベルは、ミーアの顔を見て、一瞬、ホッと安堵の笑みを浮かべてから、

「怪我がないか心配だったから……。少し抜け出して様子を見に来たんだ」

「まぁ、あなたもですの？」

うふふ、っとおかしそうに笑ってから、ミーアは、その場でくるりん、っとターンして見せる。

「ほら、この通り、なにも問題ありませんわ。バノスさんが守ってくださいましたし……」

「そうか……。いや、見ていれば問題ない、とはわかっていたのだが……」

アベルは小さくため息を吐き、

「どうも、ダメだな……君のことになると、大丈夫だとわかっていても、冷静ではいられなくなる……」

自嘲《じちょう》するように笑った。

「まぁ！　アベル……」

ちょっぴり大人びてきたアベルが、ものすごーく真剣に自分のことを心配してくれている……そう考えただけで、頬がちょっぴり熱くなってくる。喉もカラカラに渇いてきて、上手く言葉が出ない。

実になんとも、恋する乙女なミーアなのであった。

さて、二人の会話が終わるのを待ち受けていたかのように、今度はルードヴィッヒが近づいてきた。会の進行を委ねられている彼は、ごくごく真面目な口調で告げた。

「失礼いたします。ミーアさま、この後、閉会のご挨拶をしていただきたく思うのですが……」

「ああ。そうでしたわね」

それから、ミーアは空を見て……。

「風も強くなってきているようですし、早めに閉じなければなりませんわね」

観覧席のほうに向かおうとしてから、ふと、ミーアは思った。

――レッドムーン公の怒りは……鎮まったかしら……？

目を凝らしても、ここからではよく見えないが……つい先ほど、顔が赤くなるほど怒っていたマンサーナである。ミーア自身に対してではないとはいえ……今すぐに近くに行くのは、少々気が引けて……。

「……ふむ、そうですわね。では、今日の会に相応しく、馬に乗り、会場を走りながら終わりの挨拶をすることにいたしましょうか……」

っと、そこで、ミーアは良いことを思いつく。

――あ、そうですわ。レッドムーン公のご機嫌取りのために、最後の挨拶は、夕兎に乗りながらさせていただくというのはどうかしら……。

仕方がなかったとはいえ、レッドムーン家の良馬を、完膚《かんぷ》なきまでに負かしてしまったのだ。少しフォローが必要かもしれない。

――それに、あの子も蛍雷に負けてへこんでいるかもしれませんし、ここは、名誉挽回《めいよばんかい》のために目立つ機会を用意してあげて……。

「馬に……？　それは……先ほどのアクシデントで怪我などがなかったことを、みなに明らかにするため、でしょうか？」

「え？　ああ……ええ。まぁ……それもございますわね。うん」

アンヌとアベルが心配で駆け寄ってきたぐらいだ。他にも、心配に思っている者があるかもしれない。

腕組みしつつ、うんうん、っと頷くミーアに、唐突に、ルードヴィッヒが頭を下げた。

「申し訳ありません。ミーアさま……。あの障害物を作らせた私のミスです」

「あら？　無理に責任を背負いこもうとするなんて、あなたらしくありませんわよ、ルードヴィッヒ」

ちょっぴりへこんだ様子のルードヴィッヒに、ミーアは穏やかに微笑みを向ける。

「あれは、誰のせいでもありませんわ」

きちんと言っておく。

もしも、ルードヴィッヒが、今回のことをきっかけに過剰に自重するようなことがあっては、いろいろなことに支障が出る。

彼には元気溌溂《はつらつ》、やる気を持って職務を全うしてもらわなければ困るのだ。

「このように、急に風が吹いてくることなんて、誰にも予想がつかなかった……わたくし自身にだって、予想がつきませんでしたわ」

自分にもわからなかったんだよぅ、ということを、抜け目なく付け足しておく。

ルードヴィッヒはそんなことないだろうなぁ、とは思うものの、万が一、アンヌのような疑いを持ったら大変だ。

あの風がミーアのせいだったり、ミーアに予想できるものであったりした場合、最悪、ミーアのせいで、ルードヴィッヒの落ち度を作ってしまいかねなかったわけで。

しっかりと否定しておく必要があったのだ。

「ミーアさまにも……おわかりにならなかったと……?」

「ええ。もちろんですわ」

そう言っても、ルードヴィッヒは、まだ難しい顔をしていた。

ゆえに、ダメ押しとばかりに、ミーアは言っておく。

「わたくしたち人間は……風がいつ吹くのか、本当にわからないもにょ……」

〝わからないものではないかしら〟と言おうとしたミーアであったが……久しぶりに噛んだ。

アベルとのやり取りで緊張してしまい、口の中がカラカラになっていたのが原因だ。アンヌのレモンティーを飲むのが足りなかったのだ!

このまま「ではないかしら」と続けた場合「でゅえはにゃいかしら?」などと、ちょっぴり情けない姿を晒《さら》しそうな気がする。

ダメ押しの……決めるべき場面でのしくじりを避けたいミーアは、脳内で刹那の軌道修正。噛まなそうな箇所まで言葉を飛ばした。すなわち！

「……かしら？」

舌をあまり使わずに良いところまで一気にジャンプ！　幸い、そちらは噛まずに済んだが……。

──くぅ、肝心なところで噛むとは、我ながら不覚ですわ！

っと若干渋い顔をしつつ、誤魔化せたかなぁ？　などと、ルードヴィッヒの顔を見つめる。

ルードヴィッヒは、ミーアの言葉をジッと静かに聞いていたが……やがては、何事か感じ入った様子で頷いて……、

「ミーアさまのお心、よく……わかりました」

短く言って、深々と頭を下げた。

どうやら、納得してくれたらしいルードヴィッヒに、安堵しつつ、ミーアは夕兎のほうに向かった。


「わたくしたち人間は……風がいつ吹くのか、本当にわからないもにょ……かしら？」

ルードヴィッヒは、投げかけられた言葉に、戦慄《せんりつ》を覚えていた。

「本当にわからないものかしら？」

この問いかけは、ただの問いにあらず。それは、修辞表現が施された疑問形……すなわち、反語ではないだろうか？　とルードヴィッヒは考えたからだ。

「本当にわからないものかしら？」

その後には、きっとこのような言葉が続いたのではないだろうか。すなわち、

「本当にわからないものかしら？　否、そんなはずがありませんわ……」

っと。

なるほど、ミーアは確かに、今回のルードヴィッヒの失態を咎《とが》めない。ルードヴィッヒが風が吹くことを予想できなかったのは、仕方のないことだと思っているからだ。

されど……そのうえで、ミーアは問いかけてきたのだ。

〝本当に、わからないものと思っているのか？〟と。そして、

〝いつまでも、このままでいいのか？〟とも。

——そうだ……そもそも、最近の小麦の不作も、寒波のせいで引き起こされているもの。我ら人間は、明日の天気すら知ることはできない。不覚にもそう思っていた……。だが……。

ミーアは示したのではなかったか？

数年後の冷夏を。それに伴う小麦の不作と飢饉《ききん》の発生を。

だからこそ、備えることができたのではなかったか？

——ミーアさまがいる間は良い。けれど、ミーアさま亡き後の帝国、未来の帝国を生きる者たちが、天の気まぐれに翻弄《ほんろう》され、飢饉に苦しむようなことがないようにしろ、と……ミーアさまは言っておられるのではないか？

いつ風が吹くか、明日の天気はどうか？

それを完璧に予測することはできないにしても、限りなく精度を上げることはできるのではないか？

そのためにどうすれば良いか……。腕組みし、真剣な顔で考え込むルードヴィッヒであった。

さて……まぁ、これはまったくもって関係のない話ではあるのだが……。

この数年後、聖ミーア学園に二つの学科が新設されることとなった。

一つはミーアが着想を得た馬の知識を学ぶ総合馬類研究学科。そしてもう一つは、気象を研究する学科である。

この二つの学科はそれぞれ、ミーアネットの輸送部門と、農業技術開発部門に、多大な貢献を果たしていくことになるのだが……。

まぁ、それは、完全なる余談なのであった。

第二十話　後始末

ルードヴィッヒのもとを離れたミーアは、夕兎が繋いである場所に急いだ。そこには、ちょうど、ルヴィの姿もあった。

「ああ、ちょうどよかった。ルヴィさん、少しよろしいかしら？」

「あ、ミーア姫殿下……。なにかありましたか？」

怪訝《けげん》そうな顔をするルヴィに、ミーアは早速、お願いすることにする。

「実は、夕兎をお借りできないか、と思いまして」

「夕兎を、ですか?」

「ええ。これから、今日の会の締めの挨拶をしなければならないのですけど、夕兎に乗り、会場を移動しながらしようかと思った……のですけど……」

はて? と、ミーアは首を傾げる。

ルヴィのかたわらにいた夕兎に、いつもの覇気《はき》がなかったからだ。

「あら、なんだか、すっかり元気を失っておりますわね……」

「ええ。セントノエルでの勝負の名誉挽回、と張り切っていた様子でしたから……」

ルヴィの横で、夕兎が、実に哀れげな顔で、ぶーふ、っとため息を吐いた。

「あら、別に気にする必要なんかございませんのに。夕兎だって十分良き馬ではありませんの」

そう言ってやっても、夕兎は、しょんぼーりと首を垂らしたままだった。

けれど……。

「そうだな。我と蛍雷には及ばぬまでも良き馬には変わりがない。というか、乗り手が逆であったなら、結果は違っていたかもしれぬぞ」

元気の良い声に振り返れば、慧馬がゆっくりと歩み寄ってくるところだった。

夕兎のそばまでやってきた慧馬は、軽く夕兎のお尻を叩いてから、

「うん。しなやかで良い体だ。よければ今度は我も乗せてほしい。この馬は、良い馬だ」

夕兎は、まるで機嫌を直したように、ぶるるーふ、っと鼻を鳴らした。

どうやら、生粋《きっすい》のウマイスターである、騎馬王国の慧馬に認められたのが嬉しかったらしい。わりと、現金な馬である。

「ところで慧馬さん、ヒルデブラントは？」

「ん？　ああ。あの男か……。ああいったことは初めてだったから、返事をするのに少し時間が必要だったが……」

などと言ってから、慧馬はキリリッとした顔で続ける。

「我は火の一族、族長代理だ。そして、同時に、火の一族の戦士でもある。当然、我を娶《めと》ろうという者は、我より乗馬に優れ、なおかつ我が兄並みに腕が立つ、そのような者でなければならぬ。だから、修業して出直してこい、と言っておいた」

ドドォンっと胸を張る慧馬に、ミーアは、小さく首を傾げる。

「はて……。慧馬さんより乗馬が上手く、あの馬駆《マク》さん並みに剣が強い……となると、ディオンさんのような方になると思うのですけど、それは大丈夫なのかしら……？」

頬に手を当てて心配そうに尋ねるミーアに、

「…………はぇ？」

慧馬、思わず、きょっとーんと首を傾げる。

「いえ、まぁ、乗馬の腕前は慧馬さんのほうが上なのかもしれませんけれど……剣の腕がお兄さま並みとなると、なかなか限られてきますわよ？　ディオンさんをはじめとした剣の鬼のような方たちになってしまうような気がしますけど……ああいった方が好みなんですの？」

それを聞いた慧馬は、途端に、顔を青くして……。

「けっ、剣の腕はそれほどじゃなくっても、いい、かな？　そう、乗馬！　うむ、やはり、馬に乗る腕前が、我を軽く凌駕するような男でなければ我の相手は務まらぬな……うんうん」

などと、慌てて言う慧馬である。

そんな奴はいねぇ！　と思わなくもないミーアであったが、まぁ、よしとしておく。

とりあえず、ヒルデブラントは、慧馬に振り向いてもらうためには、騎馬王国で修業する必要があるだろうし、そこで素敵な出会いがあれば、それはそれで良いからだ。

――これで、ヒルデブラントのことは片付きましたわ。後は……。

ミーアは静かに観客席を見上げながら、小さく深呼吸するのだった。


さて、ミーアが再び馬に乗って出てきたことで、周囲は再びザワつき始める。

だが、その、少し荒れた空気こそが重要だった。

――凪《なぎ》では波に乗りようがありませんわ。多少荒れているほうが、むしろ流れに乗るには良いのですわ。

そう、空気は荒れてはいたが……決して、荒れ過ぎてもいなかった。

その空気を抑えているものこそ、ミーアが乗った馬、夕兎であった。

駿馬《しゅんめ》勝負においては一歩後《おく》れを取った夕兎であったが、依然として、その全身から発する見事な気品は健在だった。

さらに、ミーアがレッドムーン公の馬に乗っているという事実は、両者の関係が良好であることを周囲に示すものでもあった。

ミーアは、皇女専属近衛隊《プリンセスガード》とレッドムーン公の私兵団、さらに、皇帝らがいる観客席と等間隔の位置をゆっくり歩きながら、よく通る声を上げた。

「今日の乗馬大会は、いかがだったかしら？　日ごろのみなさまの鬱憤《うっぷん》を解消する、楽しい会になっていればよろしいのですけど……」

それから、ミーアは、両陣営に順番に視線を送る。

「さて、言うまでもないことですけど、今日の勝負は、あくまでも帝国兵同士の勝負。仲間同士が腕を競い合ったにすぎませんわ。ゆえに、勝負が終わった今は、互いの健闘を称え合いたく思いますわ」

そう言って、ミーアは、率先して拍手を始める。それを追い、両陣営のさまざまな場所から、パチパチ、と遠慮がちに拍手の音が響く。

ミーアは、それを確認してから、

「ふふふ、その反応は当たり前ですわね。勝負である以上、勝ちがあり、負けがある。わだかまりを完全に捨てて、というのはとても難しいことですわ。されど、あえてわたくしは言っておきますわ。今日の悔しさは今日味わえ、と……」

だから根に持つんじゃないぞ、と言いたいミーアである。

「そして、その楽しさと悔しさを存分に味わったなら……美味しいお食事を食べて、美味しいお酒を飲んで、寝て、明日にはきれいさっぱり忘れてしまうことですわ」

つまりは、今日の出来事は、すべて無礼講《ぶれいこう》にしましょうよ、と言いたいミーアなのである。

……そしてついでに、ヒルデブラントのやらかしも、できれば、無礼講で済ませたいな！　と主張したい、ミーアなのである！

「勝負が終わった今となっては、いろいろな感情はあっても、すべて恨みっこなし《ノーサイド》。わたくしは、こう主張しておきますわ。だって、みなさんは、すべて、共に大陸に住まう民。みな同様に、我が愛すべき臣民ですもの」

こうして、ミーアは、両陣営の間に亀裂《きれつ》ができることを、あらかじめ防いでおく。

なにしろ、レッドムーン公の私兵団と皇女専属近衛隊《プリンセスガード》は、どちらも、大切な戦力だ。いざという時には力を合わせて、守ってもらいたいわけで……。

だから、今日のことは、すべては無礼講。美味しいものを食べて、忘れちまえ！　と高らかに言うのだ。


そして……ミーアのそんな言葉は、不思議と、両陣営の兵士たちの心に沁《し》み込んでいった。

つい先ほどまでは、互いに白熱の応援を送り、時に悔しく、相手を憎らしくも思ったものだったが……気付けば、後に残ったのは、今日を楽しく過ごしたという思い出だったから。

それは、ひとえに順番の妙だった。

力を尽くした戦いがあり、みなが目を奪われるような、見事な月兎馬同士の競走があった。

勝負の満足感に浸った後、最後は、勝ちも負けもつかない、ミーアのホースダンスだったのだ。

ちょっぴり微笑ましくも、見事なポニプリダンスに、兵士たちは思ったのだ。

「ああ、なんかいろいろあったけど、なんだかんだで楽しかったな……」と。

途中で、唐突な告白があったり、ミーアに危機が迫ったり、と、いろいろなアクシデントが起きたような気がするが、思い出せばすべては楽しかった、と……。

やがて、誰に促されたわけでもなく、両陣営の兵士たちは歩み寄り、握手をしては、互いの健闘を称え合った。

さらに、そこにタイミングよく、ルードヴィッヒが手配した酒樽《さかだる》が運ばれてきて、場は大盛り上がりとなった。

死力を尽くし、争い合った者たちが、勝負が終わった後には、互いに酒杯をぶつけ合う、これこそが、後の世で、ミーアピックが平和の祭典といわれる所以《ゆえん》であった。

そうして、酒を酌《く》み交わした者たちは共に誓い合うのだ。

またやろう、と。

この楽しくも、血が沸き立つような祭りを、またやりたい……。

だからそれまで壮健《そうけん》でいろ、と。

かくて、後顧《こうこ》の憂《うれ》いを断って後、ミーアはレッドムーン公のほうへと馬首を向ける。

いよいよ、最後の仕上げの時が訪れようとしていた。

第二十一話　新しいことを、古きやり方で

そうして、ミーアは夕兎を促した。

向かう先は観覧席の前……。いよいよ、レッドムーン公に立ち向かう時が来たのだ。

「レッドムーン公、今日の会、お楽しみいただけましたかしら？」

観覧席を見上げながら、ミーアは言った。

「ああ……ミーア姫殿下。ええ……そうですね。馬同士の白熱の競走は、確かに血湧《わ》き肉躍《にくおど》るものを感じました。その意味では、まぁ、楽しめましたな」

レッドムーン公マンサーナは、渋い顔で頷いた。ミーアは、その表情を見ながら……。

――やっぱり、今日のことはすべて忘れて……とはいかないようですわね。娘の結婚相手に、と思っていたヒルデブラントのあのやらかしですし……。お父さまだったら、むしろ、手打ちにしているぐらいだと思いますわ。

その意味では、マンサーナは、自制が効く人といえるだろうが……ここは、なんとかしておかないと、ミーアとレッドムーン家との関係が悪化しかねない。それはまずい。

配慮が必要だろうと……ミーアは大きく頷いて……。

「それはなによりですわ。まぁ、途中に驚かされる告白などもございましたけれど……」

と言って、すかさずミーアはマンサーナの顔を見る。その頬が、一瞬、ひくんとひきつるのを見て、思わず逃げだしたくなるが……。生憎《あいにく》と、今、ミーアが乗るのは夕兎である。

背の上で動いたミーアに「なにか？」と首を傾げている。こそこそと逃げるのは、王者に相応しくない、とばかりに、そこに佇《たたず》み、動こうとしない、実になんとも空気の読めない馬なのであった。

「ま、まぁ、その……若き想いというのは、抗《あらが》いがたいものですし」

仕方なく、ミーアは言葉を続ける。幸い、すでに作戦は立ててあった。

まず、今日のことはすっきり忘れましょうよ！　と押す。今日のいろいろなやらかしは、まぁ忘れて、誰にも責任を問わないでおきましょうよ、となったらいいのになぁ、と切に思うミーアである。

……が、押し切れない場合には、別の論《ろん》をもって、マンサーナの心を鎮めるつもりでいた。

キーワードは『若さ』だ。

「胸に抱いた熱情に抗いがたきは、若者のサガというものですわ」

そう、ミーアは、ヒルデブラントの無軌道な行いを、すべて、若さのせいにしようと企んでいた！　そのうえで……。

「されど、その若者の、抑えがたき熱情が、国の未来を切り開いていくことも、また、事実というものですわ」

『若さ』というのは、そんなに悪いものじゃないよね？　という方向に話をもっていこうとする。

それから、ミーアはマンサーナの顔をジッと観察する。彼の顔に怒りの色を見つけたら、即時撤退するつもりで……ギリギリまで踏み込む！

「だから、わたくしは我が従兄弟、ヒルデブラントの恋と熱情を応援したく思いますわ」

「なっ！」

マンサーナの顔に、驚愕の色が浮かぶ。が、ミーアはあえて言葉を続ける。

「彼のあの気持ちは、騎馬王国と帝国との間に新たな関係を生むものかもしれない。若き情熱は、どのような困難にもめげず、新しい道を切り開く……そのような力がありますわ」

そう断言してから、ミーア、さらに攻める！

「それだけでなく、わたくしは……ルヴィさんをも応援いたしますわ」

ここで、きちんと言っておくのだ。ルヴィの恋を自らが支持し、応援する、ということを……。

もちろん、はっきりと「ルヴィがバノスに恋をしていますよぅ！」なぁんて明言したりはしないが……フワリと匂わせるのだ。

ルヴィもまた、現在、恋の真っ最中ですよ、と。そうして……。

――ヒルデブラントのやらかしは、まぁ、やらかしですけど、ルヴィさんも、あの縁談に乗り気じゃなかったですわよ？　だから、ヒルデブラントのアレな言動は、双方に利するものでしたわよ？　娘さんに嫌われなくって良かったですわね！

っと暗に主張しておくのだ。

あのヒルデブラントの行動は、むしろ、ルヴィにとって良いことなのですよぅ、となんなら、声を大にして訴えたいミーアなのである。

「ルヴィを応援……」

「ええ。彼女の若き情熱もまた、とても貴重なもの。古き慣習によって潰《つぶ》してしまってはいけないのではないかしら……」

大貴族に相応しい婚姻相手とか、そういうこだわりは、さておいて。ここはルヴィの恋心を応援してあげようよ、と、ミーアは伝えたいのである。

ルヴィの場合、バノスのことが好きすぎて、このまま下手な貴族とくっつけてしまうようなことがあれば、明らかに悪影響が出そうでもあるし、それに……。

「ルヴィさんは、いち早く行動をもってわたくしへの支持を表明してくださいましたわ」

四大公爵家の子女たちの中で、ルヴィの功績は大きい。皇女専属近衛隊《プリンセスガード》を用いた、食糧輸送部隊の護衛計画の立案、その運用において、ルヴィの果たした役割は決して小さくないのだ。

「それに、ルヴィさんは、わたくしがしようとしている、新しいことにも賛同してくださいましたわ」

新しい盟約……。秘密裡《ひみつり》に、星持ち公爵令嬢《エトワーリン》・令息と結んだ盟約のことを公にはできない。されどルヴィは確かに、あの日、ミーアの協力者となったのだ。であれば、ミーアとしてはぜひ、協力してやりたいところだった。

——それに、平民から異例の出世を遂げた一兵士と大貴族の令嬢が結ばれる……というのは、とてもロマンチックですし……。ぜひ見てみたいですわ。

そんな、ちょっぴり自分の欲望にも素直なミーアなのである。

「ミーアさまが、なされようとしている新しいこと……。ルヴィが行動で支持を……」

マンサーナは考える。ミーアが言わんとしていることを……。

帝国の叡智と謳《うた》われるミーアのことだ。きっと、その発言には意味があるはずだ、と。

──コティヤール家とレッドムーン家の縁談は、ミーアさまのお心に適わなかった……ということか。だが、それは、なぜか……？

一つは、もちろん、ミーアが言っていた通り、騎馬王国との関係だ。

──若さ、か……。

ヒルデブラント・コティヤールの馬への情熱は、帝国の中で満たされるものにあらず。名馬の一頭を与えたところで、その渇望は満たされない。否、それでは、彼の情熱を生かすことはできない。

──溢れ出る若き情熱を真に生かす環境は騎馬王国にあり、と……。ミーア姫殿下は、そのように見ているのだろう。姫殿下は、その者の持つ資質が、生かされぬまま枯《か》れていくのを嫌う……そういう方なのだろう。

それは、皇女専属近衛隊《プリンセスガード》にもよく表れている。馬番をしている者も、あの巨漢の隊長も、ミーアから与えられた役割を、生き生きとこなしているではないか。

──それこそが、帝国の叡智の本質ということか！

カッと目を見開き、そんな結論に到達するマンサーナ。

……ちなみに、奇しくもマンサーナが立てた推測は、どこかの国の苦労性の忠臣と重なっていた。

今後、マンサーナが、胃痛に悩まされないか心配である。

それはさておき……。

――だが、ミーアさまが言わんとしていることは、それだけではあるまい。私はやり方を間違えたのだ。ミーアさまがなさろうとするのは『新しい』ことだ。しかし、その支持を表すのに、私は古いやり方をもってしまおうとしていた。それは適切ではないと……ミーアさまはおっしゃっているのではないだろうか。

思わず、マンサーナは深いため息を吐いた。

――なるほど……考えてみれば、大貴族同士の婚姻により、関係性を強化し、支持を表す、などというやり方は、実に古い。古色蒼然《こしょくそうぜん》としたものであった。対して、ミーアさまがなさろうとしているのは、帝国初の女帝として、このティアムーン帝国に君臨するという、未だかつて誰もなさったことのないこと。この上なく新しきことに、古き仕方で支持を表すは確かに矛盾であったな。

考えてみれば、ルヴィに対する支援だとて、今回のやり方は古かったのかもしれない。

軍内部での栄達を支援するため、有望な青年貴族ヒルデブラントとの縁談により、後押ししようとしたのだから。

――あの子は……ルヴィは、ミーア姫殿下の皇女専属近衛隊《プリンセスガード》内での働きにより……自らの力により、その道を切り開こうとしていたというのに……。そして、そのやり方をこそ、ミーアさまは、自らの陣営に相応しいと認められたというのに……。

であれば……ミーアへの支持を表明するためには、どうすれば良いのか？

――考えなければなるまい。はは、まったく、サボることができんな……。これがミーアさまを支持するということか……。

思わず、苦笑をこぼすマンサーナであった。

「なるほど……。よく、わかりました。コティヤール家との縁談の件、少々、性急に過ぎたように思います。もう少し、ルヴィとも話し合ってみようと思います」

「ええ。それがよろしいですわ」

そんなマンサーナに、ミーアはニッコリ笑みを浮かべるのだった。


さて、マンサーナが、聖ミーア学園に総合馬類研究学科を開設するという報せを聞いたのは、この数か月後のことだった。

馬の研究という『新し』くも魅力的な研究に、彼はすぐさま支持を表明。

レッドムーン派の貴族や黒月省の協力も得て、馬類研究学科は順調なスタートを果たすのだった。

第二十二話　勝機……実らず！

その日の夜のことだった。

夕食後、突如、呼び出しを受けたルヴィは、父の書斎に向かっていた。

質実剛健《しつじつごうけん》、堅固な城のようなレッドムーン邸の廊下を歩くルヴィ。背筋を伸ばし、颯爽と歩くその姿はいかにも凛々しく、すれ違ったメイドたちが思わず、ため息をこぼすほど美しく見えた。のだが……。

父の書斎、扉の前に立ち、ルヴィは、小さくため息を吐き……。

「うう……ミーアさまの狙いが上手くいっていればいいのだけど……」

などと、気弱につぶやく。

「バノス隊長、私に力をください……」

なぁんてつぶやく彼女は、正真正銘、紛れもなく恋する乙女なのである。

それから、気を取り直すように深呼吸して……。

「失礼いたします。お呼びでしょうか、父上」

ゆっくりと扉を開き、部屋へと入る。

中に入ると、父はくつろいだ様子で椅子に座っていた。

「ああ、ルヴィ、来たか。疲れているところを呼び立ててすまなかったな」

「いえ、問題ありません。それよりも、なにかありましたか？」

促されるままに、ソファに腰かけようとしたルヴィだったが……。

「ヒルデブラント・コティヤールとの縁談のことだが、取りやめにすることとした」

突然の話に、ルヴィは一瞬、動きを止め……。

「そうですか」

平静を装いつつ、内心で、「やったぁー！」と快哉を叫ぶ。

まぁ、半ばはわかっていたことではある。大勢の前でやらかしたヒルデブラントを、今さら正式な縁談相手にはしづらいだろうし……。

だが、ルヴィはすぐに心を引き締める。

なにしろ、父、マンサーナは軍略に長《た》けた人だ。縁談の話も、ルヴィに反論の機会を与えずに、奇襲によって了承させてしまったのだ。

今の、縁談取りやめの話も、ルヴィにとっては急な話。こちらが混乱から立ち直らぬうちに、なにか仕掛けてくるかもしれない。

そうして、すぐに冷静さを取り戻したルヴィは、とりあえず必要なことをしておく。それは……。

「父上、ヒルデブラント殿のことですが……あまり、罰などを与えませんように、お願いいたします。コティヤール家との仲も悪化しないよう、お取り計らいいただけると嬉しいのですが……」

「ほう？」

「あの方も、悪気があったわけではないでしょうし……。恋とは抗いがたい感情でしょうから」

後半は、いささか実感をこめて、ルヴィは言った。

「それに、ミーア姫殿下との関係性を悪くしては、本来の狙いとは逆。ここは、どうか、お怒りをお鎮めくださいますよう……」

「わかっている。正式に婚約をしていたわけでもなし。穏便《おんびん》に済ませるつもりであったが……しかし」

と、ここで、マンサーナは静かにルヴィを見つめた。

「あまり残念そうではないな。それに、怒ってもいないか……。やはり、ヒルデブラント・コティヤールは好みに合わなかったか？」

「へ？　ああ。いえ、好みに合わなかったということではなく……」

っと、慌てて手を振るルヴィだったが……不意に、ミーアの言葉が甦《よみがえ》る。

『何事にも時期がある……』

――もしかすると、私の気持ちを父上に知っていただくのは……今かもしれない。

唐突に、ルヴィは思う。

ここで、自分に想い人がいることを伝えておけば、今後は縁談話を持ちかけられることもなくなるかもしれない。

ここは先手を打ち、父の動きを牽制《けんせい》することこそが、戦理に適う行動なのではないか？

ルヴィの脳裏、軍配《ぐんばい》を持ったミニミーアが、行け！　行け！　と飛び跳ねていた。

大きく息を吸って、吐いて、もう一度吸って……ルヴィは、言葉を紡《つむ》ごうと口を開き……。

「やはり、己《おの》が力を試したいか……」

父の、想定外の言葉に、ルヴィは思わず……、

「……はぇ？」

力の抜けた声を出した。

「いや、みなまで言うな。きちんとわかっている。婚約者の力も、レッドムーン家の力も借りず……。ただ、己が力により、軍内部での栄達を果たすこと……。それこそが、お前の望みなのだろう？」

マンサーナは、どこか遠くを見つめるような目つきで、話を続ける。

「私は、どうやら、お前を助けるつもりで、余計なことをしてしまったらしいな。お前の才気も、

覇気も知っているつもりではあったのだが……」

自嘲《じちょう》の笑みを浮かべて、父は首を振った。

「若さ……か。私は、すっかり忘れてしまっていた。己が力を頼りにどこまで行けるか……か。ふふ……」

「あ、いえ、父上？　その、私は……」

なにやら誤解していそうな父に、ルヴィが話しかけようとした時だった。

「失礼いたします」

唐突に、ノックの音。現れたのは、レッドムーン家に長く仕えている執事だった。

「申し訳ありません。ルヴィお嬢さま、皇女専属近衛隊《プリンセスガード》の方がいらっしゃいました。なんでも、トラブルが起きたとか……」

その言葉が遠慮がちなのは、ルヴィがレッドムーン家の令嬢だったからだろう。

星持ち公爵令嬢《エトワーリン》が、夜間の召集に応じる必要があるのか否か、それは微妙なところだった。が……。

「失礼いたします。父上、この話はまたいずれ……」

ルヴィは一瞬も躊躇うことなく立ち上がる。

自分は皇女専属近衛隊《プリンセスガード》の副隊長だ。隊長バノスの補佐という大切な仕事があるのだ。

彼の信頼を裏切るようなことは、間違ってもできない。

急ぎ、支度のために、自室に戻るルヴィ。

ふと……あれ？　今、父に伝えるべきタイミングを逃したんじゃね？　という思いに駆られたりもするが……。

——いや、まぁ……、ここで父上に私の想いを告げても、その後でバノス隊長に想いを告げて断られたら悲惨なことになるし……。父上も怒って、バノス隊長に危機を及ぼすかもしれないし……。それは本意ではないからな……。うん、そうだ！

などと、うだうだ考えた末に、ルヴィは、一つの結論に到達する。

「それに、ミーア姫殿下も蛮勇は良くないと言っていた。そうだ、忘れるところだった。やっぱり、父上は後回し。バノス隊長が先だな。うん」

こうして、恋する赤月の姫は、皇女専属近衛隊《プリンセスガード》の詰め所へと急ぐのだった。

第二十三話　恋愛大将軍ミーアの号令！　全軍突撃!!!

「すごい風だな……」

屋敷を出た瞬間、吹き付けてきた強風に、ルヴィは顔をしかめた。

乗馬大会の途中から吹きだした風は、強さを増し、悲鳴のようなうなりを上げていた。

……今夜のミーアの睡眠時間が心配なところである。

「急ぎましょう。ルヴィお嬢さま」

やってきたセリスに一つ頷き、ルヴィは馬車に乗り込んだ。

「それで、いったいなにがあった？」

対面に座ったセリスは、眉をひそめて言った。

「実は、その……皇女専属近衛隊《プリンセスガード》の馬が、何頭か逃走を……」

「……うん？」

ルヴィは、思わず眉をひそめた。

「この強風で厩舎の一部が壊れ、馬が逃走したとのこと。それを連れ戻すためにいくつかの部隊が動いているのですが……」

外は、すでに夜の闇の中だ。捕獲《ほかく》は、思いのほか苦戦しているらしい。

「今日は、ずいぶんと馬と縁がある日だな……」

ルヴィが苦笑を浮かべると、セリスが実に申し訳なさそうな顔で頭を下げた。

「申し訳ありません。本来は、お嬢さまのお耳に入れることでもないかとは思ったのですが、バノス隊長がかけられた召集ですし……」

「よく教えてくれた！」

ルヴィは思わず、セリスの手をガシッと両手で掴み……。一瞬後にハッとした顔をして……。

「んっ、んん。まぁ、なんだ。私は皇女専属近衛隊《プリンセスガード》の副隊長。バノス隊長を補佐する立場なのだから、緊急時に召集を受けるのは当たり前のことだ」

キリリッとした顔で言うルヴィである。

そうこうしているうちに、馬車は皇女専属近衛隊《プリンセスガード》の詰め所に到着した。

建物の中は活気に満ち溢れていた。

どうやら、彼らは競馬大会の後、宴会に突入、その最中に馬が逃げたとの報告が入ったらしく……。詰め所内には、レッドムーン家の私兵も何人か交じっていた。

「ええと……状況はどうなっていますか？」

ルヴィは、急ぎ、バノスのそばに歩み寄った。

「ああ。副隊長。夜分に呼び立ててすみませんでしたな。実は、レッドムーン家の私兵団の連中も手伝ってくれるというもんで……人手があるのはありがたいが、ちょっと収拾がつかなくなっちまいましてね……」

「いえ……。それは問題ありませんが……」

ルヴィはいったん言葉を切って、むぅっと不満げな顔をする。

バノスは、いつも微妙な敬語を使うのだが……それが、自分との間の壁になっているような気がしていた。

副隊長なのだから、いっそのこと、タメ口とか、もう少し強い口調で接してくれてもいいのに……と思ってしまうルヴィである。

しかも、彼は士爵《ナイト》という、れっきとした貴族の仲間入りをしたのだ。

ならば、敬語など使わず、もっと親しげに話しかけてくれても良いのではないだろうか？　などとさえ、思ってしまう。ここは、しっかり言っておかねば……っとルヴィは勇気を振り絞る。

「バノス隊長、あなたは、今日、皇帝陛下直々に爵位を賜《たまわ》り、士爵《ナイト》となられました。そのことを、ご自覚ください」

「ん？　いや、ええと、それはどういう……」

「私は、星持ち公爵令嬢《エトワーリン》とはいえ、自分で爵位を持っているわけではありません。であれば、バノス隊長のほうが爵位的にも上になるのです！　かしこまった敬語など使う必要はありません」

んなわけにいくか！　ということを真顔で言うルヴィである。

対して、バノスは微妙に気まずそうな顔をする。

「ああ……、いや、士爵《ナイト》の話は……」

「なにか、不満がおありなのですか？」

「いや、不満じゃないんですがね……。こいつらにさんざんからかわれましてね。貴族になったのだから、貴族のお綺麗なお嬢さまがたとも恋仲になれて羨《うらや》ましいとかなんとか……」

その言葉に、思わずドキッとする。バノスが、貴族令嬢との恋愛をどう思っているのか、気になったからだ。

もしも、そんなのは考えられないと言われてしまったらへこんでしまうが、かといってそれを喜んでいるのだとすれば、ライバルが一気に増えてしまうかもしれない。

ルヴィの中では、バノスは絶世のイケメンなのである。不安になっても仕方ないのである。

「おお、そうだ。うちらの隊長はお貴族さまになったんだ。もう、ほかの連中にデカい顔させないぞ！」

バノスが爵位を得たことで、大いに盛り上がっている隊員たち。それに苦笑いを浮かべつつ、バノスは、隊長室にルヴィを誘った。

「あそこじゃ落ち着いて話ができませんからな。ああ、なにか、飲み物でも……」

っと、椅子を勧めるバノスに、ルヴィはもじもじしながら尋ねる。

「あ、あの、バノス隊長？　隊長は、その……ど、どうなのでしょうか？」

「は？　どう、とは？」

きょとん、と首を傾げるバノスに、ルヴィは、勇気を振り絞り……。

「そ、その……貴族の令嬢との恋愛とか……」

「はぁ、いや、どうと言われましても……。そんなこと考えたこともありませんぜ。そんなの物語じゃあるまいし……ああ、そうか」

と、そこで、なにかを納得した様子で、バノスが小さく頷いた。

「そういえば、流行ってるってディオン殿が言ってたか。なるほど、確かに俺ならば、平民の兵士が士爵になって、貴族のご令嬢と恋愛……って筋書きはできるか……」

バノスはそうして、肩をすくめた。

「まぁ、いずれにせよ俺には縁遠いことですな。なにせ、そういうのはもっと見栄えが良くなけりゃ、ダメでしょうしね。生憎と副隊長殿の興味を惹けるようなことは、お話しできなそうだ」

「そう……ですか」

バノスの答えに、ルヴィは安堵半分、落胆半分の、なんとも言えない顔をする。

「しかし、まぁ、なんですな。あなたから恋愛の話をせがまれることになるとは思いませんでしたな。こんなことを言ってしまうと、失礼に当たるかもしれませんが……大きくなられましたな」

「え？」

突然の言葉に、ルヴィは小さく瞬《まばた》きして……。

「それは、どういう……？」

「ああ……いや。忘れているなら構わないんですがね、あなたとは昔、会ったことがあったから……」

バノスはそう言って、懐かしげな笑みを浮かべる。

「あの時のお嬢ちゃんが、立派なレディになって……。しかも、副隊長として共に仕事をすることになるとは……。ははは、なかなか、人生とは不思議なものですな」

ルヴィは、それで気がついた。

バノスは、あの時のことを覚えているのだ、と……。覚えていてくれたのだ、と……。

それが嬉しくって……だからだろうか……？

――あれ……？　これって、今なんじゃ……？

不意に、閃《ひらめ》いた！　自分の気持ちを告げるのは……今なのではないか！　と。

この話の流れ、あの時からずっと好きだったと、自然に言えるタイミングなんじゃないだろうか？　と。

――そうですよね？　ミーアさま？

胸の中、問いかければ、今こそ、全軍突撃ですわ！　などと軍配団扇《うちわ》を振る、恋愛大将軍ミニミーアの姿が思い浮かんで……。

ルヴィは小さく頷き、息を吸って、吐いてから……。

「あの……バノス隊長」

「さて、と。それじゃあ、急いで馬を捕まえに行きますかな。妙齢のご令嬢を、あまり夜遅くまで働かせるわけにもいきませんし」

それから、バノスは鋭い目をルヴィに向け……。

「副隊長、地図を……」

「……はい。すぐに」

彼の真剣な視線に射られて、一瞬、クラッとしかけるルヴィだったが……急ぎ帝都の地図を用意しつつ、つぶやく。

「もう少し……このままでもいいのかな……」

などと……。

かくて、ルヴィの片思いは続く。

その決着がどのような形になるのか……それは恋愛大将軍ミーアにもわからぬことであった。

第二十四話　ミーア姫の優雅な朝

「ふわぁむ……」

さて、競馬大会の翌日のこと。ミーアは、少しだけ朝寝坊した。

ベッドの上で、体をぐぐぅっと伸ばす。

「ふぅむ……微妙に疲れが残ってますわね。ふわ、まだ、眠いですわ……」

あくびをムニュムニュしつつ、目元をこするミーアである。

「これは、昨日、ホースダンスで体力を使い過ぎたせいかしら……？」

なぁんてつぶやくミーアであった。

ちなみに、あえて言うまでもないことではあるが……別に、ものすごい風の音がしてたから、怖くてあまり眠れなかった、などということはない。あくまでも、運動のし過ぎが原因である。たぶん。

「おはようございます。ミーアさま。どうぞ」

アンヌが持ってきてくれた、ホットミルクを一口飲んで、ミーアは小さく息を吐く。

「ほぅ……やはり目覚めのホットミルクは美味しいですわね」

甘くまろやかな香り、こってりとした舌ざわり、コクのある味……。重厚なミルクの味わいが、ミーアの脳細胞を刺激して、目覚めさせていく。

ふむ！　と一つ頷いて、手早くドレスに着替えたミーアは、食欲に背中を押されるようにして食堂へと向かった。

「あっ！　ミーアさま、おはようございます」

食堂には、子どもたちの姿があった。元気よく立ち上がり、挨拶してきたのは、ヤナだった。それに倣《なら》ってキリルも、「おふぁよふごふぁいます」などと慌てて挨拶してくる。

「ふふ、キリル。別に、慌てる必要はありませんわよ。喉に詰まらせてしまいますわ。ゆっくりお食べなさい」

それから、ミーアはパティへと目を向ける。

パティは、いつも通り、表情の薄い顔で小さく頭を下げた。

なぜだろう……その顔からは、昨日よりもさらに元気がなくなっているように見えた。

「あの、ミーアさま……」

すると、唐突にヤナが近づいてきて、ミーアに耳打ちする。

「えと、パティは、弟のことを放っておいて自分が楽しむことを心苦しく思ってるみたいです。だから、心配です……その、友だちとして」

最後の、友だちとして……のところで、わずかばかり恥ずかしげな顔をするヤナ。どうやら、自分から友だちと言うのが照れくさかったらしい。

それを微笑ましく思いつつも、ミーアはそっとヤナの頭を撫でた。

「そう、ありがとう。ヤナ……」

それから、ミーアはキリルに視線を向けた。

「キリルも、昨日は楽しめたかしら？」

「はい。すっごく、楽しかったです！」

ニコニコするキリルに、ミーアは満足げに頷きつつも考える。

——やはり、パティの弟は、なにか厳しい境遇にあるみたいですわね。なんとかしてあげたいけれど、過去のことですし……。それ以前に、いったい、パティがどのような状況にあったのかも、まだわかっておりませんし……今はまだどうにもできないですわね……。

パティの実家、クラウジウス家の調査報告は、まだ上がってきていない。なぜ、お取り潰しになったのかも、かつて、どのような家であったのかも……。今のミーアにはまるでわからないわけで……。

だから、ルードヴィッヒの報告待ちではあるのだが……。

——まぁ調べるようお願いしてから、まだ十日ぐらいしかたっていないですしね。報告が来るまでにはもう少し時間がかかるでしょうね。ふむ、ルヴィさんのことが上手く片づいたわけですし、わたくしのほうでもなにか、できることがあるかしら……？

夏休み、のんびりダラダラしつつも……まぁ、ちょっとぐらいなら、腹ごなしに本を読んだり、父から情報を探り出したりしてもいいかな……？　なぁんて思うミーアなのであるが……。

そんなミーアの平穏は、早々に打ち砕かれることになる。それも、想定外の方向から……。

「たったた、大変です！　ミーアお祖母さまっ！」

ちょうど、ミーアがふんわりやわらかなパンに舌鼓を打っていたところに、孫娘、ベルが駆けこんできた。

「あら、ベル……。はしたないですわよ、そのように慌てて。それに、わたくしはお姉さまですわよ」

眉をひそめつつ、注意するミーア。

まったく、帝国皇女としての自覚が足りていないのではないかしら？　などと呆れつつも、ひょいっと、残っていたパンをもう一口、大きく開けた口に放り込む。

ちなみに、パンは、半分ぐらい残っていた。

ミーアはパンを小さくちぎって食べるのも好きだが、口の中一杯に頬張って、もごもご食べるのも大好きなのである。実になんとも、帝国皇女としての自覚が足りていない食べ方であった。

そんな風にして、優雅な朝食を楽しむミーアに、ベルは腕をブンブンさせながら言った。

「そっ、それどころじゃありません。ミーアお姉さま」

血相を変えている孫娘に、ミーアは、やれやれ、とあきれ顔で、それから、紅茶で口の中のパンをすべて流しこんでから……。

「なにがありましたの？　朝から、そのように慌てるようなことはなにも……」

「さっ、サフィアスさんが、謀反《むほん》を起こします！」

後の宰相ルードヴィッヒから預かった夢日記を手に、ベルが言った。

「ブルームーン派の貴族たちを率いて……ミーアお姉さまに反旗《はんき》を翻すって、こっ、ここに……」

日記帳を開いて言うベル。対して、ミーアは……。

「…………はぇ？」

きょっとーんと首を傾げるのだった。

第二十五話　ミーア姫、緊急会議を招集す

――さっささ、サフィアスさんが、む、謀反っ⁉

ミーア、咄嗟に、目の前にあった紅茶を一気飲み。それから、気持ちを落ち着けるべく……はーふーうー、と息を吐き……。まず、周囲に視線を走らせる。どうやら、話を聞いていそうな者はいないが、念のため。

「もう、ダメですわよ、ベル。帝国を舞台にした小説だからといって、そのように誤解を招くような表現をしては……。サフィアスさんがモデルの、悪役サフィと、ブルームーン派がモデルのブールムーン派、ですわよね？」

気持ち大きめに言ってやる、と、幸いベルにも伝わったらしく……。

「あ、そうでした。すみません。ミーアお姉さま。小説のお話でした」

やや棒読み気味ながらも、答えてくれる。

なんとか、これで誤魔化せそうだぞ、と思いつつも、ミーア、素早く動く。

「それではベル……詳しい話が聞きたいから、わたくしの部屋に来てもらえるかしら……。ああ、

それと、リーナさんを連れてきて……」

ベルに指示を飛ばしつつ、続けてミーアはアンヌのほうに目をやる。

「アンヌ、申し訳ありませんけど、ルードヴィッヒとアベルを連れてきていただけるかしら？」

現状、考えられる最高のメンバーを集めつつ、ミーアは、ぐむむ、っと唸る。

「ミーアさま？」

ふと見れば、ヤナが心配そうな顔で見つめていた。キリルもだ。

一方で、パティは、

「サフィアス……ブルームーン派……？」

などと、怪訝そうな顔をしている。

「大丈夫ですわ。ただの小説でネタに詰まったという話ですわ。ほら、先日、大図書館にいたエリスさんにお話を書いていただこうと思って、そのネタを話し合っていたんですの」

誤魔化すように、ミーアは優しい笑みを浮かべて、

「だから、なにも気にする必要などございませんわ。あなたたちは夏休みを楽しむとよろしいですわ。馬に乗るもよし、エリスに話を聞くのもよしですわよ。ああ、でも、お菓子はほどほどに。料理長の言うことを聞いていないと、大きくなれませんわよ？」

子どもたちの頭を撫でながら、ミーアは、改めて検討する。

――ともかく、事情を聞いて対策を練らなければなりませんわね……。

手早く朝食を口の中に片づけてから、ミーアはムグムグ言いながら、席を立った。

戻ると、ミーアの部屋には、すでに主だった面々が集まっていた。

「急に申し訳なかったですわね。みなさん。でも、緊急事態ですわ」

言ってからミーアは、ベルのほうへと視線を向けた。視線を受けたベルは、

「はい。実は、サフィアスさんが、謀反を起こすみたいで……」

などと、ストレートに言った。補足するように、ミーアは言った。

「ベルが未来から来たということは、もうお話ししてありますけど、その線からの情報ですわ。どうやら、サフィアスさんとブルームーン派が近い将来、謀反を企てる、ということみたいですわね」

視線で問うと、ベルが小さく頷いた。

「ふむ……。まぁ、とりあえず、サフィアスさんに探りを入れる必要があるかしら……。もっとも、もし本当であれば、素直に話すとも思えませんけれど……」

「ミーアさま……」

その時だ。シュトリナが、普段と変わらぬ可憐《かれん》な笑みを浮かべて……。

「実は、嘘《うそ》が吐けなくなるお薬があるのですが……」

不穏なことを言い出した！

「ほう……」

ミーア、しばし黙考……。

――それは、とても便利。情報を聞き出すには良いかもしれませんけれど……両刃《もろは》の剣《つるぎ》ですわね。

サフィアスさんとの間に、修復不可能な溝《みぞ》を作ってしまいそうですわ。

サフィアスを疑い、怪しげな薬を飲ませたという事実は、蛇の連中にとっては格好《かっこう》の材料になるだろう。

一つ頷いてから、ミーアは、シュトリナのほうを見た。

「ありがとう。リーナさん。だけど、それは最後の手段にしたいですわ」

ミーアの言《げん》に、特に不満を見せることなく、シュトリナは頷いた。

「そうですね。それがよろしいかと思います。薬を使うと、一週間は腑《ふ》抜《ぬ》けになってしまうので、敵にバレる危険性がありますから……」

困ったような笑みを浮かべるシュトリナに、ミーア、思わず、眉をひそめて……。

「……ええと、リーナさん、今後は毒を使わなくてもいい、とわたくし言ったと思いますけれど……」

「命に危険がないものは、イエロームーン家では毒とは呼びませんので」

シレッとそんなことを言うシュトリナだった。まぁ、それはさておき。

「サフィアス殿が、そんなことをするとは思えないな」

次に口を開いたのは、アベルだった。

「ああ。そう言えば、アベルは先日、サフィアスさんに会ってきたのでしたわね」

「そうなんだ。あの時、話した感じでは、そんな様子はまるで見えなかった。君に協力し、この帝国を盛り立てていこう、と自分の派閥の若い貴族たちとも話していたんだ。彼が裏切るとは、考えづらい」

苦しげな顔で言うアベルに、ルードヴィッヒも頷いた。

「私も同意見です。サフィアス殿に、この段階で、ミーアさまを裏切るメリットはないかと思います」

それから、眼鏡をくいっと押し上げて、ルードヴィッヒは言った。

「失礼ながら、その情報が間違っている、ということは……？」

「ふむ……」

ミーアは頷きつつ、唸る。

――はたして、間違いであったという可能性はあるかしら……？

ベルに目を向ける、と……。

「ルードヴィッヒ先生が嘘を書くことは、あり得ませんし、間違いを書くことは、もっとないと思います」

そう断言するベルである。

そして、それにはミーアも同意だった。

脚色過多《きゃくしょくかた》の皇女伝や、ミーア自身の主観に基づく血染めの日記帳より、ルードヴィッヒの夢日記のほうが信用に足る、と……そう確信しているミーアなのである。

「ベル、それは確かルードヴィッヒの日記だけでなく、夢の内容までも記録した日記帳、でしたわね？」

ミーアの問いかけに、ベルは静かに頷く。

「はい。そう言っていました」

夢とは、時間の揺らぎによって生じた無数の歴史の記憶……。それすらも網羅《もうら》したルードヴィッヒの日記帳は極めて優秀な予言書といえた。

皇女伝や血まみれの日記帳を見る限り、〝未来を記した文字〟というのは、容易に変化する。記憶や物質以上に、歴史改変の影響を受けやすいのが「文字」というものだった。

それゆえ、ルードヴィッヒは、揺らぎにより、文字が変化してもいいように……すなわち、今日『現実の出来事として書いた記述』が、揺らぎによって『夢の出来事』に変化した場合、なにが影響してそうなったのか確かめられるように、現実と夢とを併記《へいき》しているのだ。

極めて強力かつ、歴史の変化に対しても強度を誇るその記述を、けれど、ルードヴィッヒは心配していた。その影響力の強さを……不安視していたのだ。

『ベルが未来からやってくる』ことは、自分たちの歴史に織り込まれた事実だ。けれど、ベルが『ルードヴィッヒの日記を持っていた』という記憶は、ルードヴィッヒ自身にはなかったから。

となれば、強力な未来予測へと繋がるその日記帳が起点となり、新たな『揺らぎ』ができてしまうことは予想できた。

ほとんど理想に近い世界を築いている未来の世界の住人からすると、なるべく、過去を変えたくない。変わったとしても、その影響を最低限にしたいと考えるのは、仕方のないことなのかもしれない。

「ルードヴィッヒ先生は、これをボクに持たせることを最後まで迷っておられました。けれど、ボクを信用し、できるだけみなさんに見せない条件で、ボクに託してくれました」

そうして、ベルはギュッと日記帳を胸に抱き、

「だから、みなさんに見せるわけにはいかないんですけど、でも、これは、信用できます」

ベルは、凛々しい顔で言った。

それは、帝国の叡智の血を継ぐ者に相応しい、実に堂々たる言葉だった。

……ちなみに、なぜベルが『サフィアス謀反』の記述に気付いたかといえば、ここ最近、毎日のように、日記帳を読み込んでいたためだ。毎日、しっかりと読み進めていたのだ！

ではなぜ、そんなことをしていたのか、といえば、もちろん「過去に飛ばされた以上、自分にも役割がある」と言われたので、それを考えるヒントを得るため、頑張って日記帳を読み込んだのだ
……というわけではない。もちろんない。

ベルは、それほど勤勉ではない。

また、日記帳を読み込み、〝自身を日記帳の影響下〟に置くことでサボろうとした……などということでもない。

「ルードヴィッヒ先生は、できるだけ、この日記帳の影響がないほうが、過去を変えずに済む、と考えていたみたいだし……ということは、ボクがこれを読み込んで、日記帳の影響を受けた状態になれば、ボクの行動自体が過去に対する悪影響になるから、ボクはなにもしなくてもいいってことになるかも！」

などという複雑な思考プロセスをたどったわけでは決してない。ミーアならば、やったかもしれ

ないが、ベルはそこまで勤勉なサボリ魔ではないのだ。

では、なぜ読み込んでいたかといえば、これはもう、実に単純なことなのだが……。純粋に好奇心ゆえである。

なにせ、あの宰相ルードヴィッヒが書き記した日記帳なのである。

興味を惹かれないわけがないではないか！

探検学の徒であるベルは、自らの好奇心に従順な少女なのだった。

第二十六話　奴の弱点……

ベルの言葉を聞いてから、ミーアは改めて言った。

「どのような事情であれ……サフィアスさんが裏切る。これを基本として、動くことにいたしましょう」

ルードヴィッヒがよこした情報に間違いなし。

それは、前の時間軸の経験に基づく、ミーアの結論だった。

ミーアの決定に、最初に声を上げたのは慧馬だった。

「ということは……戦術の基本は機先を制すること。相手が裏切る前に、捕らえるか、殺してしまうかする、ということだな！」

などと、意気上がる慧馬である。が……ミーアは、それには賛同しかねた。

基本的に乱暴なことが、あまり好きではないミーアであるが、それ以上に……その……慧馬には、戦略的なことも政治的なことも、そこまで期待していないのだ。

乗馬以外のことでは、慧馬に対して、微妙にイエスマンになりきれないミーアなのである。

人には向き不向きがあるし……。

そして、ミーアの判断の正しさは、帝国の叡智の知恵袋によって、証明された。

ルードヴィッヒが待ったをかけたのだ。

「いや、それは悪手だ。そもそも、まだ裏切っていない者を処罰した、などということになれば間違いなく、彼らの好餌《こうじ》になってしまう。あの、蛇たちの……」

それから、ルードヴィッヒは小さく唸る。

「第一、ミーアさまへの支持を表明しているサフィアス殿に、ミーアさま自身が危害を加えたりしたら、それこそ、ブルームーン派が蜂起《ほうき》するきっかけにもなりかねない」

「そうだね。ボクも反対だ。サフィアス殿は、本気でミーアに支持を表明している。信義に反することをすべきではないと思う。それに……個人的には、サフィアス殿を……友を信じたいと思う」

賛意を表明したアベル。その真剣な顔に、ミーアは思わず、ドキッとする。

――ああ……友人のために必死になれるアベル……いいですわね！　実にいい！

などと、黄色い歓声を心の中で上げていると、それに応えたわけではないと思うが、黄月の姫君が口を開いた。

「でも、機先を制する、というのは大切なことだと、リーナは思います」

シュトリナは、頬に手を当てて、小さく首を傾げながら……。

「おそらく、蛇ならば、サフィアスさんが蜂起した時点で、どう転んでも攻撃を仕掛けてきて、ブルームーン派とミーアさまとの分断を図るはず。処罰したら処罰したで、正しく処罰しなかったなら、処罰しなかったで……責めてくる。今、サフィアスさんが蜂起するという情報を事前に掴んでいる、こちらにアドバンテージがある状態で動くことが大切だと、リーナは思います」

――ふむ、蛇の第一人者がそう言うのであれば、やはり、そうなのでしょうね……。とすると……。

ミーアは、ベルのほうに視線を向けて、

「ちなみに、ベル。サフィアスさんが謀反を、と言っておりましたけれど、具体的にはなにをいたしますの？」

「はい。ええと、食料輸送部隊に対する攻撃と流通の混乱を引き起こします。それによって、ミーアお祖母さまの評判を落とそうという作戦だったみたいです。かなり、用意周到《よういしゅうとう》に計画されていたみたいで……」

「用意……周到……。ふぅむ……」

それは、なんとなくサフィアスには似合わないような言葉に思えたが……。

――いえ、そういえば、生徒会長選挙の時には、いろいろ暗躍しようと持ちかけられましたっけ……。

そう考えると、きっちり準備し、根回しをする、というのはサフィアスの気質に合った行動かもしれない。

さて、それを防ぐためには、どうすべきか……。

ミーアは考える……ふりをして、他の者の意見を待つことにする。

「用意周到な準備ということは、思いつきで行動したわけではない。以前から計画を練っていたか、もしくは……」

難しい顔で腕組みするルードヴィッヒ。その言葉を継いで……。

「計画を練っていた者は他にいて、サフィアス殿がそれに乗ったということ……かな」

あくまでも、サフィアスを擁護《ようご》する構えのアベルであった。

ミーアは、大きく頷き、

「わたくしはアベルの言葉を信じますわ。わたくしも、盟約を交わしたサフィアスさんが、裏切るとは思えませんもの。もちろん、リーナさんも、エメラルダさんも、ルヴィさんもですけど……」

それは、ミーアの個人的な感傷というわけでもなかった。

事実として、サフィアスが裏切るなどという未来は、今までには存在していなかったのだ。

——ベルの慌てようから考えるに、このような展開は、ベルの知る未来にはなかったはず……となれば、なにか、新しい要因が影響して、このような事態になった、ということですのね。気になりますわね……。

今朝のパンとバターが美味しかったから、ミーアの脳みその働きは悪くなかった。

難しい顔で、ミーアは唸る。

ベルの歴史と『現状』の大きな違いは、パティの存在であるが……。さて……、それがなにか関係あるのか……。

ミーアは考える。考え……考えて……。

考えることを諦める！

「まぁ、ともかく、行動しなければなりませんわ。サフィアスさんがどうして裏切るのかは知りませんけれど……。弱点ならばわかっておりますし、大きな問題はありませんわね」

そう言い切ったミーアに、みなの驚きの視線が集まる。

「ミーアさま、なにか、お考えが……？」

代表して尋ねてきたルードヴィッヒに、ミーアはニンマーリと笑みを浮かべて。

「ええ、もちろんですわ……奴の弱点は、重々承知しておりますもの。ふっふっふ……。あ、アンヌ。申し訳ありませんけど、お手紙を書く用意をしてくださらないかしら？」

「はい。かしこまりました。ミーアさま」

準備が整うと、ミーアは早速、手紙を書き始めた。

あて先は、シューベルト侯爵家の令嬢、レティーツィア。サフィアスの愛しの婚約者に向けてだった。

第二十七話　キースウッド、自ら蒔いた種を刈り取る

さて、ミーアが帝都で遊んでいる頃、シオンとキースウッドはのんびりと、穏やかな夏休みを過ごしていた……ルドルフォン辺土伯領で……。

聖ミーア学園で勉学に励むエシャールを訪問するため。

また、エシャールを預かってもらっているグリーンムーン公爵家に挨拶をするため。

さらには、少し足を延ばし、ペルージャン農業国に行くのもいい。ミーアが作ろうとしているという仕組みは、ぜひ見学をしておいたほうがいいだろう、と。

まぁ、いろいろ理由はあるのだが……。

――やっぱり、ティオーナ嬢に会いに来るためだろうなぁ……。

そう考えて、キースウッドは、ついつい、嬉しくなってしまう。

ティオーナと仲を深めるようになって、シオンは少しだけ肩の力が抜けるようになった。

――サンクランドの王子として、付き合う相手に慎重になるのはわかるが……。固く考えすぎなんだよな……、殿下は。

もう少しやんちゃをしてもいいのではないか、と常々思っていたキースウッドである。

だから、まぁやんちゃとは言い難いものの、シオンの不器用な恋愛を、弟の成長を見守る兄のよ

うな温かな気持ちのキースウッドである。

「当人は、恋だなんて思ってないだろうけど……」

器用なシオンが、自らの恋心に対して見せる不器用さを、キースウッドは微笑ましく思ってしまって……ついつい、ニヤニヤしてしまうのだった。

「しかし……それにしても平和だな」

ルドルフォン邸の中庭、そよぐ風に揺れる花を見て、キースウッドは思わずつぶやく。

ここ最近は、忙しくて、花を愛でるような余裕もなかったから、こんな風にのんびりと、花壇を眺めながら歩いているのが、不思議だった。

「まぁ、いささか退屈すぎるぐらいかもしれないけど……」

そぉんなことを、つぶやいてしまったので……運命の神が放っておいてくれるはずもなく……。

「ああ、こちらでしたか。キースウッド殿」

声をかけられ、キースウッドは顔を上げた。

そこにいたのは、サンクランドから随伴《ずいはん》している護衛騎士だった。

「なにか、ありましたか？」

「ええ。実は、キースウッド殿に報せが届いていると……」

「俺に……？　サンクランド本国からですか？」

眉をひそめるキースウッドだったが、騎士は小さく首を振り、

「いえ。ブルームーン公爵家のサフィアスさまからです」

「ああ、サファイアス殿か……」

サファイアス・エトワ・ブルームーン。

ひょんなことから友誼《ゆうぎ》を結んだ青年の顔を思い出し、キースウッドは懐かしさに目を細める。

彼には、夏休みに入る前に手紙で、帝国に来ることは知らせていたが……。

「機会があれば、会いたいと思っていたが……。もしかして、時間を作ってくれたんだろうか」

星持ち公爵家といえば、帝国で最も高い爵位である。

いろいろ忙しいだろうに、もしも時間を作ってくれたのだとすると、申し訳ないことをしたな……。

などと思っていたキースウッドではあるのだが、サファイアスから届いた手紙を開き――固まる。

文面は、簡潔を極めた。


『ミーアさまが、レティーツィアを料理会に誘ったらしい……』


「…………はぇ？」

油断していたものだから、ヘンテコな声が出てしまった。

予想もしていなかった文字列……その字は混乱か、はたまた名状しがたい感情のゆえか……小さく震えていた。

これを書いた友、サファイアスの苦悩が察せられる。

「これは……いったい、なにが、どうして、こんなことに……？」

いや、事情などは知ったことではない。問題は、どうするかだ。

「どうするって……そんなの決まってるだろう？」

キースウッドは、やれやれと肩をすくめた。

――見ないふり……。そうだな。俺には、どうすることもできない。

サフィアス・エトワ・ブルームーン、彼は友ではあるが、他国の貴族だ。

忠誠をささげるべき相手ではないし、今の自分はシオンの護衛任務を全うする使命がある。エシャール殿下の様子を見て、国王に報告する必要だってある。

やるべきことは山積みなのだ！　退屈とか、全然してなかったのだ！

――なにかの都合で手紙が届かないなんてことは、よくあることだ。うん、よくあることだ。だから、これを読まなかったと言っても……問題ないな。うん！

っと、低きに流れていこうとしたキースウッドであったのだが……ふと心の中に引っかかるものを感じた。

「友の危機に駆け付ける……か」

それは帝国の叡智、ミーア・ルーナ・ティアムーンの友人たちであれば、誰でもが迷わずに行うことだった。どのような言い訳であっても、そこに差し挟むべきではないことだった。

それなのに自分は、何を迷っているというのか……。

それに、キースウッドの脳裏には、かつてミーアが言った言葉が響いていた。

「人は、自分で蒔いた種の刈り取りを自分でしなければならない」と。

もしも、ここでサフィアスを見捨てたら、その種を自分で刈り取ることになるかもしれないわけで……。

「なるほど……それはなんとも、ゾッとしない話だな」

苦笑しつつ、キースウッドは考える。

ならば、どうするか？　助けを求めてきた友にどのように応えるべきか……？

そんなのは、最初から決まっているじゃあないか！

静かに覚悟のキマッた表情で、顔を上げたキースウッドに、

「キースウッド、少しいいか？」

タイミングよくやってきたシオンが、話しかけてきた。

「ん？　どうかしたのか、キースウッド。そんな悲痛な顔をして。狼二頭を一人で食い止めた時だって、そんな顔をしてなかったぞ？」

心配そうに眉をひそめるシオンに、キースウッドは慌てて答える。

「ああ……いえ、なんでもありません。はは、ははは」

乾いた笑いを浮かべつつも、キースウッドは素早く思考する。

——もしも、シオンさまにご同行いただいた場合……最悪、ミーア姫殿下のアレな料理をシオンさまが口にする危険性がある……！

それは、なんとか避けたいキースウッドである。

——だから、サフィアス殿の助力に行くためには、シオンさまが、エシャール殿下と面会してい

る時とか、上手いことタイミングを見計らわないと……。

などと、腹の中で素早く作戦を立てていると、

「まぁ、異常がなければいいんだが、実は予定が少し変わってな。ミーアから、ティオーナに招待状が届いたんだ」

「…………ええと？」

「なんでも、サフィアス殿の婚約者のシューベルト侯爵令嬢と一緒に、料理の会を開くらしい。できれば、ティオーナにも手伝ってほしいということで、せっかくだから、俺たちも……どうかしたか？　キースウッド」

うつむき、フルフルと肩を震わせるキースウッドに、怪訝な顔をするシオンだったが……。

「あ。ええ、いえ、なんでもありません。シオン殿下。ふふふ」

顔を上げたキースウッドは、とても……、とってーもすっきり爽《さわ》やかな顔をしていた。

彼は思っていた。

――よーし！　これで気持ちよく行けるぞ。ああ、良かったなぁ、くそったれ！

と。

やはり、人は自らが蒔いた種を、自らで刈り取らなければならないのだと、キースウッドはミーアの言葉の正しさを認識する。

このスッキリした気持ちこそが、彼自らが蒔いた種の刈り取りなのだ。

もしも、サフィアスからの手紙を見ないふりをしていたら、きっと、今頃、罪悪感に沈んでいた

はずだから。その罪悪感を抱えたまま、結局、厄介事《やっかいごと》には巻き込まれることになっていただろうから。

それよりは、全然マシだった。マシなはずだった……。

そうして、キースウッドは晴れやかな気持ちで笑った。

……そのスッキリ晴れやかな気持ちというのは、いわゆる死地を前にした人の諦めの境地とか……そう言った類《たぐ》いの感情に似ているような気がしないでもなかったが……。

——ああ、良かったなぁ。本当に良かったなぁ！

ヤケクソ気味に胸の中で叫ぶキースウッドなのであった。

第二十八話　ミーア姫、思いつく！

さて、話は少しだけ遡《さかのぼ》る。

ベルの報せに肝を冷やしたミーアであったが、今回の件の勘どころは、きちんと押さえていた。

すなわち、

「サフィアスさんを制するには、婚約者であるレティーツィアさんを押さえればいいのですわ」

これである。

仮に、サフィアスが本気で謀反を企《たくら》んでいたとして、それを止めるには、武器や説得などは一切いらない。ただ、一言、婚約者から「やめなさい」と言ってもらえば済むことである。

「それが最も、平和裏に事態を解決する方法ですわ」

相手の弱点を的確に見抜く……ここ最近はすっかり、恋愛大将軍の称号に相応しい活躍を見せている、ミーアの恋愛脳である。

「問題は、レティーツィアさんにどう働きかけるか、ですけど……」

手紙の文面を考えつつ、ミーアは唸る。

「シューベルト侯爵家には特に縁もないですし……。さて、なにをとっかかりといたしましょうか……」

腕組みし、ミーアは静かに目を閉じる。

椅子の背もたれに体を預け、足をプラプラさせつつ、頭を整理。

おつまみのクッキーをパクリ、サクリ、パクリ、サクリ、しつつ、考えていると……ふと、先ほどのことを思い出した。

あの、ヤナの、生真面目な顔を……。

――そういえば忘れておりましたけど、パティはパティでなんとかしなければなりませんわね。

蛇の呪縛《じゅばく》に囚《とら》われているパティ。彼女の心をなんとかして救ってあげなければ、今いる世界が揺らぐ。下手をすると、今日までの努力がすべて夢で、地下牢で目覚めるかもしれない。

――いえ……さすがに、そんなことにはならないのでしょうけれど……いや、でも、可能性は否定できないのかしら……？

ルードヴィッヒが考えたとはいえ、時間転移理論はあくまでも一つの仮説にすぎない。であれば、楽観視せず、常に最悪に備えることこそが、小心者の戦略の基本。

せっかくここまで頑張って状況を整えてきたミーアとしては、ぜひ、現状は死守したいところである。

「となると、やはり、パティを楽しませて……世界を守りたいものと思わせなければいけませんわ。パティが罪悪感なく楽しめるようななにかを考えなければなりませんけれど……楽しければ楽しいほど、罪悪感を覚えるって……なかなか難しいですわ」

うーむ、と腕組みしつつ、唸ったミーアであったが、やがて、小さく手を叩き、

「あ、そうですわ！　お料理ですわ！」

……ヤバイことを言い出した！

「思えば、セントノエル学園でやったサンドイッチ作りに関しては、パティも喜んでいたではありませんの。それに、料理教室ならば……作っている間だけ楽しいというものではありませんし。後で覚えた料理を振る舞ってあげることもできる……。そのように心の中で言い訳ができますわ！」

さらに、ミーアの頭の中、バラバラになっていた要素が一つの形をなしていく。

「それになにより、レティーツィアさんといえば、お料理会。うふふ、以前、みなで作った時はとっても楽しかったですし……。またやりたい、なんて言っていたんでしたっけ」

ほかのご令嬢たちと予定を合わせるのは難しいかもしれないが、今回は別に四大公爵家揃い踏みといかなくてもよいのではないだろうか？

「とりあえず、暇そうなリーナさんにもご協力願うとして、子どもたちも連れていくとして……。手頃な方もお誘いして、簡単な形で開けばいいですわ……レティーツィアさんとも、ますます親睦を深められますわね。そうして、いざという時にはサフィアスさんを止めてもらうよう言い含めておく……これですわ！」

実に厄介なことに、ミーアの考えた料理教室は、いくつかの点で理に適っていた。唯一の懸念は、まともに食べられるものが作れるかどうかなのだが……。

「アンヌもおりますし、問題ありませんわね。前回なんか、手のかかるエメラルダさんや、意外に不器用なルヴィさんもおりましたけど、今回はいないわけですし。子どもたちはセントノエルでも活躍しておりましたわ。楽勝ですわね！」

むしろ、エメラルダがいれば、一緒にニーナという強力な助っ人がついてきてくれたわけなのだが……。まぁ、それはともかく……。

「よし！　決まりましたわ。料理教室を開きましょう！」

さて、そうしてミーアが書いた文は、すぐに、帝都にあるシューベルト侯爵邸へと届けられた。

その日、ダリオ・シューベルトは、屋敷の中庭でのんびりと趣味の作曲に勤《いそし》んでいた。

ちなみにダリオは、サフィアスの卒業後、そのままセントノエルの学生になり、忙しい日々を過ごしている。
その反動からか、夏休みに入ってからは、こうして一人、趣味に没頭する日が多かったのだが……。

「さて……と、そろそろ昼食の時間かな……」

作業も一段落し、屋敷の中に入ろうとしたところで、彼は、いそいそと廊下を歩く、老境のメイドの姿を見つけた。

「あれ？　ゲルタ、どうかしたのかな？」

「ああ、これは、ダリオお坊ちゃま……」

ゲルタと呼ばれたメイドは、シューベルト侯爵家に仕えるベテランメイドだった。

もともとは、さる侯爵家に仕えていた彼女が、シューベルト家に来たのは今から十年ほど前のことだった。

普段から楚々《そそ》とした立ち居振る舞いの彼女が、なにやら困惑した様子を見せたので、ダリオは思わず首を傾げた。

「なにかあったのか？」

「はい。実は、帝室からの使いの方がいらっしゃいまして、これをレティーツィアお嬢さまに、と……」

「姉さんに？　ふーん」

手紙を受け取ったダリオは、その差出人を見て眉をひそめた。

「これは、ミーア姫殿下の……姉さんに手紙、ね……」

ダリオの脳裏に、なにやら、やかましく警鐘が鳴り響いていた。

——これは、サフィアスさまにお知らせしておいたほうがいいんじゃないだろうか……？

かくて、ミーアの企みは、サフィアスの知るところとなるのだが……。

はたして、それがなにを意味するのか、今の時点では、まだ、誰も知らないのだった。

第二十九話　ミーア姫、探りを入れる

さて、レティーツィアに手紙を出してすぐに、ミーアはパティたちに話をしに行った。

「料理会……？」

怪訝そうな顔で首を傾げるパティに、ミーアは深々と頷く。

「そう、セントノエルでしたようなものですわ」

言ってから、すぐに、ミーアは付け加える。

「お料理の腕を磨くことは、とても意味があることですわ。食とは、わたくしたちに与えられた喜びの最たるものですもの。日々の食事を楽しめない人生は、つまらない……みたいなことが、神聖典に書いてあったはずですわ……確か」

ラフィーナがいないので、やや適当なことを口走るミーアである。が……。

「ともかく、誰かに美味しい料理を作ってあげたい時に、そのための腕前がないというのは不幸なこと。あなたも、いざ作ってあげる機会が得られた時に欲しても遅いですし。未来を予測して動くのが大切ですわ」

それから、ミーアは指を振り振り、偉そうに続ける。

「そう、わたくしも、初めてアベルに作ってあげた時には少し困りましたわ」

……少し？

「あの時のわたくしは、まだまだ未熟者で。アベルが喜ぶようなものを、一人では作ることができなかった。みなの助けが必要でしたわ」

微妙に〝そんな私も今は……〟みたいなニュアンスが感じられないでもない言い回しなのが、いささか気になるところではあるのだが……。

「相手を喜ばせるために心を尽くすことは当然。されど、そのためには、スキルも必要ということですわ。いいですわね」

だから、弟に作ってあげる時のために、今から料理の腕を上げておくのが良いよ、と、主張したいミーアなのである。

……その主張は概ね間違ってはいない。いないが……こう、なんというか、ミーアが偉そうに言っていると、微妙に引っかかる者がいないではないような気がするが……それはさておき。

「あの、ミーアさま、あたしたちも一緒に行っていいんでしょうか？」

不安そうな顔をするヤナ。対照的にキリルは嬉しそうだった。先日のセントノエルでのことが楽しかったと見える。

「問題ありませんわ。あなたたちだって、貴重な戦力ですわ！」

優しい笑顔で、そう言ってあげるミーアである。

ちなみに、子どもたちに関していえば……勝手にパンを馬の形にしたりしないので、どこかの誰かさんより戦力になるというのは、れっきとした事実であった。お世辞抜きの真実なのであった。

とまぁ、そんなこんなで、子どもたちにも事情を伝え……さらに翌日のこと。

ミーアは、サフィアスを白月宮殿に呼び寄せた。

――手は打ってありますけれど、一応、サフィアスさんに探りを入れることも必要ですわね。

そんなことを思ったためだ。

ちなみにベルによれば、ブルームーン家は、謀反の責任を取らされてお取り潰し。派閥は解体の憂き目に遭うという。

「うーん、変ですねぇ。ブルームーン公爵家といえば、ミーアお祖母さまの治世を支える大切な存在ですし……」

などと、しきりに首を傾げるベルである。

実際、中央貴族の中には、ミーアが女帝になることに対して、反対の者が数多くいる。そんな不満分子を、ブルームーン家当主としてサフィアスが抑えてくれることは、ルードヴィッヒら女帝派も期待していることだった。

「もちろん、謀反は起こらないと思っていますが、もしも、サフィアスさまが裏切るようなことになれば、我々としても立ち回り方を変える必要があるかもしれません」

あのルードヴィッヒすら、苦々しい顔をするような事態。されど、ミーアは涼しい顔を崩さない。

なぜなら、すでに手は打ってある。

――レティーツィアさんを上手く丸め込めばどうということはございませんわ。

確固たる確信を胸に、ミーアはサフィアスがやってくるのを待っていた。

やがて……。

「ミーアさま。ご機嫌麗しゅう」

やってきたサフィアスは普段とまったく変わらぬ様子で、親しげな笑みを浮かべた。

そこに違和感などは、一切なく……否！　ミーアの鋭い観察眼は、サフィアスの顔に表れた微かな陰りを見出した。

それに、ミーアを見つめる目に、微妙な不安の色が見え隠れしている。

――あら、あの表情……なにか心配事でもあるのかしら……？　ふぅむ、謀反の兆候がまるでない、とは言いきれないということなのか……。ふむむ……。

自らの手紙が、彼の心配事の中心であることなど、夢にも思わぬミーアである。

ミーアは、ニッコリ笑みを浮かべて、

「ご機嫌よう、サフィアスさん。さ、どうぞ。今日は、せっかくですし空中庭園でお茶にしましょうか」

さりげなく、人気《ひとけ》のない場所へとサフィアスを誘うミーアである。

白月宮殿の屋上、少し張り出した場所にある空中庭園は、ミーアたち皇帝一族やその身の回りの世話をする者たち、そして、招かれた一部の客以外は、立ち入れない場所だった。

じっくりと探りを入れるには、もってこいの場所といえるだろう。

――念のために、人払いをしたうえで、ルードヴィッヒはそばに控えさせておりますし……。準備は万端。まずは、話を聞くのが大切ですわね。

懸念点である、日記帳の記述の信憑性《しんぴょうせい》について、できれば、はっきりさせておきたいミーアである。

そうして、気合とやる気に満ち溢れたミーアが、着いて早々に放った一言が……。

「ふむ、まずは……紅茶とケーキで心を満たしましょうか……」

いつでも揺らがぬ帝国の叡智の姿なのであった。

第三十話　ドヤァッ！　イラァッ！

運ばれてきた紅茶。カップを持ち上げて、一口。

選び抜かれた茶葉の鮮烈な香り、濃厚なミルクのコク、ひとさじの砂糖の甘味。

それらが一体となって、ミーアの味蕾《みらい》を刺激する。

「ふむ……」

さて、今日のお茶請けは……などと、テーブルの上に視線を落とそうとしたところで……。

「あの、ミーア姫殿下、それで、私に話というのは……」

サフィアスが戸惑うような顔で言った。

「ああ、失礼。少し物思いにふけってしまいましたわ」

危うくお茶菓子で本題を忘れかけるミーアである。いかんいかん、と思いつつ、急いで、お茶請けをパクリ。

ちなみに、今日のお茶請けは、王国梨《ラ・サンクランセ》をハチミツに浸けこんだものだった。ねっとりとした舌ざわり。歯で噛みしめれば、柔らかながらも、シュリッと、わずかに残る食感が心地よい。

――ふむ！　この梨のハチミツ漬け、いい仕事していますわ。さすがは料理長ですわね！

うんうん、っと満足するミーア。対してサフィアスは……黙って、お茶を嗜んでいた。

最初こそ、迂闊《うかつ》にも声をかけてしまったが、彼はミーアを知る者、食べ物を楽しんでいるミーアの邪魔をするのが危険であることを思い出したのだ。

そうして、ミーアは、お茶菓子を存分に満喫し、糖分を摂取したところで、何事もなかったかのように話しだした。

「ところで、サフィアスさん。アベルから聞きましたけれど、頑張ってくれているみたいですわね。派閥の若い方を集めて、いろいろなさっているとか……」

「ははは、まぁ、今は地固めといったところでしょうか。どうも我が父は、私に皇帝の座を、と考えているようで……。周りの有力貴族たちもその気になっている。それを止めるには、仲間が必要」

それから、サフィアスは、そっと頭を下げた。

「ミーアさまとの盟約に従い、尽力していく所存です」

「ええ。期待しておりますわ」

ミーアは柔らかに微笑みつつ、紅茶を一すすり。上目遣いにサフィアスを観察する。

――ふむ、今のところ、不自然な様子はなし。派閥のことに話を振ってみましたけれど、特に後ろ暗いところはなさそうですわね。

ミーアの知るところ、サフィアスは、あまり腹芸が得意なタイプではない。突かれたくないところを突かれれば、必ず顔に出るわけで……。

――しかし、サフィアスさん本人にその気がなくても、周りに強いられてという可能性は否定できないはず。わたくしのように固い意思をもって行動できればよろしいのですけど、意外とサフィアスさんは、その時々の流れに流されていきそうですし……。

などと分析するのは、海月戦術の第一人者、ミーアである。

――どのような状況下であっても、はねのける不屈の精神力……。それをもっていただくためには、やはり、婚約者のレティーツィアさんの協力が不可欠のような気がしますわね。

っと、その時だった。不意に、サフィアスが表情を曇らせる。

先ほどからずっと観察していたミーアであったから、その変化にはすぐに気がついた。

「あら、どうかなさいましたの？　サフィアスさん」

「ああ……ええ。その……」

などと、言いづらそうにしていたサフィアスだったが、意を決した様子で口を開いた。

「レティーツィア……、シューベルト侯爵令嬢と、料理会を開くという噂を耳にしましたが……本当でしょうか？」

その言葉に、ミーアは、スゥッと目を細めた。

――あら……サフィアスさん、なぜ、そのことを知っているのかしら……？

無論、それは、レティーツィアの弟、ダリオ経由でもたらされたものであるのだが……。自らの策を、事前に察知されていたということに、微妙に警戒レベルを上げるミーアである。

「ええ。その通りですわ。いつぞや、四大公爵家の令嬢たちを集めて、料理会を開きましたわよね？　あの時にまたやろうと、約束したのですわ。覚えていらっしゃらないかしら？」

覚えていないはずはないだろう……と言外に訴えるミーアである。

「あ……ああ。ええ……まぁ、覚えておりますが……その、ミーア姫殿下……。もしよろしければ、その……お茶会などに変えることは……？」

「あら？　なぜですの、サフィアスさん」

ミーアは、再び、疑わしげな目つきでサフィアスを見つめる。

ただのお茶会と、一緒に協力して作る料理会とでは、仲良くなる度合いが違う。やはり、一緒に料理したほうが仲良くなれるはずなのだ。それをしたくない、ということは……。

――わたくしと、レティーツィアさんとが仲良くなると……なにかまずいことがあるのかしら？

そんなミーアの視線を受けて、サフィアスは若干慌てた様子で……。

「その……まことに心苦しいことなれど、オレ……ではなくって、私の婚約者は、ご存知のように料理の腕前が心もとなく……。せっかくのミーアさま考案のイベントを台無しにしてしまうのではないかと……」

「あら、そんなこと……。なにも心配する必要はございませんわ」

ミーアは、サフィアスの心配を笑い飛ばしてみせた。

「誰しも、初めは上手くいかないものですわ。わたくしだとて、まだまだ未熟者、料理の腕は一人前とは言えませんわ」

そう言ってから、ミーアは優しい笑みを浮かべて……追い詰めにかかる。

「けれど、下手だからといってなにもしなければ変わらない。下手だからこそ、料理会を開いて練習する。そうではないかしら？」

至極もっともな正論を吐いて、ドヤァッと笑みを浮かべるミーア。

その顔は見る人が見れば……実に、こう……イラァッ！　とする笑みなのであった。

第三十一話　銘：明日への希望……キノコ

サフィアスの愛しの婚約者、レティーツィアの実家であるシューベルト家は、歴史と伝統ある侯爵家である。

ブルームーン派に属する、門閥《もんばつ》貴族らしい由緒ある貴族にして、他の貴族たちからも一目置かれる存在のこの一族は、同時に、古くより芸術に造詣の深い者たちとしても知られていた。

音楽家に絵描き、革細工職人、宝石職人などなど、お抱え芸術家を数多く抱えたシューベルト家では、代々の当主も、その手の趣味を持つ者が多くおり、その分野はさまざま。

ゆえに、帝都の郊外に建つその屋敷の前庭は、数代前の当主の手による彫刻が無数に飾られた、ちょっぴり変わった造りになっていた。

ミーアたち一行は、その奇怪な庭を通って、シューベルト邸へと向かっていた。

微妙に苔《こけ》むした彫像を見て、ミーアは思わず眉をひそめた。

「ふぅむ……これは……なにかしら？」

白い石を削って作ったそれは、地面からうねうねと天に向かって伸びた……一見すると、こう……まるで……その……なんだこれ？

「波を石で表現しようとしたような、実になんとも、うねうねとしたフォルムですわね。いえ、この形……この丸みは……もしや、キノコ……？」

「それは、明日への希望を表現したオブジェです」

声をかけられ、ミーアはハッと振り返る。っと、そこにいたのは……。

「ミーアさま。ようこそ、シューベルト家へおいでくださいました」

柔らかな、気品に溢れる笑みを浮かべた令嬢、本日のターゲット……レティーツィア・シューベルトだった。

揺れる長い髪、豪奢《ごうしゃ》にウェーブのかかった髪の色は、目に焼きつくような深い青。その髪を、後ろでまとめた少女は、ミーアの前で深々と頭を下げた。

「ご機嫌麗しゅう、ミーア姫殿下」

きびきびした仕草で挨拶する彼女に、ミーアは、スカートの裾をちょこん、と持ち上げて返礼する。

「ご機嫌よう、レティーツィアさん。お元気そうですわね」

ニッコリ微笑んでから、ミーアはもう一度、彫刻に目をやった。

「それにしても、明日への希望……これが。なるほ……ど？」

「うふふ、少し難解ですよね」

口元を手で押さえ、おかしそうに笑うレティーツィアに、ミーアは首を振った。

「いえ、わたくしには、なんとなくですけれど……わかりますわ」

腕組みしつつ、ミーアはそのオブジェを見て……。

——明日への希望、だから、キノコの形に似ているのですわね。ふふふ……。これを作った方とは気が合いそうですわ。

まぁ……なんというか、作品の受け止め方は人それぞれ……なのである。うん。

「しかし、お見事なお庭ですわね。彫刻と、庭に生えた木の融合……。とても不思議な空間ですわ」

ミーアは、庭全体をゆっくりと見回した。

キノコのオブジェ（銘：明日への希望）をはじめとした、人間の身長よりも高いオブジェが無数に屹立《きつりつ》する合間を縫って、木が生えた感じ……、あるいは、森の木の一部が、キノコのオブジェ

（銘：明日への……略）に浸食された感じとでも言えばいいだろうか。

ともかく、なんとも不思議な庭だった。

唸りつつ、辺りを見回していたミーア。その視線が、ある一点で止まる。

「おや……あれは？」

その視線の向かう先、そこは……太い木の根元。そこに生えていたものは……！

「ねぇ、リーナさん。あれ、キノコではないかしら？」

「はい。そうですね。あれはトロキシ茸《だけ》と呼ばれるキノコです」

なんと、本物のキノコまで生えていた！

「まぁ、やはり……。ふふふ、庭にキノコが生えているだなんて、とっても風流ですわ」

などと言いつつ、ミーアはそのキノコに歩み寄る。まるで、太った魚のように丸みを帯びたフォルム。丸い目と口のような斑点を身にまとったキノコは、実に……実に！

――ふむ、この、じんわりと滲《にじ》み出るような茶色……。滋味《じみ》あふれる色合いで、実に美味しそうですわ……！　薄く切ったものを二、三枚まとめてソースにつけて食べたい感じですわね。

この見た目ならば、毒は心配ないだろう！　とミーアのキノコ審美眼《しんびがん》が訴えていた。

けれど、キノコの見極めは難しい。ミーアだって、そのことは痛いほどよくわかっている。ということで……。

ミーアはシュトリナに目を向けて尋ねる。

「ちなみに、リーナさん、毒はございますの？」

問われたシュトリナは、小さく首を傾げて……。

「毒……ですか」

頬に指を当て、うーん、っと唸ってから、

「いわゆる毒は……ない、と思います」

「ほう！　やはり、そうですわよね」

ミーアは、ひとしきりキノコを眺めてから、はほぅ、っとため息を吐く。いったい、このキノコ、どんな味がするのかしら？　などと物思いにふけることしばし……。その後、ハッとする！

レティーツィアを放置してしまったことを思い出したためだ。

今日の目的は、レティーツィアを味方につけること。キノコは後回しだ。

んっ、んん、などと咳払いしつつ、

「それはそうと、今日は、突然お願いしてしまって申し訳ありませんでしたけれど、よろしくお願いしますわね」

そうして、ミーアは愛想よく微笑みかける。

――愛妻家を味方につけるには、まず、妻を味方につけよ、ですわ。せいぜい、気に入られるように振る舞わなければなりませんわ。

なにやら、格言《かくげん》めいているような、そうでもないようなことを心の中でつぶやきつつ、ミーアはシューベルト侯爵家の前庭を眺めた。

「それにしても、本当に楽しい趣向のお家ですわね」

「もっと屋敷に近い場所で、彫刻を眺めながら庭でパーティーを開くこともあるんですよ。楽団に来ていただいたりもして」

「なるほど。さすがは、芸術のシューベルト家ですわね」

さりげないヨイショの心を忘れない、ミーアであった。

そんなミーアに、レティーツィアはおずおずと、言いづらそうな口調で言った。

「本当は私も……芸術の一環として、料理の腕を鍛えられればと思っているのですけど……なかなかサフィアスさまが許してくださらなくって……。高貴なる身分の令嬢がすることではないなどとおっしゃられて……」

「あら、そんなこと、全然ございませんのに。ルヴィさんやエメラルダさんだって、前回のお料理会には参加しておりますし。リーナさんだって、今日は一緒に来ておりますわ。それに、先日など、あのラフィーナさまも一緒にお料理会をしたんですのよ？」

そう言ってやると、レティーツィアは、口元を両手で覆って、まぁ！　と驚きの声を上げた。

「だから、世間的な外聞など、なぁんにも心配する必要はございませんわ。胸を張って料理をしてやればいいですわ」

心配するのは、外聞ではなく、料理の中身のほうなのだが……。それを指摘する者はここにはいないのだ。悲しいことに……。

——今回は、レティーツィアさんを使って、サフィアスさんの胃袋をもガッチリ掴んでしまおうという策のためにも、彼女のやる気を削ぐような要素は、なるべく消していく必要がございますわね。

サフィアスの胃袋をガッツリ殴りつけてしまわないか、とても心配な状況であった。

「失礼いたします。レティーツィアお嬢さま。サンクランドのシオン王子とルドルフォン辺土伯令嬢がおいでになりましたが……」

報告を受けた途端に、レティーツィアは、なんとも悩ましげな顔をした。それから、ミーアに困ったような笑みを向けて……。

「しっかりと歓迎の準備は済ませてありますけれど……やはり、サンクランドの王子殿下をお迎えするというのは、少し緊張してしまいますね。それに他の家のご令嬢に、羨ましがられてしまいそうです」

「そんなに緊張する必要はございませんわ。これはごく私的な集まりなわけですし。そもそも、あなただって、もう少しすれば、星持ち公爵家の一員になるのですから。引け目に感じることなどございませんわ」

ミーアは小さく首を振ってみせてから、

「さぁ、それよりも、合流して館に案内していただけないかしら？　今日のメインは、お料理を作ることですし」

ミーアの言葉に、レティーツィアは頷いてみせるのだった。

第三十二話　令嬢たちの想い、重なる！

仲間の少女たちを引き連れて、ズンズン、館の中を進むミーア。その、ピッタリ半歩後を、スッと背筋を伸ばして歩くレティーツィア。それは、帝国貴族のご令嬢として、完璧な立ち居振る舞いであった。

レティーツィア・シューベルト……。

シューベルト侯爵令嬢の長女にして、ブルームーン家次期当主たるサフィアスの婚約者。

彼女は一言で言い表すならば『賢い女性』であった……。料理のこと以外はだが。

例えばレティーツィアは、今日の料理会にルドルフォン辺土伯の令嬢が参加することを、特になにも言わなかった。辺土伯の令嬢が、侯爵家を訪れることに、なにも不満を述べなかった。

それは、門閥貴族の令嬢としての価値観には相応しくないことだった。

辺土伯は下に見られて当然の田舎者。それが帝国の常識だからだ。

けれど、レティーツィアは、その常識を『不変』のものとも、『普遍』のものとも思わない。また、その常識に従って行動した時、他者からどのように見られるのかも、しっかりと理解していた。

それは、あまり美しく映らないだろうし、好ましくも見られないだろう、と知っていた。

また彼女は、ミーアのメイド、アンヌの出自についても、シュトリナの友人ベルの出自が不明であることにも、特になんとも思わない。余計なことも口にしない。

それをすることがミーアらの勘気に触れることであると察しているし、それがサフィアスの不利に働くことも知っているからだ。

彼女は、物事の道理をよくわきまえた人だった。

さらに、実務能力のほうもなかなかのものだった。

領地の経営を任せたら、そつなく回せる程度の知識と能力を誇っているし、仮に商家の娘に生まれたなら、水準以上に求められた役割を果たしたことだろう。

レティーツィアは、門閥貴族の令嬢には極めて珍しい、とても賢い人なのである。

そして……なにより、サフィアスのことが好きだった。

とても、とってーも、大好きだった！

どのぐらい好きかと言えば、夢にサフィアスが出てきた次の日は、一日鼻歌を歌っちゃうぐらいには好きだった。

なんだったら、踊りながら、ミュージカル風に一日過ごしちゃうぐらいには大好きだった。

「サフィアスさまに美味しいものを食べてもらって喜んでもらおう！」「頑張っちゃうぞぅ！」という気持ちの前では、生来の賢さも、鋭い洞察力も、堅実な判断力も霧散してしまうぐらいに……サフィアスのことが大好きなのだ。心から大好きなのだ！

……サフィアスにとっては、大変、不幸な話であった。

まぁ、それはどうでもいいとして、ともかく、今日のレティーツィアは、とても気合が入っていたのだった。

そんな気合十分なレティーツィアだったが、ミーアたちが案内されたのは、調理場ではなかった。

「ミーア姫殿下、本当はすぐにでも、調理場にご案内したいのですが、まだサフィアスさまがいらっしゃっていません。申し訳ありませんが、しばし、こちらの部屋でお待ちいただけますか？」

「それは構いませんけれど……サフィアスさんも来るんですのね？」

「はい。どうしても自分もお手伝いしたいと……。火傷《やけど》をしたり、指を切ったりしたら大変だからって……」

そのレティーツィアの言葉に、ミーアはかすかに目を細めた。

「そう……サフィアスさん、とても、レティーツィアさん想いなんですわね。ふふふ」

小さく笑みを浮かべつつ……。

――ふむ、わたくしとレティーツィアさんとを仲良くさせないため、ということかしら……。ということは、やはり、サフィアスさんにも疑わしきところがあるということか……。

などと、一瞬、考えかけるも、すぐにミーアは首を振る。

――そうでしたわね。今日は……そういうことは考えないようにしたんでしたわ。

そう……ミーアは、今日の料理会をするにあたり、一つのことを決めていた。それは……サフィアスを疑わないこと。

理由はいくつかある。

新しい盟約を結んだ彼のことを信じたくもあったし、疑った結果、彼が潔白だったら後味が悪いだろうなぁ、と思ったのもある。

疑いだせばキリがないということもあるし、疑ったところで、なにも真実は見えてこなさそうというのもあった。

疑念を混沌《こんとん》の蛇に突かれそう……などという至極まっとうなものもあった。

けれど、それ以上に……。

——アベルが信じると言ったのですから、わたくしも信じることにしますわ！

これである。

論理的な左脳で検討することを諦めたミーアは、左脳から恋愛脳へと、自らの思考をシフトしたのだ。

——それに、愛する人の言葉すら信頼できないのなら、わたくしはきっと将来、不信によって失敗しそうな気がしますわ……。

ゆえに、ミーアはサフィアスを疑わない。サフィアスを疑おうとする左脳に、いったん休眠を命じる。今のミーアは恋愛脳モードなのだ。

そんな恋愛脳《スイーツ》ミーアの今日のテーマは二つ。一つは打算なく『レティーツィアと仲良くなる』こと。レティーツィアと仲良くなっておけば、サフィアスが疑わしかろうがなんだろうが関係ない。彼はレティーツィアに逆らわないだろうから。

そして、もう一つは……。

――アベルに喜んでもらえるよう、美味しいお料理を作ること……。そのために、わたくしの腕を存分に振るうこと。これこそが、今日のわたくしのテーマですわ！

奇《く》しくも……レティーツィアとミーアの想いは、きっちりと重なっていた。

……なんだか、事態が余計に悪くなったような気がしないではないのだが……気のせいだろうか。

ともかく、ミーアが拳をググイッと握りしめる一方……事態は動き始めていた。


ミーアが気合を入れている隙に、ベル隊長に率いられた年少組探検隊は部屋の中を探索し始めていた！

「レティーツィアさん、これは、なんでしょう？」

ベルが珍しげな顔で、壁に飾られた楽器を指さしながら首を傾げた。

「それは、我がシューベルト家の代々当主が使っていた楽器です」

そう言って、レティーツィアは、飾られていた弦楽器を手にとった。

「この弓でこうして……」

っと、試し弾きしてみれば、なんとももの悲しい音が辺りに響いた。

「おお……すごい。レティーツィアさん、とってもお上手なんですね」

珍しい楽器に釘付けのベルと、そのそばでニコニコしているシュトリナ。

一方で、パティたち三人の子どもたちは、そのまま、飾られている楽器を順繰りに見学していた。

見たこともない変わった楽器に、幼い好奇心を隠せない様子のキリル。それを見て、ヤナばかりでなく、パティもまた、微笑ましげな顔をしていた。

……ベルなどよりも、よほどお姉さんな二人なのである。

そうして何気なく、飾られていた楽器に目をやったパティは……小さく首を傾げた。

見覚えのある楽器が、そこに飾られていたからだ。

「あれ……これって……」

思わず伸ばしたその手を……不意にグイッと掴まれて、パティは小さく息を呑む。

「申し訳ありません。それは、クラウジウス侯爵家より寄贈された、大変貴重な楽器なので……」

などと、張り付けたような笑みを向けてきたのは、老境のメイドだった。その顔を見たパティは思わず目を見開いて……。

「……ゲルタ……え？　どう、して……？」

それは小さな……小さなつぶやき。されど、パティは確かに感じる。

自らの腕を掴むメイドの力が、一瞬強まったことに……。

けれど、それもすぐに消え……。

「どうぞ、お触りになりませぬよう。大変、貴重なものですので」

そう言いおいて、一礼してから、メイドはその場を去っていった。

張り付けたような笑みを、一切、崩すことなく……。

第三十三話　サフィアスの信頼とダリオの奮闘……奮闘？

「ところで、シオン。キースウッドさんの姿が見当たりませんけれど、どうかなさいましたの？」

物思いにふけっていたミーアだったが、ふと我に返り、シオンのほうに目を向ける。

「ああ、キースウッドか……」

シオンは、思わずといった様子で苦笑した。

「なんだか、用事があるとか言って、ここについてからすぐに行ってしまったよ。さて、なにをしているのやら……あるいは、当人的には気を使ったつもりなのかもしれないんだけどね……」

ティオーナと二人きりにするため、とか、そんなことを考えてるんだろうなぁ、などと、苦笑いを浮かべるシオンであったが……珍しいことに、その予想は外れていた。

そんなのんきな話ではないのだ。

キースウッドは今まさに、引くに引けない戦いに、望まんとしているところだったのだ。


シューベルト邸からほど近くの路上に、一台の馬車が留まっていた。

気配を消したキースウッドは、シュシュッとその中に滑り込む。

馬車の中で待っていたのは、旧知の戦友、サフィアスだった。

「やぁ、サフィアス殿。しばらく」

「ああ、来たか。キースウッド殿。ずいぶんと久しぶりだ」

サフィアスは、穏やかな笑みを浮かべて、キースウッドを迎え入れる。が、すぐに、その顔が曇った。

「セントノエルでの料理会《たたかい》の傷も癒えていないこの時期に、このようなことになってしまい、申し訳ない」

突然の謝罪に、キースウッドは、思わず苦笑を浮かべる。

「いえ、間に合ってよかったですよ。なにしろ、ミーア姫殿下も、ティアムーン帝国も、我がサンクランドにとっては大切な存在。その危機に力を貸すのは当然のことですから」

それから、キースウッドは鋭い表情を浮かべる。

「それで……作戦は？」

「ああ、まずは、作戦の基本線だが『簡単な料理をさせること』だ。野菜を中心にした鍋料理にしようと思っている」

「刻んで入れるだけにする、と……？」

「そう。ダリオ……ええと、オレがセントノエルにいた時に、従者としてついてきていた少年を覚えているだろうか？」

「ええ、もちろん。シューベルト家のご令息だとか？」

「そうなんだ。レティーツィアの弟でね。その彼が、シューベルト家のベテランメイドと相談して、提案してくれたらしい。野菜を刻むことで、それなりに料理をしたつもりになれるし、変な調味料なんかを入れなければ失敗はしない、とお墨付きをもらったらしい。自分が毒見をして不味いようだったら、少し味を足してくれるとまで言っているとか……」

「なるほど。それは……犠牲になってもらうようで、申し訳ないですが……」

苦い顔をするキースウッドに、サフィアスは頷いてみせた。

「わかっている。だからこそ、できるだけ被害を減らしたい。そこで……もう一つ策があるんだ」

「ほう。というと？」

サフィアスは意味深に頷いてから、声をひそめて……。

「できるだけ、時間稼ぎをしようと思っているんだ。それで、待っている間に、ミーアさまには、存分にお菓子を食べてもらう」

「ふむ、なるほど……。考えましたね。人は、自分が満腹だと、料理をする気力も削られる。余計なアレンジをしようという気持ちが薄れるかもしれない……」

サフィアスは腕組みしつつ、頷いた。

「ミーア姫殿下は、食べるのが大好きな方。料理を作りだす前に、お茶菓子を出されれば、それを食べずにはいられないはずだ。その辺りのことも、ダリオに任せている。彼は、オレが行くまでの間、ミーアさまにたっぷりお菓子を食べさせてくれるはずだ」

「しかし、そんなになにもかも任せて大丈夫なのですか？」

不安そうなキースウッドに、サフィアスは笑みを見せた。

「ダリオはああ見えて、シューベルト侯爵家の跡取りだ。上手いこと立ち回ってくれること、疑いようもないさ」

それから、ふと、サフィアスは優しい顔をした。

「それに、彼はああ見えて器用な人でね。セントノエルではオレの従者として、しっかりと働いてくれたんだ。ゆくゆくは、義弟として……オレの片腕として、ブルームーン派を取りまとめることを手伝ってくれればいいと思っているんだ」

まるで、明るい未来に想いを馳《は》せるかのように、サフィアスは言うのだった。


……そんな、サフィアスからの若干、重ための期待を受けたダリオは、奮闘していた……彼なりに。

まず、ダリオは、サフィアスの作戦通り、お菓子を食べさせるための行動を開始する。

「姉さん、サフィアスさまが来るまでの間、みなさんにはお茶か、軽めの昼食を食べていただくのはどうだろう？　ちょうど、サンクランドビーフのヒレ肉があるから、それを焼いて……」

後半に、これで満腹になっちまえ、という本音が見え隠れしていたが……。まぁ、それはさておき。

そんな弟の進言を、レティーツィアは……。

「ふふふ、もう、なにを言っているの、ダリオ。お料理はお腹が空いていないと、やる気がなくなってしまうでしょう」

切って捨てた！

作戦は、見破られていたのだ！

レティーツィアは、料理以外のことに関してはとても、賢い人なのである！

「それより、サフィアスさま、遅いわ。もうすぐ来るのでしょうし、先に準備だけでも始めていてもいいんじゃないかしら？」

なぁんて、やる気満々な姉に、ダリオは慌てて言った。

「あー、ダメだよ。姉さん。ちゃんとサフィアスさまを待ってないと……下手なことすると、サフィアスさまに嫌われてしまうと思うけどな……」

そうして、さりげなくキラーワードを口にする。

サフィアスに嫌われる……これを言えば、大抵の場合、姉は、冷静さを取り戻すという、それは魔法の言葉。

「ダリオ。どうでもいいことだけど、サフィアスさまは、あなたの兄となる人。だから、今から親しみを込めて、お兄さまとでも呼んだほうが……。あの方もそれを望んでいるんじゃないかしら？」

サフィアスのことになると、若干、アホの子になる賢いレティーツィアである。

「うん、まぁ、それは追い追い」

ダリオ、これを軽くスルー。そして、

「ともかく、先に料理を始めるのはさすがにまずいんじゃないかな……。サフィアスさまもいつもみたいに、姉さんと一緒にするのを楽しみに……」

ダリオ、手慣れた様子で、姉の説得にかかる。のだが……計算外が一つだけ。それは……。

「いつも……なるほど。ダリオさんのおっしゃることもわからないではない……」

おもむろに、ミーアが一歩前に出る。うんうん、っと偉そうに頷いてから……。

「けれど、いつも同じでは、それはそれでつまらないのではないかしら？」

余計なことを言い出した！

「えーと……ミーア姫殿下。それはどういうことでしょうか？」

ダリオ、思わず「面倒くさいなぁ」なぁんて本音が顔に出かけるも、かろうじて我慢する。

「決まっておりますわ。恋とはサプライズ。つまり、サフィアスさんが来た時に、お見事な料理ができ上がっているというのも、それはそれで乙《おつ》なものではないかしら？」

その言葉、そこから生まれる流れに、ダリオは思わず冷や汗をかいた。

あれ……？　これ、ヤバくね？　などと、適切に察するダリオである。

さらにさらに！　余計なことを言い出す者がいた。それは……。

「ああ、それはよろしいのではないでしょうか。予定している鍋料理ならば、材料を刻んで煮込むだけ。失敗のしようがありませんから」

いつも変わらぬ、張り付けたような綺麗な笑みを浮かべる老齢のメイド……ゲルタだった。

「いや、でも……」

ベテランのメイドにそう言われてしまい、ダリオは一瞬、言葉に詰まる。

確かに、彼女に言われて、鍋料理なら大丈夫、と、一度は納得した。けれど、ミーアという強力な要素を前にして、その自信は早くも揺らぎかけていたのだ。

けれど、ゲルタは……まるで囁くように言った。

「ふふふ、大丈夫ですよ。味見も私がして差し上げますから」

ダリオは……心がスゥッと軽くなるのを感じた。

そうなのだ、この老境のメイドは、さすがにベテランなだけあって、こちらがしてほしいことをいとも簡単にしてくれる人なのだ。

きっと彼女ならば、ちょちょっと味見して、かるーく調味料などを足して、味を調えることだってできるだろう。できるに違いない。

それに……そもそも、これ以上、反対し続けるのは、面倒くさい。ということで……。

「まぁ、そういうことなら……」

次期、シューベルト侯爵のダリオは、息を吸うように簡単に流されてしまうのだった。

第三十四話　歴史の裏的会合……蛇たちの悪だくみ

話は少し前に遡る。

ミーアからレティーツィアへの手紙が届けられた、その日の夜のこと。

舞台は帝都の一角にある屋敷。その一室に、その者たちは集まっていた。

それは、ある意味で歴史的な……あるいは、歴史の裏的な会合だった。

集まった者たちは三人。

一人は、騎馬王国、火の一族から生まれ落ちた蛇、火燻狼《クンロウ》。

一人は、海洋民族ヴァイサリアン族の生き残りの凄腕暗殺者。

そして、残る一人が……。

「これは、これは……。帝国の地に住まう古き蛇、ゲルタ……。お会いできて光栄です。我が先達よ。念のために聞きますが、尾行などはありませんかねぇ？」

老齢のメイド、ゲルタは、張り付けたような笑みをまったく動かさずに、燻狼のほうに目を向けた。

「尾行など許すとでも……？」

「ははは、これは失礼を。先達に対し、いささか失礼でしたねぇ……」

「まぁ、警戒するのはわかりますよ。お前たちの姫も、帝国の叡智の手に堕ちたというではありませんか？」

口元の笑みを崩さず……ただ、その瞳にのみ、突き刺すような鋭い光を湛えて、ゲルタは言った。

「だから、言ったのです。帝国内の陰謀がことごとく潰された時に、連中には注意したほうが良い、と……」

「いや、ははは。注意深く息を潜め、生き残ってきた先達の言葉には、説得力がありますねぇ」

顎《あご》をさすりながら、燻狼は続ける。

「しかし、そんなあなたたちにも、ついに、帝国の叡智の魔の手が迫っている、と……シューベルト侯爵令嬢の誘拐《ゆうかい》計画……早めてしまったのが運の尽きということですかねぇ」

燻狼は、おどけた様子で肩をすくめる。

「なるほど、ブルームーン公の長男は、たいそう婚約者にご執心……。その婚約者を人質に、帝国の叡智に謀反を起こさせる……。未だに各地の貴族を通して、食料の供給を行っている帝国の叡智としては、これは打撃。ブルームーン派を許すわけにはいかなくなる……と。なるほど、なかなかに上策」

ぱちぱち、と手を叩きながら、燻狼は笑った。

彼としても、帝国の叡智ミーアをこのまま放置しておいていいとは思っていなかった。このまま、帝国が落ち着いてしまったのでは面白くない。それに、帝国の叡智の冴《さ》えは、帝国のみならず、今や、大陸全土にまで影響を及ぼしつつある。

ここらで、その勢いを削いでおくのが肝要というものだ。

「ブルームーン公爵家は、帝国の中央貴族をまとめる要石。味方につければ心強いが、敵に回せばすこぶる厄介。そうして、中央貴族たちを謀反に巻き込めば、帝国の叡智が立て直した、この帝国にも、すぐさま混沌《こんとん》を招き入れられる……。そうすれば……」

「……初代皇帝陛下の立てた策……肥沃《ひよく》なる三日月を涙で染める策が再び動きだす」

ゲルタは、低く静かな声で言う。

そう……初代皇帝の時代から連綿と続く破滅の計画は、未だ、完全に回避できてはいない。帝国の食料自給率は依然として高くはないし、少しの混乱で飢饉は簡単に引き起こせる。

それは、なるほど……悪くはない策のように一見思えるが……。

——古きやり方への固執《こしつ》。さすがは帝国の古き蛇。初代皇帝陛下の思惑からは自由になれませんかねぇ。

燻狼は冷静にその策を評する。

ともあれ……ミーアとサフィアスがしっかりと手を結んだ状態というのは、それはそれで面白くない。少なくとも四大公爵家とミーア姫との関係は、こじれさせておきたい、というのは、燻狼もまた納得できるところだった。

「しかし、ここで予定外のことが起きた……ということですかねぇ」

小馬鹿にするような燻狼の口調に、はじめて、ゲルタが不快げな顔をする。ギリッと歯を噛みしめながら、ゲルタは言った。

「……本当は、静かに息を潜めていても問題はなかった。今さら、クラウジウス家を調べられたところで、あそこには何もない。だから、我々がシューベルト侯爵家にいても、なんの問題もないはずだった」

帝国の叡智、ミーア姫が帝都にいるタイミングでレティーツィアの誘拐を行うのは下策だ。本来は、彼女が国外に出ているタイミングですべきことなのだ。

されど、クラウジウス家が、ミーアの手の者によって調べられていると聞いた時、ゲルタたちは焦ってしまった。もしかしたら、かの叡智が、自分たちの過去まで暴きだすかもしれない。だから……、レティーツィアの誘拐計画を実行に移そうとしたのだ。

その矢先の、今回の料理会である。

「どこで漏れたのかはわからないが……ミーア姫は、レティーツィア嬢の誘拐計画を、察知したと……」

　このタイミングでの料理会の開催は明らかに不自然だった。なにしろ、誘拐計画を早めた途端に、報せが来たのだ。

　ミーア姫が、こちらの動きを察知している可能性はとても高い。

「否、これでバレてないと考えるのは、むしろ、都合が良すぎるってもんでしょう。さすがは帝国の叡智、といったところでしょうかねぇ」

　燻狼の言葉に、忌《い》ま忌ましげに、ゲルタは舌打ちする。

「それで、実際、どうするおつもりで？　まさか、まだ、レティーツィア嬢を誘拐しようとは思っていないのでしょう？」

「成功……はしないでしょうね……。仮に誘拐が成功したとして、謀反がサフィアス・エトワ・ブルームーンの仕業とは、誰も考えないでしょう」

　小さく首を振るゲルタに、我が意を得たり、と燻狼は頷いた。

「そう。誘拐計画は失敗するでしょう。ならば……別の手に出るというのはどうでしょうねぇ？」

　そう言って燻狼は、懐から取り出した二つの小瓶を、机の上に置いた。

「それは……？」

「料理会といえば、毒じゃないですかねぇ……」

「毒……？」

　ゲルタはバカにしたように、燻狼に目をやった。

「帝国の叡智、ミーア姫の周りには、あの裏切り者のイエロームーンの娘がいるのです。その目を盗み、どうやって、帝国の叡智に飲ませろ、と？」

非難めいた言葉を受け、燻狼はニヤリと笑う。

「ははは、なぁに、簡単なことです。あんたが毒見を買って出ればいいんですよ。古の蛇よ。みなに率先してね。そうして、全員に毒を振る舞えばいい。だから、そうですねぇ、メニューは煮込みか、鍋料理なんかがいい」

「愚かな……。私が、毒を飲み、それに耐えよと？　強靭《きょうじん》な精神力と信仰心さえあれば、毒にすら耐えられるだろう……などと、おかしな邪教のようなことは言わないでくださいね？」

「そんな無茶は言いませんよ。ただ、先に解毒薬を飲んでおけばいい。それだけの話でしょう」

そう言って、燻狼は片方の小瓶を指さした。

「こっちが解毒薬で、こっちが毒。二つを同時に飲めば、毒の効果は表れない。陳腐な手ですが、説得力はあるんじゃないですかねぇ。後はあなたの演技力次第、ということで……」

そんな二人のやり取りを見ながら、額に目の刺青を入れた暗殺者は、くだらない、とばかりにため息を吐くのだった。

第三十五話　盛り上がる……芸術談議！

「こちらが、調理場になっております」

レティーツィアの案内で、ミーアたちは厨房を訪れた。

さすがに侯爵家の厨房だけあって、その広さはなかなかのもの……否、むしろ、それは、下手をすると白月宮殿の厨房にも匹敵する、立派な厨房だった。

「ほう、これはなかなか……素晴らしい厨房ですわ！」

偉そうに腕組みしつつ、ミーアが唸る。その身にまとう雰囲気は……雰囲気だけは、一流料理人のものっぽく見えなくもない。

「おほめにあずかり光栄です。ミーア姫殿下。実は、ここのデザインにも、少し私の意見を取り入れていただいているのです」

レティーツィアは、ちょっぴり恥ずかしげで、でも、少しばかり誇らしげな顔で言った。

「お料理をするなら、やはり、しっかりと設備が整った場所で、と思いまして。そのほうがいろいろと凝ったものができますし」

――そういう凝ったものじゃなくって、普通に簡単なものから作ってくれると、楽なんだけどなぁ……。

などと思いつつ、ダリオは改めて、本日の戦力の確認をする。

まず、意気投合する姉とミーア……は論外。できるだけ、この二人の暴走を抑えることが、今日の成功の必要条件といえるだろう。

その少し離れたところで、イエロームーン公爵令嬢とその友人であるベルという少女が楽しそうに話をしている。戦力になるかは微妙。

——大貴族のご令嬢なんか、あてにはできないし、もう一人のほうは……なんだか、やらかしそうな雰囲気があるんだよなぁ！

セントノエルにいた頃から、何度かベルを見かけたことがあるダリオだったが……その好奇心にキラッキラ輝く目が、今はなんだか、危ない気がする。

次に、ミーア姫のメイドとルドルフォン辺土伯令嬢が会話をしているのが見えた。

——確か、アンヌ嬢といったか。メイドなんだから一応、料理はできるだろう。ルドルフォン辺土伯令嬢は……どうかな。二人の王子殿下は、うーん……。

会話に興じるアベルとシオン。そんな二人を見ていて、ダリオは、小さく首を傾げる。

——不思議だ……。この二人の王子殿下のほうが、ミーア姫や姉さんなんかより、よほど料理ができそうに見える……。なぜだろう……？

そんなふうにして、ダリオは、なんとか、今日の料理会を無事に乗り切るべく、プランを練っていたのだ。流されつつも、なんとか、最善の結果を掴み取ろうとする。彼の隠された根性……というよりは、切実な自己防衛本能がそれをさせていた。

けれど、そんな彼の、はかなくも懸命な努力をよそに、ミーアたちの暴走は続いていた。

「この窯《かま》もとっても大きいですわね。セントノエルのものより大きいのではないかしら？」

「ふふふ、実はそれ、最新の技術を取り入れたパン焼き窯なんですよ。陶器の窯の技術を応用したもので、火力の調節ができて……」

「ほほう！　それは素晴らしいですわ。これだけ大きいと、等身大の馬形パンも焼けてしまえそうですわね」

かつて、キースウッドに却下された仔馬サイズのパンのリベンジができるかも⁉　などと、ミーアが目を輝かせる。

「そう！　以前にお聞きして、とっても興味をもっていたんです。等身大の仔馬形のパン。とっても可愛らしくて、素敵！」

パンッと手を打ち、嬉しそうに笑うレティーツィア。

なんというか……、いわゆる芸術家肌の人と、とっても料理の話が合うミーアなのである。

「ああ、やはり、わかってくれる人はくれるのですわね。あれは、形を作るのがとても大変で……。そう、うちのアンヌも細かな造形に協力してくれましたわ。耳の形などにこだわりをもって……」

などと言えば、レティーツィアは顎に手を当てて……難しい顔をしてから……。

「とてもよくわかります。馬は、耳の形がとても大切ですよね」

わかってしまったらしい。

なにかがズレているはずなのに、奇妙に一致した会話は、加速度を増していく！

「お友だちにクロエさんという方がいるのですけど、その方によると秘境の珍味には……」

「まぁ、そんなものが食べられるのですか？　けれど、色みとしては、青というのはとても綺麗で面白いかも……。サフィアスさまにも合っているし……」

ツッコミを入れる者は……いなかった！

さらに、さらに！

「あ、でも、肉はやっぱり窯ではなく、燠火《おきび》で焼いたほうが美味しくなる、です」

口を挟んできたのは、ルドルフォン家のメイド、リオラだった。

「ああ、リオラさんもいらしていたんですのね。心強いですわ……しかし、燠火のほうが美味しいというのは？」

「味が全然違う、です」

腕組みするリオラに、レティーツィアがポンッと手を打った。

「なるほど。その動物が生まれ育った場所の環境で焼いたほうが美味しいものができる、ということかしら？　調味料なども、肉が捕れた森のものを使ったほうが味が馴染むとか、そういう……」

それを聞いたリオラは小さく首を傾げたが……、

「……たぶん、そんな感じ、です」

深々と頷いた。

——それ、絶対そんな感じじゃないだろう！　っていうか、燠火で焼くのと窯で焼くのとは、そもそも調理法が違うっていうか……そういう焼き加減の話なんじゃないのか⁉

我慢できずに、胸の内だけでツッコミを入れるダリオである。

――いやぁ、っていうかサフィアスさま……これを俺一人で止めろっていうのは、ちょっと無茶振りが過ぎるよ……。早く来てくれないと……。

などと、早くも諦め半分のダリオである。

なまじっか料理の経験があるため、目の前で繰り広げられている会話のヤバさが、しっかりわかってしまう分、心が折れるのも早かった。それでも、なんとか、気を取り直し……。

「ええと……とりあえず、下ごしらえから始めるのがいいと思いますよ。姉さん」

頭をかきながら、そんな指示を出す。

――さすがに、野菜を切るだけだったら、変なことにはならないはずだし、シオン、アベルの両王子は刃物の扱いに慣れていそうだ。

そうして、味付けに関しては、言いつけを守りそうな子どもたちに任せて……。

「ふむ、鍋料理であれば……やはり、キノコかしら……」

などと言う、誰かさんのヤバそうな発言は、聞かなかったことにして、ダリオは遠い目をする。

――ああ、マジで早く来てくれないかな、サフィアス義兄さん……。いや、本当に。

援軍の到来を心待ちにするダリオであった。

第三十六話　誘拐

ミーアたちが、楽しいクッキングトークをしつつ、料理の準備をする合間、ヤナはパティのことを見ていた。

――なんだか、パティ、さっきから様子がおかしい気がする。

友人の様子の変化を、ヤナだけは敏感に気付いていたのだ。

――先ほどの部屋で、いろいろな楽器を見るまでは、いつもどおりだったのに……。あの、メイドさんと会ってから、なんだかすごく変……。

最初は注意されたから、しょげてるのかと思った。やんわりとであっても、先ほどのは、悪戯《いたずら》を怒られた形だ。気にしても不思議はないのかもしれない。

でも……、パティはあんなの気にするほど、ヤワではないとすぐに思い直す。

そうなのだ、こう見えてヤナの友人、パティはタフな性格をしているのだ。ちょっとやそっとの悪口など表情一つ動かさないだろうし、相手にしないだろう。

大人に怒られても、たぶん、気落ちしたりはしないはずだ。

でもだからこそ、ヤナは心配になった。なにやら、いつもよりさらに口数少なくなった友人を見て。

――また、自分だけが楽しんで弟に悪いと思ったとか……？　いや、そんな感じじゃないような……。

どちらかといえば、申し訳なさというよりは混乱している……そんな感じがした。でも、いったいなにに？

「……あの……少し、お手洗いに……」

おずおずと、パティが、近くに立っていた若いメイドに言った。

「あ、それなら、あたしも一緒に」

パティを一人にしてはいけない……。本能的にそう察したヤナは、素早く声を上げ、次に弟に視線を向ける。

「お姉ちゃん？」

ついてこようとするキリルを、ヤナは首を振って制して、

「すぐ戻ってくるから。キリルはここでミーアさまのお手伝いをしてて」

それから、ヤナは、探検隊隊長のベルのほうに目を向ける。ミーアは、いろいろと忙しそうだったので……。

幸い、その視線の意味はすぐに伝わったらしく、ベルは、

「はい。キリル君の面倒はこっちで見てるから、行ってきていいですよ」

と、自信満々の顔で言った。それから、

「じゃあ、キリル君は、ボクたちと一緒に野菜の皮むきをしましょうか。ボクが手本を見せてあげましょう」

などと、偉そうに言っている！　お姉ちゃんぶりたいお年頃なのである。

ヤナは「お願いします」と小さく頭を下げて、すぐにパティの後を追った。

すでに、パティは案内のメイドさんとともに、廊下を歩いていた。

「パティ、ちょっと待って。どうかしたの？　なんだか、さっきから様子が変だけど……」

そう声をかけると、パティは小さく首を振って……。

「ううん……なんでも、ない。たぶん、気のせいだから……」

「でも…………っ!?」

っと、その時だった。突如、ヤナの口を、何者かの手が覆った。

「……んぅっ？　……っ！」

咄嗟に、噛みついて逃れようとしたヤナだったが……。

「おや、姫殿下のところにいるにしては、お行儀が悪い」

直後、首に細い腕が巻きついてきて、締め上げた。ぐいっと体を持ち上げられて、ヤナがパタパタと足を暴れさせる。

「ぐっ……ぅっ」

昔、貧民街にいた時と変わらない、純然たる暴力。幼いヤナの体では、抵抗のしようがなかった。

目の前、パティもまた、後ろ手に腕を捕まえられていた。案内役の若いメイドが、無表情に、パティを見下ろしていた。

「声を出せば、この子の命を奪います」

ヤナの耳元で、メイドの声が囁く。苦しげに顔を歪めつつもヤナは思った。

そんなに小さな声じゃ、パティに聞こえるわけがない、と。

けれど、目の前でパティは……こちらに向かい、小さく口を動かす。声は、聞こえない。でも、ヤナを拘束する者から、小さく声が漏れた。

「驚いた……。唇を読むなんて……やはり、お前は蛇の教えを受けているのですね……しかし、私の名を知っていて、あの楽器に反応を示す……。クラウジウス家に由縁《ゆかり》の者か……。そんな子どもがなぜ、帝国の叡智のそばにいるのか……取り込まれたのか、それとも蛇として動いているのか……」

囁くような声でつぶやいてから、ヤナを拘束する者……ゲルタは、若いメイドに目を向けた。

「その子どもは放していい。抵抗すればどんなことになるのか、よくわかっているでしょう」

それからゲルタは、グッとヤナを拘束する手の力を強める。息が苦しくなり、頭がぼーっとしてきて……。

「しかし、ヴァイサリアンの子どもとは……。つくづく帝国の叡智は、我らの秘密を暴くのが得意と見える。忌ま忌ましいことだが……それも今日までか……」

ゲルタは、ヤナの額を覗《のぞ》き込みながら言った。その暗い瞳を見て、けれど、ヤナは絶望したりはしなかった。むしろ、その胸にあったのは、深い安堵だった。

――キリルを置いてきて、良かった……。

自分たちを救ってくれた人のもとに、弟を置いてきたことだけが、ヤナにとっての救いで……でも、同時に思うのだ。

――もしも……あの子を、信用できないところに置いてきていたら……それは、どんな気持ちだろう？

うつむき加減についてくる友人が、いったいどんな気持ちだったのか……薄れつつある意識の中、そちらのほうが気になってしまうヤナであった。

第三十七話　野菜もいける、ミーア姫！

さて、シューベルト邸の一角で、恐ろしい事件が起きている頃、調理場でも恐ろしいことが進行していた。

「では、ダリオ。準備をしてちょうだい」

姉の命を受け、ダリオは厨房の者たちに指示を送る。

「しかし、打ち合わせとは……」

料理人たちが顔を曇らせる。彼らも、レティーツィアの料理の腕前のほどは、痛いほどよく知っているわけで……。けれど、

「ああ……大丈夫だ。問題ない……。刻むべき野菜は、たくさんあるんだから……時間稼ぎはできるはず……大丈夫……大丈夫」

そんなダリオの様子を見て、彼らはさらに、顔を青くする。

ダリオが……まるで、自分自身に言い聞かせるような口調で言っていたからだ。

けれど、だからといって、命令に逆らえるはずもなし。動きだしてしまったことは止められない。

すぐさま動きだした使用人たちの手によって、食材が運び込まれてきた。

机の上いっぱいに載せられた食材を見て、ミーアは思わず、おおっ！　と嬉しそうな声を上げた。

「これは……ずいぶんとたくさんのお野菜ですわね」

大きな机の端から端に至るまで、ゴロゴロと並べられた野菜の数々。試しに、その一つを手に取り、ミーアはニッコリ笑みを浮かべた。

「ああ、これは、実に美味しそうですわ……」

ちなみに「わたくし、甘い物と美味しいお肉以外は食べたくありませんわ！」なぁんて、わがままなことを、昔は言っていたミーアではあるのだが……、今のミーアは、野菜もいける！

なにせ、地下牢で食べさせられたアレやコレを経験しているミーアである。

しっかりと洗ってある新鮮なお野菜など、ご馳走以外のなにものでもない。さらに……。

「ああ、あの帝国キャロット……なかなか良い色ですわ。あれは、バターとからめて甘くするととても美味しいんですわよね。それに、ケーキには最高で……」

料理長とラーニャによってしっかりと舌を鍛えられたミーアは、もはや、かつてのミーアにあらず。ミーアはすでに野菜の楽しみ方を知り尽くしている。

今のミーアは野菜もいける！

まぁ、もちろん、食べる分には、だが。

「ふふふ、ミーアさまは、とっても、お料理に造詣が深いのですね」

感心した様子のレティーツィアに、上機嫌に笑うミーア。

「ええ、まぁ、それほどでもございませんわ」

などと答えつつも、ひそかに胸の中では……。

――ふむ、レティーツィアさん、情熱はありますけれど、料理の腕前のほうは、やはり怪しいですわね。

珍しく、非常にまっとうなことを思っていた！　とても珍しいことである！

さらに、さらに！

――以前の料理会の時にも、サフィアスさんが付きっきりでいましたけれど……あれも、レティーツィアさんの腕前を知ってのことだったのではないかしら……。であるならば……もしや、彼が、今回の料理会について気が進まない様子だったのは、本当に、婚約者の腕前を危惧《きぐ》してのことだったとか……。

なんとミーアが……あの、ポンコツ迷探偵のミーアが……真実に極めて近い部分まで到達してしまうという異常事態が起きていた。

これは、最近、好調な恋愛脳がなせる奇跡か？　はたまた、ミーアの成長の証《あかし》なのだろうか？

そうして、奇跡的に、極めて真実に近いところに到達した、ミーアの出した結論は……。結論は！

――ふっふっふ、これは、サフィアスさんの苦労を軽減させてあげるためにも、わたくしがきっちりと、お料理を教えてあげなければなりませんわね！　そうして、レティーツィアさんと親しくなり、サフィアスさんとの関係も強固なものにする。これですわ！

……真実に近いところまで行ったはずなのに……事態はより悪化していた。

──そのためには、美味しいお鍋料理が必要ですわ。お野菜の鍋は確かに美味しいですけれど、なにかもっと、ピリリとパンチの効いたものが必要ですわね……ナニカ……。

そんな時、不意に、ミーアの脳裏に思い浮かぶ言葉があった。

「明日への希望……。ああ、そうですわ……」

……ロクでもないことを思い出したミーアは、シュシュッと辺りに視線を走らせ、目的の人物を見つけて歩み寄る。

それは……。

「リーナさん、ちょっとよろしいかしら……？」

きょとりん、と不思議そうに首を傾げるシュトリナに、ミーアはそっと耳打ちする。

「例の……庭にあったキノコを採ってきていただけるかしら？　あの、丸い魚のような……テトロド茸だったかしら？」

「トロキシ茸のことでしょうか？」

「ああ。ええ、それですわ」

ミーアは深々と頷いてから、

「確か、あれに毒はない、と言っておりましたわよね？」

確認するように問う。

ちなみに、ミーアの頭の中で、キノコは二種類に分類されている。

それは、毒があるものとないもの……ではない。食べられるか、食べられないか、である。

そして、食べられるならば、不味いということはあり得ない。不味いキノコなどない。ミーアにとって自明の理であった。

まして、あれだけ美味しそうな見た目なのだ。毒がないのであれば、鍋に入れないというのはあり得ない。

――レティーツィアさんに、キノコ料理の神髄《しんずい》を教えて差し上げますわ。そうして、友情の絆《きずな》を深めておけば……。ふふふ。

美味しいキノコ鍋を作った上に、レティーツィアとの仲も深まる。一石二鳥の策に、ミーアはにんまーりとほくそ笑む。

「確かに、命を落とすような毒はありませんけど、でも……」

っと、シュトリナはなにか言いたげな顔をしたが……次の瞬間、ピクッとその肩が震えた。

「レティーツィアお嬢さま、食材の準備も整いましたし、始められたらいかがでしょうか？」

いつの間に戻ってきたのだろう。老齢のメイド、ゲルタが音もなくレティーツィアに歩み寄ってきた。なにやら会話をする彼女たちを、シュトリナは黙って見つめていた。

「……なるほど。ミーアさまは、見抜かれて……」

なにかつぶやいてから、小さく頷いて、

「わかりました。すぐに行ってまいります」

そのまま、音もなく調理場を出ていった。

「ミーア姫殿下、もう、お料理を始めてしまってもよろしいでしょうか？」

レティーツィアに問われ、ミーアは小さく首を傾げる。

「ああ……そうですわね。ヤナとパティを待ちたいのですけれど……でも……」

パティを元気づけることは目的の一つ。されど、メインの目的はレティーツィアと仲良くなることである。

――レティーツィアさんの料理スキルを上達させて、サフィアスさんと仲良くなること……。これこそが主目的ですし、それに、わたくしの料理の腕前をアベルに披露したくもありますし……。

さらに、ミーアの視界に入ってきたのは、ティオーナの姿だった。

ルドルフォン家で、たくさんの野菜を刻みなれている彼女は、運び込まれた大量の食材を前に燃えていた。

真剣な顔でナイフを吟味《ぎんみ》しながら、料理の瞬間を今か今か、と待ちかねている。その目つきは、まるで、名剣を手にした騎士のごとく……。

……あれ？　料理ってそういうものだったっけ？　などと思わなくもないが、それはともかく……。

あまり待たせないほうがいいのかも、と思うミーアである。そこに追い打ちをかけるように、

「失礼いたします。ミーア姫殿下、実は、彼女たちは……」

今度は、ゲルタが話しかけてきた。

彼女によれば、子どもたちは、先ほどの部屋で楽器を弾かせてもらっているらしい。

「しばらくしたら、こちらにお連れするようにと、若い使用人が一緒におります」

「ふむ……まぁ、そういうことでしたら……」

ミーアはレティーツィアのほうに目をやって、静かに頷いた。

「それでは、料理会を始めましょうか」

第三十八話　いつものミーア

さて、料理を始めようか、といったところで、ティオーナが近づいてきた。

「ミーアさま、改めまして、ご無沙汰《ぶさた》しています。本日は、このような素敵な会にお招きいただきありがとうございます」

「あら、ティオーナさん。ご機嫌よう。お元気そうでなによりですわ。お父さまとセロくんは、お変わりはないかしら？」

そう尋ねると、ティオーナは嬉しそうに微笑んだ。

「ありがとうございます。父も、弟も元気にしています。セロは、ミーアさまの学校で学ぶのがとても楽しいみたいで……。アーシャ姫殿下にも、とてもよくしていただいているそうです」

と言ってから、ティオーナは、でも……と続ける。

「最近は、なんだか、すごく頼もしくなってしまって……。それが少しだけ寂しいんです」

「まぁ、ふふふ。ルドルフォン辺土伯令嬢にも、弟さんがいらっしゃるのね」

レティーツィアが気品のある笑みを浮かべて、会話に加わってきた。

「でも、羨ましい。うちの弟のダリオなんか、いつまでたっても頼りなくって……。あれでは、サフィアスさまの支えにはなれないんじゃないかしら……」

姉の視線を受けたダリオが、微妙に居心地悪そうに頬をかいた。

「いや、シューベルト侯爵令嬢。それは、弟の近くにいるから、そう感じるだけかもしれない。少し離れてみると、見えてくるものがあるかもしれないよ」

腕組みしつつ、そう言ったのは、シオンだった。

「そういうもの、なのでしょうか。シオン殿下」

怪訝そうな顔で首を傾げるレティーツィアに、シオンは肩をすくめて、

「ああ。もっとも、私もそれに気付くのが遅れてね……。ミーアのおかげで、なんとか、間に合ったという感じだったよ」

さて、そんな風に弟談議に花を咲かせつつ、ティオーナがミーアのほうを見た。

「それで、ミーアさま、私はどれを切ればいいでしょうか？」

ウッキウキの顔でティオーナが言う。

「ふーむ、そうですわね……」

ミーア、腕組みしつつ、考える……ふりをする。

まぁ、実際のところ、なにから調理を始めればいいかなんて、ミーアにわかるはずもないわけで……。

「では、とりあえず、端から順番に……」

などと、近くにあった玉月《ぎょくげつ》ネギと公爵芋《コウシャクイモ》を手に取る。と……。

「僭越《せんえつ》ながら、その玉月ネギは、早めに入れてしまうと溶けてなくなってしまいます。味としては問題ないのですが、食感を楽しむのであれば、できるだけ後のほうにされたほうがよろしいかと……」

ミーアの後ろから、ゲルタの静かな声が響いた。

「ですから、そちらの満月大根《フルムーンラディッシュ》などを先に切るのが良いのではないかと……」

「なるほど。では、ティオーナさんとシオン、申し訳ありませんけど、そちらの満月大根を、ええと……？」

「輪切りにするのがよろしいかと……」

「それにしてくださいまし」

てきぱきと指示を出しつつ、ミーアは、

——この、ゲルタさんという方……なかなかできますわね？

思わず瞠目《どうもく》する。

よくよく思い出してみれば、先ほどからの立ち居振る舞いなども品があって実に見事。

足音を立てずに部屋の中を歩き回る様子や、一つ一つ洗練された仕草に、ミーアは、ふむ、と唸り声を上げる。

——的確な時に的確な指摘をし、正解へと導いていく。実に優秀。さすがは侯爵家のメイドといったところかしら。

まったくもって感心しきりのミーアである……。

ゲルタが怪しいとか……そんなこと、まるっきり考えてなかったのである！

まぁ、もちろんご存知のことと思うのだが……。

「では、シオン王子、これを一緒に……」

っと、ティオーナとシオンが並んで作業を始めた。

仲睦《なかむつ》まじく野菜を切るティオーナとシオンを見て、ミーアは、実に微笑ましい気持ちになってしまう。

——ふふ、以前までのわたくしであれば、あんな光景を見せつけられたら、怒ったのでしょうけど……。

前の時間軸、シオンのハートをゲットするべく、待ちの姿勢を貫いていたミーア。あの当時のミーアが見たら、きっと、嫉妬《しっと》に怒り心頭だったはずで……。

そんなミーアにも、今は……。

「ミーア、ボクたちも作業を始めないか？」

アベルがニッコリ笑顔を見せる。

「うふふ、そうですわね」

それに、笑みを返しつつ、ミーアは幸せを噛みしめる。

――ああ、素敵ですわ。やはり、愛する殿方とお料理を作れることは、なによりの幸せ……。ふむ……。

っと、そこで、ミーア、冷静になる。

――っと、ダメですわね。アベルとイチャイチャしたいのはやまやまですけれど、今日はレティーツィアさんに、お料理を教えて差し上げるのがメインイベントでしたわ。サフィアスさんもいらっしゃらなくて、寂しそうにしていますし……。ここは、わたくしが気を使って……。

いささかおこがましいことを思いつつ、ミーアはレティーツィアのほうを見た。

「レティーツィアさんも一緒に切りましょうか。やはり、お野菜は形が重要だと思いますの。この、イモを馬形に……」

「……僭越《せんえつ》ながら、イモは煮崩れてしまうかと思いますので、あまり形を変えても意味がないかと……」

「ふむ……。やはり、見た目よりは、味付けがポイントでしたわね！」

こうして、ゲルタの手のひらの上、なんの抵抗もなくコロコロ転がされるミーア……。その姿はさながら、大海に漂う海月のごとき他愛のなさで……。

まぁ、つまり……その、なんというか……いつも通りのミーアなのであった。

第三十九話　……本当だ！

ミーアの密命を受け、シュトリナは早速動きだした。

こっそりと調理場を抜け出し、屋敷の中を誰の目にもつかぬように急いで歩いていく。

実のところシュトリナは、今回、この屋敷に来た事情をきちんと覚えていた。

サフィアスが謀反を企てること、そして、ミーアがそれを止めるために、ここに来ていることを、きちんと覚えていた。

ただ、遊びに来ていたわけではないのだ。使命があるのだ。

それを忘れて、ベルと遊んでいたとか、そんなことは断じてないのである。

…………本当だ！

ということで、足音一つ立てず、気配を消して、廊下を進んでいく。

まぁ、別に見つかったとしても、お手洗いに行くついでとかなんとか、言い訳はできるだろう。

侯爵家の屋敷を勝手に歩く無礼は、星持ち公爵令嬢《エトワーリン》という立場と、可憐な少女の笑みで、なんとでも封殺《ふうさつ》はできるだろうが……。

——問題は、相手が蛇だった時。もしも、あのゲルタというメイドが蛇だったら、潜んでいるのが一人だけとは思えない。

シュトリナは改めて、先ほどゲルタが見せた、あの足さばきを思い出す。

あの時、あの瞬間、調理場に入ってきたゲルタの気配の消し方は……シュトリナには覚えのあるものだった。

そして、入ってきてすぐにレティーツィアに近づき、誘導しようとしていた。

——急いで料理を作らせようとしていた……それはなぜ……？

恐らく、彼女にとって不測の事態が起きたのだろう。だからこそ、あの瞬間、普通のメイドとしての演技を忘れた。うっかり、シュトリナの目の前で、普段通りの気配を消す動きをしてしまったのだ。

——サフィアス・エトワ・ブルームーンの謀反にあのメイドが関わっていることをミーアさまは疑っているのかもしれない。もしもそうなら、一人でここに潜んではいないだろう。他にも仲間がいる可能性がとても高いはず……。気をつけなきゃ。

まぁ、もちろん、言うまでもないことながら、シュトリナは最初から首尾一貫して警戒しているし、気をつけて行動している。まさか、ベルと遊ぶことに気を取られていたとか、一緒に出掛けられただけでウキウキ楽しくなっちゃって油断してたとか、そんなことは本当にないのである。

……………本当だ！

とまぁ、そんなわけで、気配を消しつつも、いざ見つかったら迷っちゃいました、という風を装いつつ、シュトリナが向かったのは前庭だった。

あの、ちょっぴり意味のわからないオブジェクトの間を素早く移動していく。

不規則に立った彫像は、なんとなく不気味で、一人で歩いているとなんだか怖くなってしまった……ことだろう、ミーアならば。

ちなみに、合理主義者なシュトリナは、誰か刺客が潜んでたら、面倒だなぁ、ぐらいにしか思わなかったわけだが……。

そうして、辺りの気配に注意しつつ、シュトリナは目的の場所にたどり着いた。

『明日への希望』と題されたオブジェクト。等身大の、にょろにょろしたヘンテコな形の彫像、そこから少し離れた木の根元に、目的のモノ……キノコがあった。

「あれね……」

見つかるか不安だったからだろう、無事に目的のものを発見できたシュトリナは、ホッと一息吐いた。吐いてしまった……。それは……油断！

最近は、あまり気を張っていなかったから。蛇の一員としての役割から解放され、普通の（解毒剤で王様の命を救ったりとかしてはいたものの……）令嬢として生きてきた時間が、彼女の警戒心の感度を鈍らせていた。

結果、シュトリナは、それを察することができなかった。自分に近づく、影の存在に！

「わっ！」

「きゃっ！」

小さく悲鳴を上げるシュトリナ。一歩後ろに下がり、目つぶしのお薬を投げつけようとするも……影の正体を見て、すぐさま自重。それから、ふぅっとため息を吐き、胸に手を当てた。

「ああ……ベルちゃん」

そこに立っていたのは、ニッコニコと、悪戯っ子のような笑みを浮かべるベルだった。その後ろからは、キリルがぴょこん、と顔を出す。

「どうして、ここに？」

「はい。リーナちゃんがいつの間にかいなくなってたから、もしかして、この面白そうなお庭を探検してるんじゃないかなって思って」

そう言って笑うベルである。

思わず、安堵するシュトリナだったが、すぐに、眉をひそめて……。

「ベルちゃん、誰かに尾行とかされなかった？」

「え……？　尾行？」

きょとん、と首を傾げて……それから、ベルは後ろを振り向いた。

つられて、シュトリナも、一緒にいたキリルも屋敷のほうに目をやる。っと……いつの間にやら、そこには数人の人影が……人影が…………いなかった！

どうやら、尾行はいなかったようである。一安心だ。

ちなみに、シュトリナの心配は、あながち的外れではなかった。

なるほど、確かに屋敷の中で、ミーア一行の誰かが勝手なことをすれば、ゲルタの警戒網に引っかかったことだろう。注意しつつここまでやってきたシュトリナならばともかく、無警戒にズンズン廊下を歩いてきたベル探検隊の二人では、呆気《あっけ》なく見つかって、捕縛されていたことだろう。

ただ、ベルにとって幸運だったのは、蛇の手の者の数が少なかったこと、そして、パティという少女の存在を、彼らが怪しんだことだった。

結果、蛇は、ベルとシュトリナという二人のご令嬢にまで、手が回らなかったのだ。

「でも……今、視線を感じたような……？」

一瞬、首を傾げたシュトリナだったが、すぐに首を振り、

「見つかってないならいいんだ。それじゃあ、早く戻ろう」

「リーナちゃんは、ここになにしに来ていたんですか？」

不思議そうに尋ねるベルに、シュトリナは笑顔で、それを見せた。それは……丸い魚のようなフォルムのキノコで……。

「これは、トロキシ茸。別名、フグワライ茸っていうの」

シュトリナは、キノコを見つめてから、

「リーナも一度だけ食べてみたことがあるんだけど……このキノコには、ちょっぴり変わった性質があってね……」

妖艶《ようえん》で、意味深な笑みを浮かべるのだった。

第四十話　希望的観測に身を委ね……

シュトリナが、一瞬だけ感じ取った視線……。それは、錯覚ではなかった。

じっと……じぃぃっと……少女たちの動向を見張る男たちがいたのだ。

それは、オブジェの陰に身を潜めた男たち……サフィアスとキースウッドだった。

木の根元に植わった得体の知れないキノコを採り、その場を後にした少女たち……。その後ろ姿を見送ってから……サフィアスは震える声で尋ねる。

「どう……思う？」

「……イエロームーン公爵令嬢は、毒や薬、キノコ類にも造詣が深く……、また、とても聡明なご令嬢である、と俺は信じていますよ。心から……」

キースウッドは、険しい顔で言った。

「ああ……そうとも。それは、知っている。彼女は、あの年にしては非常に頭が切れるご令嬢だ。それは知っているとも。だが……」

サフィアスは苦い顔で言った。

「我らは、帝国貴族なのだ。そして、ミーア姫殿下に忠誠を誓った身でもある。それに……彼女はミーア姫殿下に救われたとも聞いている。そんな彼女が、ミーア姫殿下の言葉を拒絶できなかった

としても……不思議ではない」

頭痛を堪えるように、頭を押さえつつ、サフィアスは言う。

「例えば、ミーア姫殿下の言葉なのだから、きっとなにか意味があるに違いない……などという理屈を信じる方向に、流されていってしまっても不思議ではない。多くの場合、その判断は正しいが……」

「料理に関してのミーア姫殿下は、信用ならない、と……？」

「反対の余地はないだろう？」

そう問えば、キースウッドは小さく肩をすくめて、

「確かに。しかし、これは、時間稼ぎが失敗したと見るべきか……。あるいは、時間稼ぎをしたがゆえに、時間的余裕を与えてしまい、かえって、余計なことを始めたと見るべきか……でしょうね」

「ああ、これは、困ったことになったな……。オレは急いでいくべきなのか、それとも、もうしばらく時間を置くべきか……」

もしも、レティーツィアたちが、サフィアスの到来を待って食事を始めようとしているのであれば、急いで行って到着した瞬間に、名状しがたいキノコ料理が出てくる危険性がある。だが、急いでいけば、まだ、料理の修正ができる可能性も残されているわけで……。

「ああ。そうだ。一つ、良いアイデアがある」

サフィアスはポン、と手を打った。

「と言いますと……？」

「なに……。簡単なことだ。こっそりと厨房に行き、様子を見てくればいい」

「しかし、館の入り口には……」

遅刻してきたサフィアスを、使用人たちが待ち受けているに違いない。こう見えて、彼は、館のお嬢さまの婚約者にして、帝国四大公爵家の次期当主だ。出迎えが出てきて当然の身分なのである。

が……。

サフィアスは片手を上げて、キースウッドを制した。

「ふふふ、ああ、わかっている。実はね、秘密の入り口というのがあるんだ」

「ほう……秘密の……」

感心した様子で顎を撫でるキースウッドに、サフィアスは軽快な笑みを浮かべる。

「ところで、突然だが、この彫刻、明日への希望というタイトルがつけられていてね」

なにげない口調で言って、サフィアスは、にょろにょろと地面から伸びた彫像に近づいた。

「正直、この奇妙なキノコみたいな彫像がどうして、明日への希望なのか、と謎だったんだが……」

そう言って、彼は彫像に手を伸ばす。にょろにょろの一本を手前に、別のものを右に、と、動かしていく。次の瞬間、ガコンと重たい音を立て、彫像が横にずれた。

「実は、ここが、館からの抜け穴になっているのさ」

「なるほど。襲撃にあった時に、明日に希望を繋ぐための脱出路、だから明日への希望ということ、か……」

「そういうことだな。ああ、でも、もともと脱出路として作られたものではなく、奇術の抜け道として作られたらしい、という話も聞いたが……」

「奇術、ですか……」

「そう。何代か前の当主がはまったらしい。一度姿を消して、どこか違う場所から姿を現したりとか。いずれにせよ、凝った造りの屋敷だよ」

苦笑いを浮かべつつ、サフィアスは、地下の道へと下りていった。

中は、薄暗い、といった感じだろうか。どうやら、外からは隠されているものの、明かり採りの仕組みが施されているらしい。

「確かに、かなり凝った造りですね……。時に、サフィアス殿は、なぜ、この道をご存知で？」

キースウッドの問いに、サフィアスは若干慌てた様子で、

「いやぁ、まぁ、その、ね？　ああ、もちろん、いかがわしいことに使ったわけじゃないぞ？　ただ、その、愛しい人とこっそり夜空を見ながら、詩を読み交わしたい時とか、あるだろう？　屋敷の屋根にこっそり上って、月を見上げながら、膝枕されたい時とか、あるじゃないか！」

拳をグッと握りしめて力説するサフィアス。キースウッドは、苦笑した。

「シオン王子にも、そのぐらいの積極性があればいいのですが……止まって」

っと、唐突に、キースウッドが立ち止まり、口に人差し指を立てた。

「しっ……」

それから、曲がり角から慎重に、通路の向こう側を覗いた。

サフィアスも慎重に、キースウッドに続いて、覗いてみる。幸いというべきか、通路内は薄暗い。まったく見えなくはないが、隠れるには適している。

目を凝らすと、通路の向こうを歩く人影が見えた。数は……四人。

若いメイドと、男。それに、少女が二人。そのうち、一人は、男に抱えられて、ぐったりしていた。

彼らが角を曲がるのを見送ってから、キースウッドがつぶやくようにして言った。

「今のは……？」

「シューベルト家のメイドと見慣れない男。それに、子どもたちに見えたが……しかし……どういうことだ？　どうなっている？」

困惑した様子でつぶやくサフィアスに、キースウッドは一つ唸ってから、

「サフィアス殿は、ミーア姫殿下のところに向かったほうがいい」

厳しい顔つきで言った。

「相手は、賊《ぞく》……。場合によれば、蛇の可能性もある。この先でどんな危険が待ち受けているか……」

っと言いかけたキースウッドの言葉を遮って、

「いや……オレもついていこう」

スチャッと一歩前に出るサフィアス。

「いや、しかし……」

「幼い子どもたちが連れ去られたのだぞ？　ここで黙っていては、レティーツィアに合わせる顔が

ないじゃないか」

ニヤリ、と格好いい笑みを浮かべて、

「それにさっきも言ったが、オレは、この地下道のことをある程度知っている。ここは、同行するべきだろう」

実に、心強いことを言うサフィアス。そんなサフィアスに、キースウッドは、ふっと笑みを浮かべて……。

「サフィアス殿……ちなみに、本音は……？」

問いかけに、サフィアスは、ふーっとため息を吐き、天を仰いだ。

「いやぁ、正直な話、ミーア姫殿下と愛しのレティーツィアが、あのキノコを使って作った鍋料理を食べる自信が、まったくない！」

言い切った！

いっそ清々しいほど堂々と、サフィアスは、言い切ったのだ！

そして、

「まぁ……時間稼ぎには失敗したが、ダリオは頼りになるやつだから、きっと料理会のほうはなんとかなるんじゃないかな……たぶん。きっと……」

「そう……ですね。まぁ、世の中には、そんな素敵な奇跡だって、あっていいと思いますよ。よくよく考えるとシオン殿下も聡明な方ですし、ギリギリで料理の危険性に目が覚めてくれるかも……」

まるで、祈るように、そう答えるキースウッドであった。

そうして、希望的観測に思いっきり身を委ねつつ、二人は、地下道に身を挺するのだった。

第四十一話　人が罠《わな》にはまりやすい時

「しかし……よくよく考えると、これ、少しお野菜が多すぎないかしら……？」

机の上の野菜を半分ぐらい刻んだ（主にティオーナが……光速で……）ところで、ミーアは根本的な疑問に辿り着いた。

横長の机一杯の野菜、これをすべて刻んだとして、どれだけ大きな鍋に入れるつもりなのか……？

そんなミーアの疑問に答えるように、ダリオが一歩前に出た。

「それはもちろん、ミーア姫殿下に最高のものをお食べいただくためです」

たくさん、野菜を刻ませて、時間稼ぎをしようと思っている……などとは当然言わない。ダリオはできる男なのだ。

「たくさん集めた材料、その中でも上手く切れたものを料理に使う。そうして、作った最上の料理こそ、皇女殿下に献上するのに相応しいものになる、と……。そういうことです」

いかにも、といった貴族らしい言葉。けれど、ミーアは、険しい顔で眉間《みけん》を押さえた。

「そう……なるほど。そういうことでしたの」

ミーアは、そう言うと、そっと野菜切り用のナイフを置いた。

「？　ミーア姫殿下？」

不思議そうな顔をするダリオに、ミーアは静かに言った。

「ダリオさん、一つ、覚えておくとよろしいですわ。わたくし、食べ物を無駄にするようなことは、絶対に許しませんわ」

ミーアは静かに、厳然たる口調で言った。

「この帝国には悪しき風習がある。地を耕し、農産物を作る者たちに対する軽視。けれど、これは、悪しき考え方ですわ」

かつて、隣国ペルージャンで、小麦を道に敷き詰める、などというもてなし方をされ、それで悦に入っている貴族がいたという。まったく、愚かしさの極みだと言わざるを得ない。

なるほど、今回のダリオの行動はそこまでひどくはないが、根っこの部分に同じような思想の流れを、ミーアは感じとっていた。

「食べ物を無駄にすることは許さない。けれど、これをすべてわたくしたちだけで食べきることは不可能というものでしょう。ですので、もう、切るのは十分なんではないかしら？」

不出来とはいえ……いささかヘタが交じってたり、皮がついていたりするものの、すでに、鍋に入れるには十分な量の野菜の下ごしらえが済んでいた。

正論で武装したミーアの言葉は、非常に力強く……それゆえに、ダリオは慌てる。

「いや、しかし……でも」

「さすがは、ミーア姫殿下でございます」

言い淀んだダリオの隣で、ゲルタが感心した様子で手を叩いた。

「聖女ラフィーナさまにも劣らない、ご立派なお考え……。感服いたしました」

「ふふふ、まぁ、それほどでもございませんけれど……」

ふふん、と鼻を鳴らし、ミーアは胸を張った。そうして、ドヤァッと笑みを浮かべかけるも……すぐに思い直す。

——おっと、いけませんわね。わたくしとしたことが……。今日は、レティーツィアさんと仲良しになる日でしたわ。こんなことでいい気になっていてはいけない。

それから、バレないように一瞬で、表情を生真面目そうなものへと変化させるのだった。

さて、そんなふうに、瞬間的に表情を変化させたミーアを見て……ゲルタは思った。

——ふふふ、やはり。帝国の叡智といっても、まだまだ小娘。腹芸はあまり上手くないと見える。

褒められて喜んでいるふりをしていたものの、最後の最後でぼろが出た。

極めて真剣な表情をさらけ出した帝国の叡智に、ゲルタは、ニンマリと笑い顔を向ける。

——やはり、この娘は気付いている。シューベルト家に混沌の蛇の手の者が入り込んでいると……。

ただ、確信がなかった。だから、探りに来たのだ。

ゲルタは、シュトリナが厨房を後にしたことに気付いていた。何気ないふうを装って、二人の子どもが出ていったことも……。

――あれは、十中八九、この屋敷内を探るための者たち。裏切り者のイエロームーンは要注意だが、後の者たちは……。セントノエルの特別初等部に通っていると聞いたが……。

ゲルタは、ほぅ、っと息を吐いて……。

――我ら蛇と戦う人材を、セントノエルで育成し始めたということか……。つまり、あの子どもたちもまた、帝国の叡智の薫陶《くんとう》を受けた者たちということになる……。

ゲルタの中を雷が駆け抜ける！

彼女の頭の中では、シュトリナよりやや劣る諜報員《ちょうほういん》が、四人もミーアの手の中に加わったことになっていた。しかも、一人など、まだ、十歳にも満たぬ幼子だ。

――恐ろしいことだ……。幸い、部屋を探られてもなにも出てはこないだろうが……。

燻狼からもらった毒も、解毒薬も、今、彼女が身に着けていた。当然のことながら、レティーツィアの誘拐計画書などもありはしないし、仲間二人は、この館の秘密の地下道に隠れている。

彼女を混沌の蛇と断定する証拠は、ない。

――とはいえ、敵は、かの帝国の叡智。油断はできない。やはり、この機に殺してしまうのが良いでしょう。

幸運なことに、シオン王子とアベル王子、さらにティオーナ・ルドルフォンもここにはいる。そして……サフィアスはいない。

犯人をサフィアスにし、帝国とサンクランド王国との関係を悪化させれば、再び世界を混迷へと陥れることは十分に可能。

であれば、今すべきことは……。

笑顔を作りつつ、ゲルタは辺りに視線を送る。

野菜を詰め込んだ鍋、その火加減を見ているのは、ダリオだった。恐らく、これには、姉や、ミーア姫が余計な手出しをしないよう見張っているという側面もあると思うのだが……。

ゲルタは、音もなくダリオに近づくと、そっと話しかける。

「ダリオお坊ちゃん、どうぞ、みなさまとのご歓談にご参加ください」

「いや、だが……」

「問題はございません。鍋は、私のほうで見ておきましょう」

それから、ゲルタは笑みを崩さず、続ける。

「それに、サンクランドのシオン殿下と仲を深めるのに良き機会ではございませんか。そういった役割を、サフィアスさまはご期待されているのではありませんか？」

シューベルト家の次期当主として、サンクランドとの誼《よし》みは大切にしたほうがいいだろう、と暗に伝えて、誘導する。

ダリオは、しばし迷った末、ゆっくりと頷き、その場を後にした。

呆気なく自身の言動が信用されたことについて、ゲルタは特になんの感慨も抱かない。

信頼とは積み重ねるもの。十年、二十年の歳月をかけて勝ち取ってきた信頼は、自身の言葉に強力な説得力を増し加える。そのことを、ゲルタは、混沌の蛇の教えにより、知っていたからだ。

――さて、注意すべきはミーア姫とシオン王子。アベル・レムノも油断ならぬ人物だと聞いているが……。

その場にいるすべての者の視線が外れた……刹那《せつな》！　ゲルタは調味料を入れるふりをして、毒の入った瓶《びん》を振るった。

その粒が、鍋の中に溶け込んでいく、まさにその時、シュトリナたち一行が戻ってきた。

――間一髪……でしたね。ふふふ……。あの小娘がいたら、気付かれていたかもしれません。

内心で会心の笑みを浮かべつつ、ゲルタは鍋をかき混ぜる。

それから、周りの者たちの目を逸らすように努める。

自分からも、鍋からも……。

――一番に注意すべきは、やはり、シュトリナ・エトワ・イエロームーンか。

毒の投入に関しては、完璧だった。視線を奪い、誰の目にも留まらぬようにできた。あとは、そう。最後の仕上げ……。毒見を私自身がすれば、帝国の叡智は、死ぬ。

それは、帝国に隠れ潜む混沌の蛇にとっては、悲願の時。

ゲルタは、笑みが溢れるのを抑えることができなかった。

……この時、ゲルタは一つの蛇の教えを忘れていた。

それは「人は、誰かを罠にはめようとしている時が、一番、罠にはまりやすい」という、極めて基本的なものだったのだ。

彼女は、知らない。ミーア・ルーナ・ティアムーンが、今なにをしているかを……。

第四十二話　激突！　善意VS.悪意！

ゲルタが、こっそりと毒を鍋に入れ、そこに誰も近づかぬよう、ひそかに見張っているその頃……帝国の叡智、ミーアがなにをしていたのか……？

シュトリナと合流したミーアは、しっかりとやっていたのだ。やらかしていたのだ！

「ミーアさま、採ってきました」

声を潜めるシュトリナとともに、いったん廊下に出たミーアは、そこで、例のキノコ、トロキシ茸を受け取った。

「おお、これは、実に見事な……」

マジマジとそれを眺めてから、ふと、調理場のほうに視線を戻す。っと、そこには、じっと鍋を見つめるゲルタの姿があった。

「ふぅむ……、あれは仕上がりが気になるのかしら……ジッと見つめてますわね……」

そういえば、以前、料理長がじっくり火加減を気にしなければ美味しい料理はできない、みたいなことを言っていた記憶がある。

――わたくしたちが美味しいものを食べられるように、頑張ってくださっておりますのね。

ミーア、思わず感動するも、すぐに眉間に皺《しわ》を寄せる。

「しかし……困りましたわ。あれでは、キノコを投入するなど不可能ですわね。なにか、別の手が……。ふむ！」

手段はすぐに、思いついた。

「鍋に入れられないのであれば……椀《わん》に盛り付けるまでのこと、ですわ……！」

ミーアは、なにも料理に無知というわけでは決してなかった。

興味があって、いろいろと見ているのだ。見ては、いるのだ。一応は……。

結果、中途半端に料理の知識が増えて、余計に厄介さが増したという噂もあるが、それはさておき……。

ミーアは知っている。最初から器に香草のようなものを入れておき、そこに熱々スープを注ぐ、そのような調理法がある、ということを……。

今回のキノコに、それが応用できないだろうか？

帝国の叡智の臨機応変《りんきおうへん》さが、縦横無尽《じゅうおうむじん》に発揮されていく！

――基本を守るだけではなく、アレンジと応用、それこそが、料理の醍醐味《だいごみ》ではないかしら？

キースウッドが耳にすれば、泡を吹いて卒倒するようなことを内心でつぶやきつつ、ミーアはシュトリナに目を向けた。

「リーナさん、このキノコ……先に容器に盛り付けておき、その上から野菜スープを注ぐというやり方でも、大丈夫かしら？」

それで、味が出るか少々不安だったミーアであるが……。シュトリナは小さく目を見開いて、

「なるほど……そんなやり方で……。もちろん、大丈夫だと思います。効果は、十分ではないかと
……」

ごくり、と喉を鳴らしつつ、シュトリナは静かに頷く。

「ふむ、それならば良かったですわ」

さすがはキノコ。最後に加えるだけでも、十分にお味が出るらしい。

ミーアは、完全食材たるキノコの素晴らしさに感銘を受けつつも、出来上がりの味を想像し、ごくり、と喉を鳴らすのだった。

そうして、ミーアとシュトリナ、ベルとキリルが、丁寧に削ぎ切りにしたキノコをスープ用の食器に盛り付けたところで……。

「みなさま、鍋がちょうどよい加減になりました」

タイミングよく、ゲルタの声が聞こえてきた。

ミーアたちが鍋のそばまで行くと、

「それでは、僭越《せんえつ》ながら、私が味見させていただきます」

ゲルタが恭《うやうや》しく頭を下げてみせた。

「はて、味見……？」

「はい。万が一の時のため、毒見もかねております。みなさまに、もしものことがないよう、細心

の注意を払っておりますので……」

そう説明するゲルタに、ミーアは思わず唸った。

――なるほど……。ゲルタさん、こう見えて……意外とちゃっかりしておりますわね！

ミーアは、こう考えた。

要するにゲルタは、気になるのだ。この鍋の味が……。この絶品野菜鍋の味が、気になるから、自分も食べてみたくなったのだろう。

美食に対する興味は、ミーアも大いに共感するところである。ここは、気持ちよく味見してもらうのが良いだろうが……。

「では……失礼して……」

などと、ゲルタが、鍋の中身を小皿に取ろうとした時のことだった。

「ああ……、ゲルタさん、少しお待ちになって。それで毒見とは、それではいささか味気ないですわ」

ミーアは、彼女を止めると、用意しておいた椀を持ち、鍋に近づく。椀にはすでにキノコの切り身が盛り付けられている。

――この鍋の中身だけでは、まだまだ、未完成。キノコがなければ……。

ここまで、自分たちを率いて、無事に完成まで導いてくれたゲルタを、ミーアとしては最大限に労《ねぎら》ってやりたい気分なのである。

そうして、美しく削ぎ切りにしたキノコ、トロキシ茸の上に、野菜汁を注いでいく。

しっかり、キノコが浸り、見えなくなるぐらいまでよそい……それから、ふと気になる。

「ふむ……」

容器の底にほうに張り付いたキノコ。その上に野菜がたくさん入った状態なのだが……。

——毒見と言いましたけれど、ガッツリ全部食べるわけではない……。とすると、もしかしたら、キノコを食べるところまでは……いかないのではないかしら？

せっかく美味しいキノコを入れたのに、食べられないのは可哀想。気遣いの人、ミーアは、そこで一工夫する。すなわち……。

——お汁と、キノコのみで勝負。お野菜はできるだけ入らないようにするのがよろしいですわね！

こうして……ミーア渾身の野菜汁……もとい、野菜ダシのキノコ汁は、完成してしまったのである。

それから、ミーアはニッコリと、満面の笑みを浮かべて、容器を差し出す。

両手で器を持ち、丁寧にゲルタに差し出して……。

「さぁ、どうぞ。味見をしてくださいまし」

朗らかに言うのだった。

第四十三話　奇術のように……

さて、パティたちが連れてこられたのは、地下の一室だった。

曲がりくねった地下道を抜け、いくつかの階段を上り下りした場所……。途中まで、道順を覚えようと思っていたパティだったが、早々に諦めた。

——たぶん、ヤナを見捨てても、逃げ切れない……。

そう確信できたことで、なんだか、ちょっとだけ心が軽くなった。

自分は死ぬわけにはいかないけど、でも、ヤナを見捨てたら生き残れるという状況じゃない。だから、ヤナを見捨てなくてもいい。そう思えることが……今は救いに感じられた。

「さて、じゃあ、ここでゆっくり話を聞こうかしら……」

そこは、入り口が鉄格子《てつごうし》になった、地下牢《ちかろう》のような部屋だった。部屋の入り口付近で、男がヤナを乱暴に下ろす。その衝撃で目が覚めたらしい。

「ん……ううん……え？」

ヤナはぼんやりと部屋の中を見回して、ひっと息を呑んだ。

強気で、しっかり者のヤナを怯えさせるようなものが、そこには揃っていたからだ。

それは、例えば、壁際に置かれた棺桶《かんおけ》のようなもの……その内側には鋭い棘がたくさんつけられていた。あるいは、壁から垂れ下がった武骨な鎖、その先端はいかにも両腕につけて吊るしてくださいとばかりに枷《かせ》がつけられている。

他にも、先端がギザギザした鞭《むち》とか、先端に棘付き鉄球のついた棍棒《こんぼう》とか……なにやら、おどろおどろしいものが、そこには揃っていて……。

こんな部屋に連れてこられて、これからなにをされるのか……などと想像すれば、ヤナの反応はとても自然なことのように思えた。

「あら、ふふふ……。この辺の道具が、気になります？」

道具を見つめるパティに気付いたのか、若いメイドは、まるで、楽しむような嗜虐《しぎゃく》的な笑みを浮かべる。ねっとりと、絡みつくような笑み……けれどパティには、その表情が、どこか作ったもののように見えた。

まるで、怖がらせることが目的なような……そうすることが、尋問の有利になるから、と、計算ずくでしているような……そんな印象。思えば、ゲルタも、いつも作ったような、感情の窺えない笑みを浮かべていた。この若いメイドも同じかもしれない。

だからこそ、パティはあえて無表情を貫く。それが、状況を有利にすると信じて……。

反応を示さないパティを見て、若いメイドは、すぐに真顔に戻り、つまらなそうにつぶやく。

「やっぱり、蛇の教育を受けた子どもには、効果が薄いか。ゲルタさまがおっしゃっていたとおり、お前は蛇の教育を受けている……ん？　そっちの子どもには、効果がありましたか」

メイドは、青い顔で震えるヤナを見て、意地の悪い笑みを浮かべる。それから、あの棺桶のような道具に近づいていき……。

「これ、気になりますよね。このトゲトゲ。この赤いの……いったいなんだと思います？　さて、これは、なにに使ったのでしょう……？」

メイドはニッコリ笑うと……バンッ！　と思い切り、そのトゲトゲに手を叩きつけた。

「ひぃっ！」

ヤナの引きつるような悲鳴。さすがのパティも驚愕のあまり、ビクンっと体を震わせる。

けれど、当のメイドは涼しい顔で……笑みすら浮かべて……。

「答えは、これ……」

そうして、メイドは手のひらを示す。その手には……傷一つついていなかった。

「これは、奇術の道具。ほら、刺さらないんですよ……。ここにある道具全部、奇術の道具。さっき通ってきた地下道もまたしかり……。驚きましたか？」

楚々《そそ》とした様子でそう言うと、メイドは小さく首を傾《かし》げた。

「本当は、練習がてら、どこまで嘘で情報を吐かせられるか、というのをしようかと思っていましたが、あまり時間がないようですし……それに」

っと、彼女は妖《あや》しげな目付きでパティを見つめて……。

「蛇の教育を受けているという、あなたの正体は一刻も早く調べなければならない。ゲルタさまの名を知り、あのクラウジウスに反応をしていた……。いったい、あなたは何者なのか、とゲルタさまは、気にしておられますから……少し乱暴な手段を取らせてもらいますね」

それから、彼女は優しい笑みを浮かべる。

「ああ。大丈夫ですよ。痛いことはしません。それに怖いことも、辛いことも、なにもありません」

そうして、丸い飴玉《あめだま》のようなものを取り出した。

「実は、嘘を吐けなくなるお薬というのがありまして……。七日ほど、腑抜《ふぬ》けて正気に戻らなくなるのですが、まぁ、その頃にはすべて終わっていますから、ご安心くださいませ」

ニッコリと、子どもをあやすような口調で言うメイド。けれど、それに答えたのは、パティでも、ヤナでもなく……。

「ほう！　それは、怖いな」

突如、響く声。メイドたちが驚いた様子で視線を巡らせる。っと、鉄格子の向こう側……立っていたのは、

「まったく、飲まされるほうはたまったものじゃないだろうな」

肩をすくめて、苦笑いを浮かべるサフィアスだった……！

少し前にミーアたちから、そのお薬を飲まされそうになっていた張本人である！　飲まされなくって本当に良かったね！

「お前、サフィアス・エトワ・ブルームーン！」

若いメイドは身構えて、キッとサフィアスを睨《にら》む。対して、サファイスは、

「おいおい、礼儀がなってないな、メイド」

大貴族然とした、高圧的な言葉を思い切り叩きつけてから、ふっと嘲笑《ちょうしょう》を浮かべる。

「まぁ、幼い子どもをかどわかすような者に、今さら礼儀をどうこう言うのも詮無《せんな》きこと、か」

それから、彼は、メイドの後ろの男に視線を向けた。

「そちらの男は、察するに悪だくみのお仲間かな……。そういえば、どことなく、シューベルト家の御者に似ているような気がするが……もしや、彼に扮してなにか企んでいた、とか……？」

サフィアスの視線の先、痩せぎすの男がたじろぐように呻《うめ》いた。

「いずれにせよ、お前たちは、レティーツィアにも、このシューベルト家にも相応しくない。排除

させてもらおうか」

「はは。言うじゃないか。腰抜けのサフィアス。剣すらろくに振ったことのない貴族のお坊ちゃんが、悪だくみをするような男を相手に、どう立ち回るつもりだ？」

男は、サフィアスを嘲笑《あざわら》うかのような、笑みを浮かべる。それに合わせて、若いメイドも声を上げる。

「まさか、解雇だと宣告すれば、かしこまるとでも思ったの？　それとも、大貴族の血筋を誇れば、恐れ入るとでも思ったとか？」

メイドの後ろで、男がナイフを抜いた。ギラリと獰猛に輝く刃を前にして、けれど……腰抜けと罵《のの》られたサファイスはまるで慌てる様子がなかった。

「ははは、かしこまっていただく必要はないとも。悔しがってもらう必要はあるかもしれんがね……まんまと、囮《おとり》に引っかかったことをね」

「なにっ⁉」

直後、がたん、っと、鋼鉄の棺桶の、底が抜けた。そこから飛び出したのは影……。細くしなやかな影は、疾風のごとくナイフを持った男に向かっていくと、足を高々と振り上げる。鞭のようにしなる長い右足が、男の手からナイフを蹴り上げる。そのまま、影は一回転。左足で、驚愕に固まる男の、その胸板を蹴り飛ばした。

男が壁に叩きつけられるのを確認しつつ、その人影は右手を差し出した。瞬間、まるで奇術のように、そこにナイフが落ちてきて、見事にその手の中に収まった。

「刃に毒でも塗ってあったら面倒だ、と警戒したが……杞憂《きゆう》だったかな」

刃に軽く触れてから、キースウッドは肩をすくめて、皮肉っぽい笑みを浮かべる。

「なっ!? ど、どこから……？」

慌てて後ずさるメイド。そんな彼女にサフィアスは、勝ち誇ったようなドヤァ顔で……。

「無論、隠し扉から、さ。先ほど、自分で言っていただろう、ここは、奇術の道具を保管しておく場所だとね」

洒落《しゃれ》たウインクを見せるのだった。

第四十四話　惨劇、笑顔の弾ける料理会にて！

惨劇が――起きてしまった！

地下室にて、子どもたちを無事に保護したキースウッドとサフィアスは、急いで厨房へと向かった。サフィアスの案内で、階段を一気に駆け上がり、息を切らして駆け込んだ厨房で……すでに、事件は起きてしまっていた。

「なっ……こっ、これは……」

目の前に広がる光景に、思わず、キースウッドは息を呑む。

中央で立ち尽くしていたのは……。あわわ、っと顔を青くするミーアの姿だった。そして、その視線の先には、倒れて、ピクピクと震える、老齢のメイド、ゲルタの姿があって……。

「こっ、これは……いったい、なにが……」

なぁんて、わざとらしくつぶやきつつ、キースウッドは察していた。

ミーア姫殿下、ついにやっちまったか！　っと……。

さて……では、ミーアがなにをやっちまったのか、というと……まぁ、だいたい、予想はできているかもしれないが、念のため……。

時間は少し遡る。

「さぁ、どうぞ、味見をしてくださいまし」

朗らかな笑みを浮かべるミーアから椀を渡されて、ゲルタは……内心で舌打ちする。

――おのれ、帝国の叡智。仕掛けてきたな……。

いつも通りの、張り付けたような笑みの下で、彼女は懸命に思考する。

敵の狙いはなんなのか……？

すでに、解毒剤は飲んでいる。解毒剤といっても、それは、鍋に投入した毒と拮抗《きっこう》させるための、別の毒である。すぐに死んだりはしないが、早く鍋を食べたいのが人情というもの。

ゆえに、ゲルタは焦る。このタイミングで仕掛けてきた、帝国の叡智に……。

――いったい、なにを企んでいる……？

彼女は、ジッと椀……ではなく、ミーアの顔を見つめる。恐らく、椀に何かしらの仕掛けをしたのであろうが……なにか薬を混ぜられたというのなら、どの道、見たってわかりはしない。第一、見てわかるような危険なものを入れるはずがないではないか！

この限られた時間で見るべきは、むしろ、帝国の叡智。その表情や、仕草のほうだ。

ゲルタは蛇だ。

若き日より、クラウジウス家のメイドとして、混沌の蛇の教えに親しんできた。

蛇は心を操る者。相手の心を読み、欲望を読み、感情を読み解く術を会得している。

一番自信のある武器をもって、仇敵《きゅうてき》、帝国の叡智を打ち倒すのだ！

これは、まさに、ゲルタにとって一世一代の勝負の時といえた。

これまでの人生、数十年をかけて培ってきた……絶大なる自信を持つ読心術をフルに利用し、ミーアの心を読もうとする。

けれど……ああ、けれど！　ミーアからは、なにも読み取れない。

その表情からも、仕草からも、読み取れるのは、ただただ、協力してくれたメイドに対する素直な感謝の気持ちのみで……。

ゲルタが予想していたような、敵意も、怒りも、策略の欠片《かけら》すらも、読み取ることができなくって。

――これは……どうなっている？　どうなっているのだ？

時間はない。解毒薬の毒が、彼女の体に回りつつあった。

焦りから、混乱しかけたゲルタであったが……、不意に、思い出したことがあった。

それは、帝国の叡智、ミーア・ルーナ・ティアムーンとは何者であるのか、ということ……。

聖女ラフィーナと友誼《ゆうぎ》を結び、貧民街の住人を慈《いつく》しみ、病院を立て、孤児たちを学校に入れて勉強させる……。かつては、帝国の聖女、慈愛の聖女といわれた、この小娘の本質……それは……善性であるということ。

——ああ……なんだ、そういう……。

ゲルタは、思わず、笑いだしそうになり、それを抑えるのに苦労する。

目を見開き、唇を軽く噛みしめる。それは、見ようによっては、皇女手ずからの厚意を受けて感動しているように見えなくもなかったが……。

……その内心で、彼女は思っていた。

彼女は……苦労していたのだ。笑わないようにするために……。

——なんと、なんとたわいない……！　帝国の叡智が、まさか、ここまで愚かだったとは……。

思わず、快哉を叫びたくなるゲルタである。

——恐らく、こいつは、裏切り者のイエロームーンから、報告を受けたのだろう。私の部屋から、なにも見つけることはできなかったと……。だから、帝国の叡智は信じることにしたのだ。この私を……シューベルト家に長年仕え、信頼を勝ち得てきた、この私を！

あるいは、もしかしたら、クラウジウス家に仕えていたメイドがどこか別の貴族に仕えているということだけしかわかっていなくて確信がなかったのかもしれない。

そもそもクラウジウス家の裏事情だって、そう簡単に調べられるようなものではない。よくよく考えれば、自分の足跡は、できる限り隠してきた。怪しまれるようなことは、なにもないわけで……。

人を疑うのではなく、人を信じることに重きを置く善性。それこそが帝国の叡智の本質。だから、自分を信じることに決めたのだ、と……それを悟った瞬間、ゲルタは勝利を確信する。

今まで、数多の蛇たちが煮《に》え湯を飲まされてきた敵。長きにわたり、積み上げられてきた帝国滅亡の企みを完膚なきまでに破壊しつくした、蛇の仇敵……。帝国の叡智、ミーア・ルーナ・ティアムーン。

それが、たわいもなく笑みを浮かべ、親しげに食べ物を差し出してくる光景に、ゲルタは、スッと胸がすく思いだった。

――ふふふ、自分が毒を盛られたと気付いた時、この小娘はどんな顔をするのやら……。

それが、今から楽しみで仕方なかった。

思えば、ゲルタは、帝室に恨みがあったのだ。

それは、ミーアによって、計画を叩き潰されるよりも前のこと……彼女の祖母に対して、ゲルタは極めて強い恨みを持っていたのだ。

――せっかく、クラウジウスの家で養い、蛇として鍛え、皇帝を絶望の淵《ふち》に堕とすよう教育したというのに……あの娘は、それに逆らったのだ。許せるはずがない……。いや……そうではなかったか……？

遠い昔の記憶は、ふわふわとして、どこか曖昧《あいまい》だった。けれど、自身の努力を踏みにじられたという気持ちだけは、彼女の中に残り続けたのだ。

そんな憎悪に想いを馳せつつ、ゲルタは、野菜汁を口に入れる。

次の瞬間、口の中を駆け抜けたのは、瑞々《みずみず》しい野菜の風味だった。畑の恵みを一杯に受けた味の濃い野菜、キャロットの甘味、満月大根の辛味、ピリリと味を引き締める香辛料も、実に良いアクセントになっている。

さらに、底のほうにあったもの……コリッと歯ごたえの良いそれは、キノコだろうか？

一瞬、そんなもの入れたっけ？　と思わなくもなかったが、たぶん、シューベルト家の使用人が気を利かせたのだろう。皇女ミーアはキノコが好きだというし、良い工夫である。

――しかし、ふふふ、面白いものだ。まさか、今になってクラウジウス家のことをこんなにも思い出すなんて……。あの子ども……。そうだ、あの子どもがクラウジウス家のことを口にしたから……いや、それ以上に、あの子どもが、どこか、パトリシアに似ていたから……か。

ゲルタは、改めて、目の前のミーアを……パトリシアの孫娘を見た。

――私が、孫を毒で殺したと知ったら、あいつは、どんな顔をするだろう……。そう考えるだけで、ふふふ、ああ、いけないいけない。また、笑ってしまうところだった。微笑むのは良いが、大笑いしたらダメだ。怪しまれてしまう。しかし、この野菜汁、なかなか美味くできたものだ。死ぬ前に、こんな美味いものを食べて死ねるのならば幸せなことかもしれない。そう思うと、あはは、面白い。うふふ……。

そこで、ゲルタは――異変に気付いた。

なにが、そんなにも笑えるのだろう……？　この状況、そこまで笑えることだろうか？

と。

けれど、そんなことを不思議に思っている自分が、また、面白くって、さらに、ゲルタは苦しむことになる。

これは変だ……なにかが、おかしい……。

歯を食いしばり、目に涙をため、ひくひくっと肩を震わせながらも笑うのを堪える。

っと、不意に、ふにゃ、っと視界が歪んだ。

「げっ、ゲルタさん……？　大丈夫ですの？」

ミーアの心配そうな声。ぐにゃあああん、っと歪んだその顔が、子どもが書いた似顔絵みたいな、ヘンテコな顔が、あまりにもおかしすぎて……ゲルタは、ついに吹き出した。

「あはははは、なっ、なんですか、その顔は……あはははは」

「なっ!?」

言われたミーアは、かっちーんと固まった。


──なっ、ひ、人の顔を見て笑うとは、なんたる無礼！　許せませんわっ！

などと、一瞬、キレかけるミーアであったが……。

「ミーアさま、怒る必要はありません。これは、あのキノコの効果です」

シュトリナに言われて、思わず、ミーアは目を剥《む》いた。それから、改めて、笑い転げるゲルタを見て、もう一度、シュトリナのほうに目を向ける。

「ご存知なかったかもしれませんが、あのトロキシ茸は、食べると、笑いが止まらなくなり、さらに体が痺《しび》れて動けなくなります」

「え……？　なっ……」

ミーア……思わず、言葉を失う。

なぜって……、だってこれは……ヤバイ事態だからだ！

――や、やばいですわ。これって、わたくし、やってしまったのでは……？

他家のベテランメイドに、ヤバいキノコを食べさせた、わがまま姫。そんな、悪評がつきかねないほどの大事である。ミーアの背中にだらりだらり、と冷や汗が流れ落ちる。

だっ、だだ、だって、シュトリナが大丈夫って言ったじゃん！　っと、頭の中では言い訳の言葉がぐるんぐるん回っていて……だけど、同時に思う。実行犯は、自分だ、と。

それに、よくよく思い出せば、シュトリナは言っていたではないか。イエロームーン家では、死なない毒は毒とは呼ばない、と……。

つまり、シュトリナはこう思ったのではないか？

ミーアが下々の者を使って、怪しいキノコの効果実験をしようとしている……と。

ルードヴィッヒならば、確実に止めただろう。けれど、シュトリナは……、ミーアに恩がある。もともと、毒に親しんできたがゆえに、この程度の毒キノコならば食べさせても悪戯程度で済む、とか、どこかアレな倫理観を持っているのかもしれない。

ならば、自分は止めなくてもいいかも？　とか、そんなことを思ったのではないか？

――いいえ、いずれにせよ、それは後。問題は、わたくしが、こっそり投入した毒キノコで、シューベルト家のメイドを昏倒《こんとう》させてしまったことで……。

あわわ、っと青くなるミーア。その時だった。タイミング悪く、キースウッドたちが厨房に駆け込んできた。

「なっ、こっ、これはいったい……」

言葉を失う者たちに、ミーアは、慌てて言い訳しようとしたのだが……。

「こ、これは……おのれ。あはははは。く、は、はかったな、帝国の叡智。うふふ、あはは」

「え……？」

きょとん、と首を傾げるミーアの前で、シュトリナがすまし顔で言った。

「笑いが止まらなくなるのと、体が痺れることに加え、このキノコにはもう一つ、効果がある。それを狙って、このキノコを使ったのですよね、ミーアさま……」

そう言いながら、シュトリナはゲルタのそばにしゃがみ込み、

「もう一つの効果……それは……嘘が吐けなくなること……あなたは、混沌の蛇、ですよね？」

「おのれ、イエロームーンの小娘。我ら蛇の裏切り者め！　あっはははは──！」

ゲルタの、大変楽しそうな笑い声が厨房に響くのだった……。

第四十五話　楽しい尋問タイム！　あはは！

「まさか……ゲルタが、賊だというのか……」

ゲルタの突然の告白に、サフィアスは顔を青くする。

一方で、レティーツィアやダリオ、それに周りのメイドたちは、なにが起きたのかわからず、困惑の表情を浮かべていた。

「……本当に、彼女が……？」

深刻そうな顔で問いかけるアベルに、シュトリナは深々と頷いた。

「間違いないでしょう」

そう言うと、シュトリナは、ゲルタの体を探る。っと、ほどなくして、彼女の懐から、二つの小瓶が現れた。

「ああ、やはりありましたか……」

そう言うと、シュトリナはゲルタの目の前で瓶を振りながら、

「これは、毒と解毒薬ですか？」

問いかけに、ゲルタは笑いながら「そうだ、あはは！」と答える……なんだか、楽しい雰囲気の尋問だった。

「恐らく、解毒薬を先に飲んでおいて、後から毒を飲むことで、毒は入っていないと証明しようとしたのではないかと……」

腕組みしつつ、顎に手を当てながら、シュトリナは続ける。

「……しかし、このやり方……毒について詳しい者でないとできないやり方です。もしかすると……」

っと、そこで、シオンが血相を変えた。

「まさか、エシャールに毒を渡した者が関係している、ということか？」

シュトリナは、無言で頷くと、再び、ゲルタのそばにしゃがんだ。

「この小瓶をあなたに渡したのは……？」

「あははは、くっ、だっ、誰が言うか……」

「蛇の仲間。騎馬王国の火の一族出身の男、ですよね？」

「くふふふ、そうだ。あはは、そのとおり」

実にスムーズな尋問である。そして、なんとも……楽しそうだった！

そんな光景を少し離れた場所で興味深げに見守っていたミーアは……ますます、あのキノコへの興味を深める。

「そういえば、地下でこの子たちを保護したのだが……」

っと、サフィアスが思い出したように言った。見れば、そこには、ヤナとパティの姿があった。

「はて……？　地下とは？」

小首を傾げるミーアに、キースウッドが手短に地下での出来事を説明する。

「まぁ、サフィアスさま、そんな危ないことを……っ！」

レティーツィアが顔を青くするも、サフィアスは笑って首を振った。

「なぁに、君や、ミーア姫殿下のお料理会と比べればこの程度の危険など……」

「サフィアス殿、本音が……」

キースウッドに、耳打ちされて、ハッとした顔をしてから、サフィアスは一度、咳払《せきばら》い。

「君や、ミーア姫殿下のお料理会を守ることと比べれば、この程度の危険など安いものさ。それに、帝国貴族として、幼い子どもたちが連れ去られるのを黙って見過ごせないし。なぁ、キースウッド殿」

「ええ。そのような、正義にもとるような行動、決してできません。当たり前です」

キリリッとした顔で頷き合う、二人の男たち……。そんな彼らを、ダリオが、シラーッとした目で見つめていたが……まぁ、それはともかく。

「パティ、それにヤナ、二人ともケガはありませんの？」

念のためにそう尋ねれば、二人とも一応は頷くものの、やはりショックだったのか、表情は冴えない。特に、パティはうつむいたまま、ミーアのほうを見ようとしなかった。

——ふぅむ、これは、よほど恐ろしい目に遭ったのかしら……？　なんとかしなければ、ますます、パティが心を閉ざしてしまいそうですわ。

深刻な顔をするミーアである。

「しかし、地下にいた賊といい、ゲルタといい、いったいなにを企んでいたというのだろう。ミーアさまが、こうして料理会にやってくることを見越して潜入した、というのは、少し違う気がするが……」

不思議そうにつぶやくサフィアスに、答えたのはシュトリナだった。

「恐らく、蛇は、レティーツィアさんを人質にして、サフィアスさんを謀反人に仕立て上げようとしたんじゃないかと思います」

「なっ！　お、オレを謀反人に……!?　レティーツィアを人質に、それは……」

口をパクパクさせるサフィアスだったが、やがて、憂いを帯びた顔で……。

「いや、そうか……確かに、レティーツィアが人質になっているとなれば……ミーアさまに反旗を翻すこともあるかもしれないな……。君は、オレにとってなによりも大切な存在だから……」

「……まぁ、サフィアスさま」

などと、まぁ、ラブラブな二人はさておき……。

シュトリナは、腕組みしたままつぶやく。

「……イエロームーン家でも、昔、そんな作戦が検討されていたことがあったし……。狙いどころとしては、ちょうどいいから間違いないと思います」

ちょうどいい、と評されて、サフィアスが、ヒクッと頬を引きつらせる。

「ああ……ええと、サフィアスさん個人の資質ではなく、置かれている立ち位置が、ですから、お気になさらず」

ニッコリと可憐な笑みを浮かべつつ、フォローを入れるシュトリナ。相変わらず、如才ない態度である。

「なるほど。サフィアスさんは、ブルームーン家の次期当主。そのような方とわたくしとが争えば、混乱は必至。蛇の考えそうなことですわね」

ミーアの改革に、最も反感を抱いているのは、やはり中央貴族の者たちだ。その一番のまとめ役たるブルームーン家とミーアの仲がこじれれば、帝国が二分されてしまうかもしれない。その混乱に乗じて、食料の供給が滞れば、飢饉が起こり、疫病《えきびょう》が流行り……ギロチン！

ブルルッと背筋を震わせつつも、ミーアは思考を転じる。

恐ろしい想像ばかりしていては、体がもたない。楽しい想像も織り交ぜなければ……。ということで、先ほどから気になっていたことを、シュトリナに聞いてみることにする。

「ところで、リーナさん。……なんか、さっきから、ちょっぴり楽しそうですわね、あのキノコって飲ませると、こんな風になりますのね」

「ああ、詳しい効能までは、ご存知ありませんでしたか？」

不思議そうに首を傾げるシュトリナに、ミーアは重々しく頷く。

「ええ、まぁ……。わたくしも、なにもかもを知っているというわけにはいかないので」

実際には、ほぼなにも知らないミーアなのであるが、それはともかく……。

「あのキノコ、トロキシ茸は、食べると、こんな風に笑いが止まらなくなります。しばらく笑い続けることになるのですが、それがとっても苦しくて、七日間ぐらい、魂が抜けたような状態になってしまうんです」

「ほほう……。それは、実に興味深いですわ」

ミーアが楽しそうに笑うのを、渋い顔で見つめるサフィアスとキースウッドであった。

第四十六話　気配りの人、ミーアの配慮！

「それで、蛇の仲間は、どこにおりますの？」

ミーアは改めてゲルタに問う。と、

「も、もう、この国には、うぐ、いない……あはは、残念だったな、帝国の叡智」

「本当かしら……？」

ミーア、かたわらのシュトリナに目を向けると、シュトリナは小さく頷き、

「今のゲルタさんが嘘を吐くことはとても難しいですから……」

「ふぅむ……」

腕組みするミーアに代わって、シオンが口を開いた。

「毒を残し、事が起きる頃には、自身はすでに遠くに逃げおおせている。このやり方は、エシャールの時と似ているな……。毒を渡した男の名と、特徴は？」

「ぐ、な、名前は、火燻狼。火の一族の、毒使い……。そ、それと、ふふふ、古き蛇、ヴァイサリアンの男も……あはは、一緒に、あっはははは」

「ヴァイサリアン族……？」

ミーアは、思わず、ヤナのほうに目を向けた。すると、ヤナが、まるで怯えた様子で体をすくめた。

「ああ……ごめんなさい、ヤナ。別に、あなたを責めているわけではありませんわ。わたくしとしたことが、うっかりしましたわ」

ミーアは安心させるように、ヤナの頭を撫でる。

「敵があなたと同じヴァイサリアン族の出だからといって、あなたにはなんの関係もないことですわ」

と、保証してやりつつ、

「火燻狼という方については、慧馬さんに聞いてみるのがいいかしら……そして、やはり、気になるのはヴァイサリアン族の男のほうですけど……」

「……バルバラが、セントノエルに渡った時に手引きした男と同一人物……と見るべき、かもしれないな」

難しい顔でつぶやくアベルに、ミーアは静かに頷いた。

「そうですわね……。しかし、考えることがまた山積みになってまいりましたわ」

やがて、皇女専属近衛隊《プリンセスガード》の者たちの手で、ゲルタは連れていかれた。シューベルト邸の部屋で、尋問の続きをすることになったのだ。

「ミーアさま、念のために、リーナも一緒に行こうと思います」

命に別状はないとはいえ、一応は、毒キノコを食べたゲルタである。彼女からは、まだ聞きたいことがあるし、万が一、死んでしまったら『毒キノコから始まる蛇の逆転ストーリー』が始まってしまうかもしれなかったので、シュトリナがついていくのは、ありがたい話であった。ということで……。

「ああ。そうですわね……でしたら、ベル、申し訳ないけど、あなたもリーナさんに同行してもらえないかしら？」

「え……？　ボク、ですか？」

不思議そうに首を傾げるベルに、ミーアは重々しく頷く。

「リーナさんのそばで、あのキノコについてしっかり学んでくること。毒キノコの恐ろしさをしっかりと教わってくるとよろしいですわ。キノコは、素人が簡単に手を出すと痛い目を見る、とっても興味深いものですから……」

極めて、まっとうな識見を披露するミーアである。惜しむらくは、ミーアが自分のことを、『わりとキノコの熟練者だ！』と認識している点であるが……。

「なるほど、わかりました」

ベルは、キリリと皇女っぽい、凛々しい顔で頷いて、

「行きましょう、リーナちゃん」

四大公爵家令嬢、シュトリナを率いて、調理場を出ていった。

スッと伸びた頼もしくも、頼りがいのある背中を見ていると、帝国の未来もこれで安泰であろうことが、確信できて……確信……、確信？　安泰……？　いや、そうでもないか。

まぁ、それはともかく……。

「しかし……今回は、ミーアにしては、珍しく攻撃的な手段をとったな。敵にとはいえ、あんな毒キノコを食べさせるとは……」

シオンが、意外そうな顔で言った。

「察するに、サフィアス殿が巻き込まれそうだと知って、怒りが抑えきれなかったのかな？　まぁ、実際、俺も、エシャールを陥れた者が関わっていると聞けば、同じように強硬な手段に出ていたかもしれないが……」

シオンの問いかけに、一瞬、ポカンと口を開けかけたミーアであったが……。

「……ええ、まぁ、だいたい、そんな感じですわ」

ミーアは、重々しく頷いてみせる。腕組みしつつ、いかにも、すべて狙ってやりました！　といった様子で、うんうん、頷く！

っと、それを、シラーッとした顔で見つめているキースウッドと微妙に目が合った。

「あら、キースウッドさん、なにか……？」

「……いえ。まぁ、そういうことなのでしょう。ええ。そういうことにしておきましょうか」

なにか、こう……微妙に納得のいかない顔ながら、無理やりに同意するキースウッドである。一方で、

「ミーア姫殿下が……サフィアスさまのために怒りを……それで、あのようなキノコを……」

胸元で、両手をギュッと握って、レティーツィアが感動に目を潤ませていた。

サフィアスが大好きなレティーツィアは、サフィアスのことになると、時々、賢さがマイナス五十になってしまう人であった。ミーアは、そんなレティーツィアの手をひっしと掴み……。

「ええ。実は……、今回、わたくしは、そのために、ここにやってきましたの」

熟練の波乗り師にして、どんな小さな流れにも乗る海月でもあるミーアは、生じた流れを見逃すことはない。

「実のところ、先日、わたくしのところに、サフィアスさんが謀反を起こすとの情報が入りましたの。もちろん、わたくしは、サフィアスさんのことを信じておりましたけれど……、しかし、なにか胸騒ぎがしましたの」

いけしゃあしゃあとそんなことを言うミーアである！　が……、今回は特に罪悪感はなかった。

なにしろ、レティーツィアと仲良くしようという段で、サフィアスに対する疑いは綺麗さっぱり消していたからだ。

サフィアスが完全に無罪だとわかる前から、信じていました、と言えるギリギリのタイミングだったわけだが……ともかく、サフィアスのことを信じていたという自負が、ミーアにはあったのだ。

ゆえに、堂々と胸を張って言った！

「サフィアスさんは、わたくしにとっても大切な人物ですし、もしもなにかあれば一大事と、こうしてやってきたのですわ。まさか、蛇がこのようなところに紛れ込んでいるとは思ってもみませんでしたけれど……」

「申し訳ありません。ミーアさま、我がシューベルト家のメイドが、このようなことを……」

顔を青くするレティーツィアにも、ミーアは朗らかな笑みを返す。

「謝罪は不要ですわ。彼らは、どんな場所にも隠れ潜んでいる、とっても恐ろしい存在ですから、あなたのせいではありませんわ」

「ですが……」

っと、空気が張りつめそうになった、その瞬間のことだった。

「お姉ちゃん……僕、お腹空いた……」

キリルが、ヤナに甘える声が聞こえてきた。それで一気に、その場の雰囲気が弛緩する。

「ああ。そうでしたわね。すっかり忘れておりましたわ」

ぽんっと手を叩き、ミーアは頷いた。

「確かに、まだお食事をしておりませんでしたわね……」

それから、ミーアは野菜鍋のほうを見た。

「みなで作ったお鍋はございますけれど……」

手元には解毒薬と毒がある……。解毒薬を入れれば、無害化できるのかもしれないが……。

「さすがに、毒の入った食べ物を、危険を冒《おか》して食べるなんてことはできませんわね。もったいないですけど、そこのお鍋の中身は破棄してしまいましょう……それで、新しいナニカ、を作るのがいいのではないかしら？」

ミーアが、ごくごく気軽な様子でトンデモないことを言い出した！

「よくよく考えれば、お料理会に、ベルやリーナさんとキリル、それにパティやヤナも参加していませんでしたし……キースウッドさんやサフィアスさんも、お料理会に参加したかったのではないかしら？」

気配りの人、ミーアは、周囲への配慮に余念がない。

「いやいやいや、ミーア姫殿下……。そ、そのぅ、そう、もう食材を使い切ってしまったのでは？」

慌てて、止めに入るサフィアス。であったが……。ミーアは、実になんとも愛らしい笑みを浮かべて、

「ふふふ、それならば、問題はありませんわ。ほら」

そうして、彼女が指し示した先、未だ、山盛りの野菜が残っており……。

「まだまだ、食材が余っておりますし。それに、お野菜というのは、それほど長持ちするものではありませんし。ここは、トラブルも解決したということで、改めてお料理を……」

「い、いや、しかし、さすがにこのようなことがあった後で、お料理というのはいかがなものかと……」

キースウッドが横から援軍を出すも……。

「このようなことがあったから……ですわ」

一転、ミーアは真面目な顔をする。それから、近くにいたヤナの頭を撫でて……。

「ごめんなさいね、ヤナ。怖い思いをさせてしまいましたわ」

「い、いえ……あの、えっと……」

急に撫でられたことで、頬を赤くするヤナ。ミーアは優しい笑みを浮かべてから、

「子どもたちの今日の思い出を、こんなことで終わらせたくはありませんの。楽しいお料理会の記憶を、この子たちに用意してあげたいのですわ」

「ぐぬ……」

思わず、キースウッドは言葉を失う。

ミーアの吐いた正論に対して、反論する言葉を持たなかったのだ。

確かに、地下道で怖い思いをした子どもたちが、このまま今日を終えるのは可哀想なこと。それを放置するのは、シオンの従者に相応しくないことかもしれなくって……。

一方で、サフィアスも適切な反論を思いつけずにいた。

ふと見れば、愛するレティーツィアがやる気になってしまっている。

「地下室で頑張ったサフィアスさまのためにも……！」

などと気合の入ったつぶやきと共に、腕まくりを始めている。そのうえ、子どもたちのためと言われてしまえば、強硬に反論するのは感じが悪いだろう。

そうして、苦し紛れに彼らが視線を向けた先、そこには最後の砦《とりで》、ダリオが……ダリオが！

……いなかった！

「おや、ダリオは……」

「申し訳ありません。サフィアスさま、ダリオは、ゲルタのことがショックだったらしく、少し部屋で一人になりたいと……」

などと言うレティーツィアの声を聞いて、サフィアスは、なんとなく察する。

義弟よ……逃げたな！　っと。

「おのれ、逃げるとは、情けない……。義弟よ！」

なぁんて……ちょっぴり前の自身の行いなど、ぽーいっと記憶の彼方に投げ捨てたサフィアスであった。

第四十七話　蛇の呪いと消えた侯爵

さて……楽しい料理会が終わったところで、タイミングよくシュトリナから報告が入った。

ゲルタから聞き取りを行った結果、ゲルタと、同じくシューベルト家に仕えていた若いメイド、さらに、一緒にいた男の三人がレティーツィアの誘拐を企《くわだ》てていたことはほぼ確実らしい。

「それで、サフィアスさんに謀反を起こさせようとした、と……。酷い話ですわね」

ミーアは、つぶやきながら、サフィアスのほうを見た。サフィアスは、やっぱり、ショックだったからか、どこかぐったりしているように見えた。

そして、不思議なことに、そばにいたキースウッドもぐったりしていた！　なぜだろう？

はて……？　と首を傾げつつも、ミーアはシュトリナのほうに視線を戻した。

「さすがは、リーナさん。素晴らしい手際ですわ」

そう褒めれば、シュトリナはいつもと変わらぬ可憐な笑みを浮かべて。

「ありがとうございます。ベルちゃんの前だったので、ちょっぴり張り切ってしまいました」

そう言ってシュトリナは、なぜだろう……指をワキワキ動かしながら言った。

その後ろでは、ベルが……微妙に引いた顔をしていた！

「あら……いったい、どうやって……まさか！」

っと、ミーアもここで思い至った。

「あのキノコで、ただでさえ笑いやすくなっているゲルタさんを、さらにくすぐって尋問した、とか……？」

ごくり、と生唾《なまつば》を飲むミーア。周囲の者たちにも、騒然とした空気が流れかけるが、シュトリナはいかにも心外だという顔で首を振った。

「くすぐるだなんて……そんなはしたないこと、リーナはしません。ただ、くすぐられる、と思っただけでも、くすぐったくなってしまうのが人というものですから……。それを見せれば、簡単でした。うふふ」

ニッコニコしながら、指をワキワキするシュトリナ。

「リーナちゃん、すごく容赦なかったです……。未来でもすごくくすぐるのが上手いから、ボク、リーナちゃんが本気で怒るようなことはしないようにしてるんです」

本気で怒らない、ギリギリのところまでならば踏み込みそうな口調で言うベルである。まぁ、仲がよさそうでなによりだ。

「これで、今回の件に関しては、おおむね聞き出せたと思いますが、ミーアさまご自身でも、尋問なさいますか？」

「ふぅむ、そうですわね……」

正直、あまり尋問とか興味はなかったのだが……、あのキノコの効能については、少しばかり興味がある。

――あのキノコの味は気になりますし……。やはり、直接、話を聞いてみるのがいいかしら……。

などと思いつつ、ミーアは人選を始める。

下手にキノコのことを聞く、などと言い出せば、止められそうな気がするので、人選は慎重にしなければ……っと、あたりを見回したところで……。

「あの、ミーア、お姉さま」

不意に、ドレスを引っ張られた。見ると、パティが、真っ直ぐに見つめていて……。

「お願いがあります。ゲルタ……あの、メイドの聴取に立ち会わせてください」

「ふむ……？」

ミーアは、ちょっと驚いた顔でパティを見た。その、どこか思いつめたような表情に、小さく首を傾げる。

――パティがこんなことを言いだすなんて、珍しいですわね……。

それから、しばしの黙考。

パティの秘密は、まだ、誰にも言っていないことだった。なので、いざという時のことを考えて……。

「……そういうことでしたら、わたくしとパティで、話を聞くことにしましょうか……。リーナさん、彼女はまだ、しびれて動けないんですわよね？」

「嘘も吐けませんし、体も動きません。話を聞くには最適の状況だと思います」

シュトリナの言葉に頷いてから、ミーアは、視線を転じて言った。

「でしたら、アベルとシオン……それにサフィアスさんは、残り二人から話を聞いていただけるかしら？」

素早く役割を割り振ると、ミーアは厨房を後にした。


ゲルタが運び込まれたのは、シューベルト邸の一室だった。

念のために、と後ろ手に縛られて、椅子に座らせている老境のメイド、ゲルタ。心なしかぐったりして見えるのは、シュトリナのきびしーい尋問で消耗しているからだろうか。

彼女はミーアを見ると、顔に笑みを浮かべて言った。

「これは、これは、帝国の叡智……。敗残《はいざん》の身を嘲笑《わら》いにくるとは、趣味が悪い。あはは」

「……笑っているのは、あなた自身だと思いますけれど……」

ミーア、珍しく適切なツッコミを入れつつ、ゲルタの前に腰かける。それから、パティも隣に座るように促し……。

――さて、どう話をしたものかしら……？　というか、よくよく考えると、パティがなにを聞きたいのかもわかりませんし……。

っと、パティのほうを窺おうとしたところで……。

「しかし、まさか、クラウジウス家のことを、今さら調べられるとは思っていませんでしたよ……。察するに、あの女……皇妃パトリシアの差し金でしょうか……まったく、あの小娘、死んだ後でも我らの邪魔をするとは……」

その言葉に、思わずミーアは瞠目《どうもく》する。

「クラウジウス……それに、パティ……パトリシアお祖母さま……。あなた、お祖母さまをご存知なんですのね？」

言ってから、ふと気付く。

——あら？　ということは、もしかしてパティも、この方のことを……知っている？

素早くパティの顔を見るも、パティは相変わらずの無表情を貫いていた。

「あはは、白々《しらじら》しい。私がクラウジウス家に仕えていたことも、くふっ、すでに調べているのでしょう？　下手な芝居など不要。ふふ、驚いたフリなどしなくても構いません」

ゲルタは吐き捨てるように言ってから、

「すでにわかっていると思いますが、パトリシアを育てたのは、私と母です。ふ、ふふ、け、けれど、蛇としての教育を、きっちりと施してやったというのに、あいつは裏切った。クラウジウス家に養ってもらいながら、なんという恩知らずな……あははは」

「その、クラウジウス家とはいったい、なんなんですの？」

ミーアは、以前から疑問に思っていたことを尋ねてみる。と、ゲルタは眉をひそめて。

「嘆かわしい。帝室の姫たる者がそんなことすら知らぬとは。初代皇帝陛下のお志を忘れてのこの体たらく、まったくもって、ぷっ、くすくす……、なっ、嘆かわしい」

やれやれ、と首を振る。

「このような事態のために、クラウジウス家はあったというのに……あの恩知らずの小娘のせいで……」

「ええと、ですから、このような事態……とは、どういうことですの？」

「説明するようなことでもありませんよ……。ふ、ふふふ、裏切り者のイエロームーンのことは、すでにご存知でしょう？　クラウジウス家もまた、あれと似たようなもの。初代皇帝陛下の立てた素晴らしい計画を実行するための家なのです。くふっ、イエロームーン家は暗殺により、陛下の計画の実現のために尽力する。対して、クラウジウス家は、帝室の腐敗に対する安全装置」

「帝室の腐敗……？」

「あなたのような者のことを言うのですよ。ミーア・ルーナ・ティアムーン。ふふふ、帝国の叡智。ふふふ」

ゲルタはミーアを睨みつけながら言った。睨みつけ……てはいるのだが、口元はニヤニヤと笑っているものだから、余計に不気味だった。

「人は弱い者。破滅の志が薄れてしまうことがある。まして、国の頂点たる皇帝になってしまえば、今の生活に満足してしまうかもしれない……。そうならぬよう、時の皇帝を絶望させ、初代皇帝陛下の御心から離れないようにすることこそが、クラウジウス家の使命だった。ぷっ……」

「パトリシアお祖母さまも、その教えを受けていた……？」

「そう……。パトリシア。あの裏切り者。貧しい妾《めかけ》の娘が……。皇妃にまで仕立て上げてやったのに、蛇を裏切った。あはは。許されざる裏切りです。だから……」

っと、そこで、ゲルタはニヤリ、と口元に笑みを浮かべて、

「だから、報いを受けたんですよ。あの小娘の弟……ハンネス・クラウジウスは、蛇の呪いを受けた。あはははは！」

ハンネスの名が出た時、パティがピクンッと体を震わせた。

「蛇の呪《のろ》い……それはいったいなんですの……？」

ミーアもまた、声を震わせる。こちらは、単純に「呪い」という恐ろしげな単語にビビっちゃっただけだが……。まぁ、それはさておき。

「ハンネス・クラウジウスは、クラウジウス家の当主でした。皇妃パトリシアを思いのまま操るための人質でしたが……けれど……あの男は、姉とは違い、見どころがあった。毎日、欠かさずに『地を這《は》うモノの書』を読みふけり、関連したさまざまな書物をも読み漁《あさ》っていたのです。あれは、まるで、蛇にとり憑《つ》かれたようだった……くふっ」

ゲルタは、そこで、意味深に言葉を切って、

「そして、ある日、ひひ、ハンネスは忽然《こつぜん》と姿を消した。あの皇妃の行動に、怒った蛇によって呪い殺されたのか、はたまた、連れていかれたのか……。まぁ、逃げたにしても、蛇がなければ、生きてはいけぬ身。今頃は死んでいるでしょう。ふふふ、いずれにせよいい気味ですよ。あはは」

実に楽しげに笑うゲルタ。そんなゲルタに、おずおずと、パティが声をかける。

「ゲルタ……あなたは、本当にゲルタなの？」

困惑を顔いっぱいに浮かべるパティ、その顔を見て、ゲルタはかすかに目を細める。

「ああ……小娘……、その目。やはり、お前は似ていますね。あいつに、あの役立たずのパトリシアに……ふふふ、もしやお前はあの女の生まれ変わり？　それならば、呪われるがいい。お前も、帝国の叡智も、なにもかも……」

まるで、酔っ払っているかのような、気味の悪い抑揚《よくよう》で、ゲルタが笑い転げていた。

それを見たミーアは、なんともうすら寒いものが背筋に這《は》い上がってくるのを感じずにはいられなかった。


さて、部屋を出たところで、ミーアはチラリ、とパティのほうを窺った。

パティは、黙ってうつむいていた。

「ええと……パティ？」

さすがに、これは、事情を説明する必要があるだろう、と察するミーアであるが、さて、なにを話したものか……どう誤魔化したものか……。

むぅうっと唸りつつ考えていると……。

「……弟に……ハンネスに会わせて……」

ぽつり、と小さなつぶやきが聞こえて……。次の瞬間、パティがぱっと顔を上げた。

「ハンネスは……ハンネスはどこにいるの？　私、会いたい……。会いたい」

自分のドレスのスカートをギュッと掴んで、パティは言う。ポロポロ、ポロポロ、とその目からは涙がこぼれて……けれど……その顔は、やはり表情を失ったまま。まるで、表情を出すことを固く禁じられているかのように……。

否……ように、ではない。実際に、そうだったのだろう……。きっと、少女から表情を消し、表情すらも自身で使いこなし、相手を誘導するように、などと……蛇は教え込んだのだろう。

「パティ……」

そんな少女に、ミーアは、なにも言えなくて……。

「会いたい……」

かすれたパティの声を聞いていることしかできなかった。

番外編
青と赤のお茶会
～最後の月光会～

THE LAST TEA PARTY OF CLAIR DE LUNE DURING BLUE MOON AND RED MOON.

それは、消えた歴史の一幕。

帝国皇女ミーアベルが生きた世界、ミーアベルが、最後の皇女になってしまった世界、そして、我らがミーアが、幸せな家庭を築いて満足してしまったため、帝国初の女帝とか目指さなくってもいいかなぁ……と、ちょっぴり油断してしまった世界の物語。

ティアムーン帝国の皇位が空いてから、数年の時が経過していた。

次の帝位を巡る貴族たちの争いは、激しさを増し、それはやがて、互いの私兵団同士の衝突という、最悪の形をとりつつあった。

次なる統治者として担ぎ上げられたのは、帝国四大公爵家、通称、星持ち公爵家の者たちであった。皇帝の血縁者である彼らは二家同士が結び合い、傘下の貴族を率いて、覇を唱えようとしていた。

中央貴族の支持を固めたブルームーン家、並びに国外との繋がりを強く持つグリーンムーン家を中核とした、蒼翠《そうすい》派と、軍部に強い影響力を持つレッドムーン家、最弱のイエロームーン家を中核とした勢力、紅黄《くおう》派は、互いに血で血を洗う抗争へと、その身を投じていくことになった。

一方、当初、静観の構えを見せていた先の皇帝の娘、ミーア・ルーナ・ティアムーンは、国が割れる危機を前に、家臣たちの求めに応じ、自らが帝位を継ぐことを決意。されど、それが実行に移される直前、まさに、その決起集会を兼ねた宴の際に、ミーアは毒により、暗殺されてしまった

……と歴史書は記している。

それ以降、ミーアの子どもたちは次々に死を遂げていき、残る血筋は二人。行方不明になっている第三皇女パトリシャンヌとその子、ミーアベルのみになっていた。

かくて、帝国の分裂は決定的となり、内戦が勃発《ぼっぱつ》する。

後の世に、蒼紅《そうこう》戦争と呼ばれるこの戦により、肥沃《ひよく》なる三日月は荒れ果て、国内の治安は急速に悪化の一途をたどることとなった。

さて、そんな危険地帯となった帝国内において、比較的、平穏を保っている地があった。帝都ルナティアである。

都の中心とも呼べる場所、白月宮殿もまた、曇天の下にあってなお、その威容を保っていた。主を失って久しいというのに、その庭も、城内も、一切の手抜きなく手入れが施されていた。それは、まるで、先帝マティアスへの、あるいはその娘、帝国の叡智、ミーア・ルーナ・ティアムーンへの忠誠を表すもののように思えた。

「変わらないな……この城は……」

サフィアス・エトワ・ブルームーンは、権威の象徴たる城を見て、薄く笑みを浮かべる。

「ここがいずれは、自分の居城になると思うと、ついつい笑みがこぼれてしまうよ」

微笑みかけたその先には、彼の亡き妻の弟、義弟ダリオ・シューベルトの姿があった。

シューベルト侯となった義弟を引き連れて、サフィアスは、颯爽と城門をくぐった。

「しかし、白月宮殿か……。来るのは久しぶりだな。以前、来た時はレティーも一緒だったが……」

「姉さんが、ですか……?」

「そう。あれは、俺とレティーの結婚の報告に参上した時だった。ははは、懐かしいな。あの時はマティアス陛下も、ミーア姫殿下もご健在で……俺とレティーの結婚を祝福してくださったものだが……」

人気のない階段を上り、二人がやってきたのは、空中庭園だった。帝都を見下ろす、美しき庭園の中、しつらえられたテーブル席には先客がいた。

「やぁ、しばらくだね。青月の貴公子」

手を上げ、気安げな口調で声をかけてきたのは、赤い髪の女性だった。

若い時から変わらぬ、覇気に溢れた顔。けれど、よく見れば、その目尻にはわずかに皺《しわ》が刻まれ、燃えるようだった赤い髪の中にも、燃え尽きた灰色が目立っていた。

それも当然のことだろう。本当であれば自分たちは、子はもちろん、孫がいてもおかしくはない年だ。大貴族の当主でありながら、自身と同じく独身を貫く彼女に、かすかに親近感を覚えてしまい、サフィアスは思わず苦笑いを浮かべた。

「しばらく……、ね。そうだな。麗しのセントノエルを卒業して以来かな？　いや、戦場で顔を合わせたことでもあっただろうか？」

それからサフィアスは、ルヴィの隣に控える女性に目をやった。

「しかし、珍しいな。イエロームーン家の人間が、この月光会に参加するのは、初めてのことじゃないかな？」

「そうだったでしょうか？」

話を振った先、くすくすと可憐な笑みを浮かべるのは、イエロームーン家の息女、シュトリナ・

エトワ・イエロームーンであった。未だ、少女のような雰囲気をまとった彼女であったが、やはり、年月の流れには勝てないらしい。

ルヴィと同じく、その顔には、それなりの時を生きてきた老いが見て取れた。

「それは失礼しました。若気の至りといいますか。人見知りな小娘でしたから」

「それより、今日は緑月の姫君は、お休みかい？　せっかく久しぶりの月光会だというのに……。そもそも、このお茶会は彼女が始めたことではなかったかな？」

ルヴィの視線を受け、サフィアスは肩をすくめてみせた。

「エメラルダ嬢は、ミーア姫殿下亡き後、すっかりふさぎ込んでいてね。彼女の弟君を連れてこようと思ったのだが……。軍人かぶれのご令嬢の茶席は、ごめんこうむるとさ」

それから、彼は後ろを振り返る。

「今日は代わりに義弟に来てもらっているが、かまわないかな？」

言葉を受けて、ダリオはそっと背筋を伸ばす。

「義弟……シューベルト候か。四大公爵家以外の者がこの場にいるのは、ルール違反……などと口やかましく言うのだろうね。緑月の姫君ならば」

「ならば、問題はないな。彼女はここにいないのだから」

そうして、二人は唐突に……あるいは、ごく自然に黙り込んだ。

サフィアスの脳裏には、あの、やかましい緑色の髪の少女の姿が浮かんでいた。

ふと……思う。

あの、やかましい女がいれば、この気詰まりな状況は、少しは変わっただろうか？　と。

いつでも口うるさく、四大公爵家のなんたるか、だの、帝国を支える役割だの、中央貴族の風格だのと言っていた彼女。それは、セントノエルを卒業した頃から徐々に鳴りを潜め、皇女ミーアが亡くなってからは、完全になくなってしまった。

――エメラルダ嬢がやかましかった頃か。はは、懐かしいものだ……。

サフィアスは、改めて、かつてのセントノエルでの日々を思い出す。

あの頃……ティアムーン帝国の頂点、皇帝の座が、今よりもずっとずっと遠かったあの、若き日の記憶。

未だ家督を継ぐことなく、何者でもなかったあの頃は、この未来はもっと輝いているように思えたものだったが……。

「やれやれ……。しかし、グリーンムーン家から人がこないのであれば、あまり意味がないな、今回の会は。なにしろ、これは、星持ち公爵家の親睦《しんぼく》を深めるための会だからね」

その声に、スッと頭が冷える。

そうだ……すべては言っても詮無きこと。

今日の自分は、旧交を温めに来たのでは、ないのだから。

「それを言うなら、帝室の方をお呼びできない時点で、月光会に意味などあるまいよ」

席に座り、堂々と足を組みつつ、サフィアスは口の端を上げる。

「本来、この会は、皇女殿下と我ら星持ち公爵家の者たちの親睦を深める会だったのだからな。しかし……なかなかに皮肉なものじゃないか。その月光会を有名無実化させた者から、月光会の誘いを受けようとはね」

声を低くし、切り込む。っと、

「有名無実化？　さて……なんの話だろうか？」

ぱちぱち、と目を瞬かせて、ルヴィが言った。自らのティーカップを持ち上げ、美味そうに一口すするルヴィに、サフィアスは糾弾《きゅうだん》の言葉を突きつける。

「とぼけるなよ……先帝マティアス陛下のお血筋を絶やすような真似をしたのは、お前たちのどちらかなのだろう？」

皇女ミーアの毒殺を皮切りに、彼女の子や、孫は次々と死んでいった。そこに、何者かの作為があったのは、明白なことのように思えた。

ジロリ、とサフィアスはルヴィに、そして、シュトリナに、順番に視線を向ける。が……。

「もしも、私にその罪を擦《なす》りつけたいならば、お門違いというものだ。そもそも、ミーア姫殿下のお血筋が絶えれば、次の帝位を継ぐのは君だろう？　サフィアス・エトワ・ブルームーン。君が、帝位に就こうとしてやったことじゃないのかい？　謀略はブルームーン派の得意とするところだろう？」

「なんだと……？」

思わず立ち上がろうとしたサフィアスの肩をそっと押さえたのは、彼の義弟、ダリオだった。サフィアスの右腕として、中央貴族をまとめ上げてきた彼は、淡々とした口調で言った。

「サフィアスさま、冷静に」

「いい判断だね。シューベルト侯。私であれば、君たち二人を相手取ったとしても、負けはしないだろうからね」

ルヴィは腰につけたままの剣に手を置きながら優雅に笑う。それを受け、ダリオもまた、挑発するように笑い返し。

「お言葉ですが、我が盟主サフィアスさまであれば、決してあなたに引けはとらないでしょう。私が止めたのは、ただ単に、今日は話し合いのために来たからです。もっとも、これ以上、サフィアスさまに無礼を働くのであれば、私も容赦しないが……」

彼もまた、腰の剣に軽く触れながら言った。

「ははっ！　言うじゃないか。シューベルト侯。青月の盟主殿よりよほど肝が据わっていそうだよ。もっとも、先に我がレッドムーン家に疑いをかけて侮辱《ぶじょく》したのは、そちらだと思うけれどね」

ルヴィはそれから、サフィアスに目を向けて、

「そもそも、毒なんてものは、我がレッドムーン家に相応しくない。やるなら、正々堂々と、正面から武力で叩き潰すとも。そうだろう？」

「……どうだかね？」

サフィアスは、苛立《いらだ》たしげに足を組み、舌打ちする。

「ともかく、こちらとしては、あまり親睦を深めようという気にはならないんだよ。ルヴィ・エトワ・レッドムーン。俺はまたてっきり、君が降参しようとしているのとばかり思っていたんだが……」

「降参？　なぜかね？」

意外そうなルヴィに、サファイアスは眉をひそめる。

「知れたこと……と言いたいところだが、もしも、情報が耳に入っていないなら……」

「ヴェールガの聖女ラフィーナさまと結んだから……。とか、そういうことかな？」

「むっ……」

言い淀むサファイアスをからかうように、ルヴィは軽やかな口調で言う。

「ああ、なに、別に驚くことではないだろう？　そちらが紅黄派の動きを知っているように、こちらだとて、蒼翠派の動きぐらい調べるさ。むしろ、軍事の基本というものだよ」

ルヴィは自らのティーカップを取り上げて優雅に一口。それから、穏やかな笑みを浮かべる。

「そうか。まぁ、知っているなら話は早いな。まさか、かの司教帝の軍を敵に回そうだなんて思わないだろ？　世界を敵に回すようなものだしな」

傲然《ごうぜん》と言い放つサファイアスであったが、それをルヴィは鼻で笑い飛ばす。

「いやはや、自分の力でもないのに、よくそんなに偉そうにできるものだよ。そう思わないかい？」

話を振られたシュトリナは、

「他人の威を借り事を成すは、力弱き者の常道ですから、驚くには値しないと思いますけど」

煽るように、くすくすと笑い声を上げた。

「なるほど。言われてみれば、その通りか」

ルヴィは鷹揚《おうよう》に頷いてから、サファイアスに視線を戻した。

「正直なところ、降参するつもりはないよ。むしろ、楽しみだ。なにしろ、君たち蒼翠軍は、まったく、歯応えがなかったからね」

「愚かな……」

顔をかすかに引きつらせつつ、サフィアスが呻く。

「司教帝猊下《げいか》と一戦交える、と？　紅黄軍がいかに、帝国軍の半数以上を取り込んでいるとはいえ、いささか、傲慢に過ぎるというものではないかな？」

「なにも、帝国軍だけで戦おうとは思っていないさ。敵の敵は味方というじゃないか？」

余裕の態度のルヴィに、サフィアスは目を細める。

「サンクランドの反司教帝派と結ぼうというわけかい？　それともレムノ王国あたりか？」

「ははは、そうとも。あるいは、騎馬王国の生き残りも悪くないな。何人か客将として迎え入れれば、力になってくれるだろう。が、要するに、情勢は極めて混沌としている、ということだよ。各勢力を合算すれば、はたして、どの勢力が一番多いものやら……。これは、実に楽しい状況だ」

ギリッと歯を鳴らしてから、サフィアスは首を振った。

「あくまでも、戦がお望みということならば仕方がないな。レッドムーンの猪《いのしし》に、まともな判断を期待するのが愚かということか。無駄な時間を過ごした」

そのまま、席を立とうとするサフィアスに、ルヴィは眉を上げた。

「おいおい、一口ぐらい飲んだらどうだい？　今日は、良い茶葉が手に入ったんだ」

そう言って、彼女はカップを手で示した。

「まぁ、ゆっくり、お茶を楽しもうじゃないか。この場を離れれば、また敵同士。ならば今だけは、お茶の香りを楽しみながら、旧交を温め合いたいものだけど……」

「これが、良い茶葉、ねぇ……」

サフィアスは、皮肉げに頬を引きつらせて笑う。

「飲まなくても香りでわかるよ。紅茶の産地ぐらいならね。確かに悪くはないが……この俺が、ブルームーン公が口にするには、いささか力不足だろうよ」

それから、今度こそ、サフィアスはその場を後にする。廊下を歩く彼は、ふと立ち止まり、振り返った。

空中庭園、紅茶を飲むルヴィの姿を見て……ふいに……。

「俺たちは……どこかで間違えたのだろうか……」

彼女とは、別に仲が良かったわけではない。けれど、同じ学び舎に通い、ダンスパーティーではパートナーを務めたこともある。お茶会で顔を合わせたことだって、何度もあったが……。

「レティーの命日までには、すべてを終わらせる。レッドムーンとイエロームーンを根絶やしにして、この俺が帝位を継ぎ……、レティーの墓前に報告に行くことにしよう」

未練を断ち切るように、固い声でサフィアスが言った。

「サフィアスさま、ご無理は……」

「無理なものか。中央貴族も、司教帝猊下も味方についているんだ。負けるはずがない……。無意味な戦乱などすぐにおさめて見せるさ。ティアムーン帝国の、次期皇帝としてな」

さて、部屋を出ていったサフィアスを見て、ルヴィが首を振った。

「やれやれ、彼はいつからソムリエになったのやら……。効き茶じゃないのに、一口も飲まないとは礼儀がなってないね。中央貴族の風上にもおけないな。まったく」

そう言うと、ルヴィはサフィアスの紅茶のカップを手に取った。

「昔は相手が誰であろうと、貴族であれば、礼儀として一口は飲んでいたものだが……。互いに年を取ったということかな？　あるいは……大切な者を失ったことが、彼を変えてしまったか……か」

ルヴィは紅茶の中身を、近くの植木の中に捨てた。

「それ、あまり、植物には良くないから、枯れてしまいますよ」

「そうなのかい？　毒ではないと聞いていたが……」

「ええ。飲んでも死なないので、毒ではありません。心を奪うお薬ですから」

可憐な笑みを浮かべて、シュトリナが言う。

「それにしても、改良型の自信作だったのに、試せなくって残念です」

「正面切っての合戦で散るのがご所望ならば、その希望に応えるのもやぶさかではないが……。やはり、司教帝の聖瓶軍《アクエリアンフォース》は、少し厄介だな」

今日のお茶会の目的は、もちろん、サフィアスを捕らえることにあった。その右腕であるダリオ・シューベルト侯爵まで手中にできれば言うことはなし。最低限、殺しておきたいところではあったのだが……。

「仕方ない。サンクランドのシオン王に正式に援軍を要請しよう」

「サンクランドは、援軍を出してくれるでしょうか？」

小さく首を傾げるシュトリナに、ルヴィは淡々と告げる。

「司教帝の軍を挟撃できる好機と見てくれれば可能性はあるが、どうかな。下手をすればこちらが、蒼翠派と司教帝との二正面作戦を強いられることになる。これは、なかなか悲観すべき状況じゃないか」

そのわりに、ルヴィの顔には笑みが浮かんでいた。笑み……そう、確かに笑ってはいる。けれど、その笑みは、どこか投げやりで、危うい感じのするものだった。

「楽しそうですね……」

「なぁに、別に負けたところでどうということもないじゃないか。なにも成さず、戦わずに人生を終えるよりは、いっそ派手に散ってしまったほうがいいのさ」

ルヴィ・エトワ・レッドムーン——紅黄派のトップである彼女は、派閥の長に相応しくない投げやりな口調で言って首を振る。

彼女もまた、大切な者を失い、変わってしまった人だった。

彼女の愛しい人は、皇女ミーアの第一皇子を守る際の戦いで命を落としている。勇猛果敢《ゆうもうかかん》な戦いぶりであったと聞かされたが、彼女にとってはなんの意味もなかった。

レッドムーン家の私兵団にスカウトしていれば……勇気をもって父に、そう進言していれば……。

後悔はあったが、もはや、それはどうしようもないこと。誰かを恨むことさえできずに、ルヴィはただ、彩りのない日々を無為に生き、そして、気付けばレッドムーン家の家督を継いでいた。

「まぁ、運よく散らなければ、予定通り、皇帝の座は君に譲るよ、黄月の姫君」

「ふふふ、期待してますね。ルヴィさん」

まるで、野に咲く花のように、シュトリナは笑うのだった。


それは、帝国の記録に残っている、最後の四大公爵家の邂逅《かいこう》だった。

以降、彼らが紅茶を酌み交わすことは二度となかった。

大切なものを失った二人は、決して止まることがなかった。

そして、同じく大切な者を失ったエメラルダもまた、その内戦に介入することはなかった。

その命が尽きるまで、双方は戦い続け、消耗したところを司教帝の聖瓶軍《アクエリアンフォース》が根こそぎ刈り取っていく。

そこは、多くの人生が、取り返しのつけようもなく破壊された地獄の世界。

ベルの瞬きの内に燃え尽きた、可能性の一つであった。


かくて、世界は流転して……。


帝都ルナティアにあるブルームーン家の別邸に、その日、珍しい人物が訪ねてきた。

「やあ、しばらくじゃないか。ルヴィ嬢。セントノエルを卒業して以来だから、半年ぶりぐらいかな？」

突然の来客であったが、特に非礼を責めるでもなく……、サフィアスは上機嫌に来客、ルヴィ・エトワ・レッドムーンを出迎えた。

「ちょうどいいところに来たね。新しい茶葉が手に入ったのだが、いまいち、お湯の温度の加減がわからなくってね。レティーツィアに出す前に、誰かで試したいと思っていたんだ。味見に付き合ってくれたまえよ」

そうして、執事に指示をしつつ、中庭へと向かう。

晴れた空の下、木々に囲まれつつお茶をするのは、最高の贅沢《ぜいたく》だ。

テーブル席に優雅に腰を落ち着けたサフィアスは、ふと、ルヴィの顔を見て首を傾げた。

「うん？　どうかしたのかね？　なんだか、今日はやけに無口じゃないか？」

「ああ……うん。まぁ……その」

などと、なにやら、モジモジしていたルヴィだったが……。

「実は……その、君に相談があってきたんだ……」

「なに？　相談？　君が、この俺にかい？」

驚愕の表情を浮かべるサフィアス。だったが、すぐに、生真面目な顔で頷いて。

「そうか。それなら、なおのこと紅茶が必要だろうな……落ち着いて話を聞くのに、紅茶は必須だからね」

わざわざ、あのルヴィが訪ねてきて、しかも、自分に相談があるという……。これは、よほどのことだぞ、といささか緊張しつつ、サフィアスはティーポットを手に取った。

そのままルヴィのカップに注ぎ、自らのカップにも優雅に注ぎ入れて。

「それで？　なにかね……。君が、この俺に相談とは……」

「……青月の貴公子……サフィアス殿。その……君は、婚約者のレティーツィア嬢に、愛を囁いたりは、その……するのかね？」

サフィアスは、口に運びかけていたカップを止め、静かにルヴィを見つめる。

なにやら、場違いな質問が聞こえた気がしたが……。

――これは……相当、言いづらい相談のようだぞ。あのルヴィ嬢が、うっかり妙なことを口走るほど、重大で危険な案件……と、そう考えるべきか。

警戒心を一段上げるサフィアスに、ルヴィはさらに言葉を重ねる。

「いや、違うな……。ええと、レティーツィア嬢に、初めて告白した時は、どうだったのか、と興味があってね……」

サフィアスは、そのままカップの中の紅茶を一口。香りを楽しみながら優雅に味わい……。

「まぁ、そうだな。それはそうか……うん。確かに、俺はまぁ信用に欠けるなぁ、とは思っているんだが……」

ルヴィが言い淀んでいるのは、相談の内容が重要なこともさることながら、おそらく、自身への信用が低いからだろう、とサフィアスは判断する。

確かに、今までの己の行動を鑑《かんが》みれば、そうそう信用なんか得られるはずはない、とは思うのだが……。

このままでは駄目だ、とサフィアスは大真面目な顔で続ける。

「しかしこんな俺でも、一応はミーア姫殿下のために頑張ろうとは思っているのだ。どうだろう、ここは素直に相談してもらえないだろうか？　君がやってきた、ということは、なにか大切な要件があったんだろう？　その要件を、話してはもらえないだろうか？」

言わなくてもわかっているよ、という顔をするサフィアス。だったが、ルヴィは心底から困り切った顔で……。

「いや……すでに話している通りなのだけどね？」

「………うん？」

意味がわからない、と首を傾げるサフィアス。そんな彼にルヴィは、さながら先陣切って敵軍を中央突破する直前のような形相で言った。

「じっ、実は、その……好意を寄せている殿方が……その、いるのだが……ね？　あの……どっ、どうやって、告白すればいいか、助言をもらえるだろうか……？」

その、ルヴィの決死の言葉に、サフィアスは、ぽっかーん、と口を開けたが……。

すぐに、紅茶をもう一口……、さらに、もう一口。その後……。

「ふむ。そうか。詳しく、話を聞かせてもらおうか……」

笑うことも、茶化すこともなく、ごくごく冷静に必要なことだけを言う。

サフィアスはこう見えて、紳士なのである。

そんなサフィアスに、少しだけホッとした顔で、ルヴィは話しだした。

自分が、どこの誰に心を奪われたのか……その始まりから、最近の出来事に至るまでを、いささか過剰な熱量で、サフィアスに伝えていく。

その、長い……ながぁい！　話にも、サフィアスは口を差し挟まなかった。

色恋沙汰《ざた》も、愛も、サフィアスにとっては極めて重要なもの。であれば、なぜ、他人のものを笑うことができようか。

むしろ、自分を相談相手に選んでくれたことを、光栄に思うべきではないか？

そうなのだ……、サフィアスは、愛するレティーツィアと自分が、恋愛の見本のように思われたことが、嬉しかったのだ！

やがて、ルヴィの話を聞き終えたサフィアスは、

「そうか、いや……、感心した。そうなのか……」

感慨深げに言った。

「君はてっきり、そういう恋愛なんかに興味がないものだと思っていたが、そうかそうか」

「なんだか、馬鹿にされているような気がするのだが……」

むぅっと頬を膨らますルヴィに、サフィアスはいささか慌てた口調で答える。

「いやいや、そんなにひねくれたことを言わないでくれたまえ。俺は本当に感心しているんだから」

「ふん、それならば、ちゃんと答えてもらいたいな。青月の……。君は、婚約者殿にどうやって、気持ちを伝えたんだい？」

改めて問われ、サフィアスは、ちょっぴり困った顔をした。

「いやぁ、俺とレティーツィアは、幼い頃から婚約者だったから、あまり、決断して告白した、という感じじゃなかったからな……」

言われ、ルヴィはきょとんとした顔をしたが……。

「ああ……まぁ、それもそうか」

いささか、拍子抜けしたような、落胆した様子で頷いた。それから、紅茶を一口飲み……。

「ペルージャン産の茶葉か。ふふふ、さすがに、香りがいいね」

「そうだろう。こいつは、まったく、敬意を払うに値する味だよ。もっとも、ミーアさまのもと、生徒会役員として働く前までは、そんなこと思いもしなかったがね……」

サフィアスは、セントノエルでの日々を懐かしむようにつぶやいてから……。

「だから、そうだな……。俺から送れる助言としては、機会を逃さずに告白しろ、という月並みなものと……」

まるで乾杯するように紅茶のカップを持ち上げて、

「たとえ失敗したとしても、ミーア姫殿下がなんとかしてくれるから、気楽に告白するといい、ということぐらいかな」

「なんだい、それは……」

思わず、と言った様子で微笑むルヴィに、サフィアスは肩をすくめた。

「言葉のとおりさ。今回のことだって、ミーア姫殿下が機会を作ってくれたのだろう？」

ルヴィが頷くのを見ながら、サフィアスは微笑んだ。

「それなら、失敗した時の責任だって、ミーア姫殿下にとってもらえばいいのさ。上手くいこうが、いくまいが、悪いようにはならないよ。きっとね」

「信頼しているのだな、ミーア姫殿下のことを」

ルヴィの言葉に、サフィアスは生真面目な表情で頷く。

「もちろんだとも。俺はあの方によって救われたからね。いや、俺個人の話だけじゃない。あの方は、これからの帝国に必要な方だ。今も、ブルームーン派の中から、女帝容認に動きそうな者たちを探しているところだが、俺は、最大限、あの方に忠義を尽くすつもりだよ」

それから、サフィアスは、現状のブルームーン派の状況を、ルヴィに共有しておくことにする。

「なるほど。状況が整うまでは、青月の貴公子殿が次期皇帝候補と振る舞っておいたほうがいい……ということか」

「そうだな。誕生祭や小麦の不作への備え、近隣国との外交も含め、ミーア姫殿下への支持を示す家は少なくない。けれど、あれで、父上はなかなかに野心家だからな。なかなかに読めないところがあるのさ。まったく、苦労が多い」

サフィアスは、やれやれ、と肩をすくめてから、

「まぁ、損得の計算ができない方ではないから、無理をしてブルームーン家を危険に晒《さら》すということはないと思うが……」

「名門貴族というのは、しばしば、想定外の動きをするものだからね。それをまとめ上げる立場であるブルームーン公の動きも、まぁ、読みづらいというのはわかるよ。我がレッドムーン家がミー

ア姫殿下の支持に回るということが、プラスに働いてくれるといいのだが……」

「そうだな……。イエロームーン家もミーアさまを支持という形になれば、残すはグリーンムーン家と我がブルームーン家。普通に考えれば、敵対しても良いことはなさそうだが、逆にグリーンムーンと結んで、ミーアさまの勢力の切り崩しに動く……なんて藪蛇《やぶへび》なことにならなければいいんだけどね」

そう言って、サフィアスは顔をしかめた。けれど、すぐに上機嫌に笑みを浮かべる。

「しかし、こんなにもあっさりとレッドムーン公を取り込んでしまうとはね。ミーア姫殿下の手腕は、相変わらず大したものだな」

「ああ。実は私も驚いていたんだ。それに、ミーア姫殿下の乗馬の腕前が、まさか、あそこまでとは思っていなかったよ。それに、騎馬王国の乗り手……。彼女もなかなかの凄腕だった。あれほどの者を召し抱えているとは、なかなか、どうして、ミーア姫殿下はやはり侮れないな」

「ほう。それほどの者が……。それは興味があるな」

「おや、てっきり軍事など無粋なこと、と考えていると思っていたが……」

意外そうな顔をするルヴィに、サフィアスはため息を吐いた。

「そう言っていられる学生の時代は、すでに終わってしまったのでね。我がブルームーン家の領内も賊が出ないと言えるほど、まとまってはいない。賊を討ち、治安を維持する剣は必要だろうよ」

「ふふふ。そういうことならば相談に乗ろうじゃないか」

「すまないな。世話になる」

殊勝なことを口にするサフィアスに、ルヴィは力強い頷きを見せて、

「なに、共に帝国を、ミーア姫殿下を支える立場だ。気にする必要はないさ。むしろ、しっかりと身の回りを守るべきだろう。もっとも、例の蛇だったか……。まぁ、あれは、あまり私兵団でどうにかなるものでもなさそうだが……」

「ははは。我がブルームーン家に限って、家に入り込まれるだとか、そんな心配はないよ」

そう笑い飛ばそうとしたサフィアスだったが……すぐにその顔が真剣みを帯びたものに変わる。

彼らが相手にする者が、決して侮ってはならないものである、と思い直したからだ。

「いや、そうだな……。警戒するとしよう。なにしろ、あのミーア姫殿下が警戒するような敵だからな。忠告に感謝する」

「そのほうがいい。特に、貴殿のような、大切な人を持っている者はな」

「そうだな。まぁ、いずれにせよ、ミーア姫殿下のお味方をしようというのなら、どこから命を狙われるかわかったものではないからね。優秀な家臣を近くに置いておくに越したことはないだろう……。ところで、紅茶は、どうだったかな？」

「少し温《ぬる》い気がするな。もう少し湯の温度を上げたほうが、香りが立つんじゃないかな？」

そうして、二人は、新しい茶葉を楽しむのであった。

帝国の叡智ミーアと星持ち公爵家によるお茶会、通称『月光会《クレール・ド・リュンヌ》』。

それは、しばしば、帝国の未来を左右する重要な場として、あるいは、美味しいお茶とお菓子を楽しむ場として。ミーアが女帝となった後も、長く続けられていくことになるのであった。

ミーアの料理研究日記

CULINARY RESEARCHER MIA'S DIARY

TEARMOON EMPIRE STORY

レティーツィアさんと料理会を開くことになってしまったので、当日まで料理の研究をしようと思いますわ。レティーツィアさんは、料理の腕前がそこまでではないようですし、熟練者たるわたくしが頑張って、リードしなければなりませんわ。

普段、なにげなく食べている料理ですけど、これからは、逐一《ちくいち》、作り方を聞き、知識を深めるつもりですわ。頑張りますわよ！

八つ月　三日

黄月トマトのシチューを食す。いつもどおりの美味。いつもこの味が出せることが、シェフの腕の冴《さ》えといえるだろう。味、量ともに文句なし。

作り方は、じっくりひたすら野菜を煮込む。灰汁《あく》をとりつつ、途中で調味料を入れて味を調《ととの》える。調味料の量は、その日の気温や、入れる野菜の状況などによって微妙に変えているらしい。熟練のシェフならできるらしいが、自分にできるか心配。一応、熟練者と言ってもおかしくないだけの経験はあると思うが。

ともあれ、いつも通りのシェフの技の冴えと、じっくり煮込む根気に感心させられる。

味☆五つ　難易度☆五つ

八つ月　四日

今日のお料理は、紅魚のマリネだった。

スモークした紅魚をマリネ液につけ、その上に薄切りにした玉月ネギと細かく切った香草をかける。酸味とネギの絶妙な香り、スモークした紅魚の香りが混じり合い、素晴らしいお味だった。はしに添えられたキノコの類がまた、実に心憎い演出。

作る際、やはり一番の難関は、玉月ネギを薄く切ることか。他は、基本的にマリネ液につけるだけなので、意外といけそうな気もする。キノコ選びのセンスには自信があるので、添え物も良い感じにできそうだし。

味☆四つ　難易度☆三つ（わたくしでもいけそう）

八つ月　五日

絶品ステーキだった。お肉とお肉の間に香り高いキノコや濃厚なソースを挟んで焼いた、一見するとケーキのような一品。

柔らかなお肉に、ソースのお味がきちんとしみ込んでおり、そこにキノコのコリリッという絶妙な歯ごたえが加わる。とても完成度の高いお料理だった。

お肉は焼き過ぎず、けれど、しっかりと中まで火が通っている見事さ。

聞けば、このお料理は火加減が一番のポイントらしく、火を見極めるのが重要だとか。また、手早くお肉に細工しなければならないらしく、さすがに難易度は高そうだった。

いや、でも、リオラさんは、お肉の焼き加減に詳しい方。助っ人に来てもらえれば、いけるか？

味☆五つ　難易度☆六つ（高き壁に挑戦してみるのもありか？）

八つ月　六日

今日はお料理ではなく、デザートのほうの作り方を記す。

料理長お手製の野菜ケーキ。いつもは美味しさだけにしか目がいかなかったが、まさか、あのケーキにあんなにもたくさんのお野菜が入っているとは思わなかった。

しかも、野菜ごとに切り方があり、頭が混乱しそうになる。

分量を間違えると、甘味が全く足りないケーキもどきになってしまうので、注意が必要とのこと。

さすがに、これは……。いえ、でも、アンヌはカッティーラを焼いたこともあるので、力を合わせれば作れないこともないだろうか？　わたくしも、それなりに料理の腕には自信があるし、今度挑戦してみるか。

味☆五つ　難易度☆五つ

ふぅむ、しかし迷いますわね。今度の料理会でなにを作ったものか。

とりあえず、キノコさえ入っていれば、それなりのお料理になるはず。とすると、むしろ、どんなキノコを選ぶのか、それこそが、重要なのではないかしら。

いずれにせよ、せっかくのお料理会ですし、みんなで美味しいものが食べられればよろしいのですけど。

あとがき

おひさしぶりです。餅月望です。みなさん、お変わりはございませんか？

…………唐突ですが、最近、料理を始めました。

それでわかったことなのですが……やってみるまでは、料理下手の『黒コゲ料理』というものは、しょせんフィクションの中のこと。誇張に過ぎないのだ、と思っていたのですが……。

実際に自分でやってみて思いました。なるほど、慣れていないと火が通っていないのが不安で、だからこそ、火を通し過ぎてしまうことが、実際にあり得るのだ……と。

カリカリの生姜焼きを食べながら思ったわけです。

特に冷蔵技術が発達していないファンタジー世界の旅人や冒険者なんかは、町の外でおなかを壊すわけにはいかないので、むしろ、しっかり火を通すことが基本として教えられていても不思議はないな、と発見してしまいまして。

なので、黒コゲ料理のリアリティはそこまで低くないんじゃないか、と思う今日この頃です。

……まぁ、だからといって、ミーアのようにこっそりヤバめのキノコを入れようとするのは、擁護できないわけですが……。
・ミーア「あら、わかっておりませんわね。料理とは、チャレンジ。未知なる味を開拓するチャレンジ精神を失っては、停滞が待つばかりですわ」

ベル「なるほど。ミーアおば……お姉さまの言うことには一理あると思います。人は冒険心や探検心を失ってはいけないと思います」

レティーツィア「素晴らしいお考えだと思います。私も見習わなければなりませんね」

サフィアス&キースウッド「「…………」」

ここからは謝辞です。

Ｇｉｌｓｅさん、今回も素晴らしいイラストをありがとうございます。待望のルヴィ、サフィアスのカラーに感動しております。

担当のＦさん、アニメ関係はじめ、もろもろお世話になっております。

家族、親族のみなさま。いつも応援ありがとうございます。

最後に、この本を手に取ってくださった読者のみなさまへ。気付けば十四巻。長らくお付き合いいただき感謝いたします。もうしばらくの間、ミーアの冒険にお付き合いいただければ幸いです。

それでは、また、次の巻にて、お会いできれば幸いです。

巻末おまけ

コミカライズ 第二十八話

漫画——杜乃ミズ 原作——餅月 望 キャラクター原案——Gilse

Comics trial reading

Tearmoon

Empire Story

第28話
夜の静海《セイレント》の森にてルールー族との対話後
朝方
領都に戻ったミーアは……
着きましたよ
ハッ
ずいぶんお疲れでしょう
すぐにメイドを呼んでお休みの準備を……
いえ
すぐに帝都へ出発しますわ
キリーッ
えっ？
さっさと帝都に帰ることにした

今すぐにですか？
お休みになられてからでも遅くはないんじゃないですかね
…いえ
睡眠など馬車の中でとればよいのですわ
わたくしの居場所はここではありませんもの
……
ミーアさまー っ!!

……なるほど
状況を整え
必要な手を
打った以上
戦う場所は
別にあると
そういうこと
なんだろうな
単純に
ディオンのそばから
とっとと逃げ出したい
だけである
めっちゃ見てますわ!!!
……
じー……
こんな危険地帯
命がいくつあっても
足りませんわっ!!
かつて助けた
子どもの祖父が
もめている部族の
族長だった
などという偶然が
あるはずがない
おそらく
森に来る前には
すでに情報を
握っていたの
だろう
ふっ……
すべて
計算の内……
ということか
偶然とは
恐ろしい

ぱち
なーんか
その割には
ビクビク
してるけど
あれも
演技なんだろう
ねぇ
そそくさ…
っ…
帝国の
叡智か……
将軍に
なって
もらいたい
出世とか
ほんと
やめてほしいん
だけど……

でもまぁ
あの
お姫さんのためなら
ちょっと
がんばってみても
いいかもねぇ
自分の仇敵
帝国最強の剣士を
知らない間に
味方につけて
いたとは
夢にも
思わない
ミーアであった
ホッとしたら
眠気が…
ふぁぁ

翌日
帝都
ルナティア
白月宮殿
ミーアは
父・皇帝より
呼び出しを
受けた
す
ベルマン
子爵……
例の森の一件
ですかしら

陛下
ご機嫌麗しゅう
ちょこーん
お呼び出しに応じ参上いたしましたわ
おお愛しき我が娘ミーアよ!
でれ

陛下などと申すでない寂しくなるではないかっ！
気軽に砕けた感じでパパなどと……
ヴヴッ
お父さま
お話というのは？
ま
しょんもり…
まぁお父さまでも構わんか……
ミーア今日呼んだのは他でもない
過日ベルマン子爵領へ行った件で話を聞きたいと思ったのだ
……やっぱりその件ですのね
そわ…
……

聞けば子爵領の紛争地帯に行ったとか
聞いた時は驚愕のあまり気を失いそうになったぞ
あら
危険など何もございませんでしたわ
下手なことを言えば
森ごと焼きつくしてやる!
とか言い出しかねませんし
そうは言うがな
周辺の警備にあたっていた兵をすべて引き連れて戻ってきたというではないか
これはよほどのことがあったと思うのが当然のことではないか?
あらあら余計なことをチクリやがったのはどなたかしら?
ニコ…
ビク

お恥ずかしい話ですわ
ふる…
木に足をとられてすっかり動転してしまいましたの……
ただそれだけの話ですわ
何っ!?
ギャ
ミーアを転ばせるとはけしからん木だ!!
すぐに森ごと焼き尽くして……
ギリ
いえお父さまそれには及びませんわ
わたくしあの森のことをとても気に入ってしまいましたの
だからお願いなのですけど……

ぜひ あの森を わたくしの 皇女直轄領に 加えていただきたい ですわ
そうすれば むやみに手出しされることも なくなりますし！
はっ
！
……!?

何？
そんなに
よいところ
なのか？
ええ
美しい森で
静養には
よいところと
思いましたわ
なるほど
そういうことで
あれば……
…………
なんと……
いうことだ……！
ギリッ…
確かに
皇女直轄領に
してしまえば
静海の森は救われる
ルールー族との
対立は
解消される
だろう
だが
ベルマン子爵からは
確実に恨みを買う

ミーアさまのやろうとしている改革のためには多くの人々の協力が必要となる
できるかぎり恨みは買わないほうがいいに決まっている
ミーアさまならば上手く治めてしまうのではないかと思っていたが……
俺は彼女のことを買いかぶっていたのか……!?
ルードヴィッヒはもはやその程度では満足がいかない体になっており
もしかしてミーアさまは叡智でも聖女でもなく
本当は残念な皇女殿下なのでは……？
そして彼は今真実に到達しようとしていた！
続きはコロナEXにてお楽しみ下さい！

一緒に弟《ハンネス》を
この場所は一体……？

捜しましょう!
失踪の謎を追い――
〝呪われたクラウジウス家〟へ!
夏休み最後の旅が始まる!
ティアムーン帝国物語XV
断頭台から始まる、姫の転生逆転ストーリー
2023年12月20日発売!
Tearmoon Empire Story
餅月 望――著
Gilse――イラスト
ドラマCD
第3弾
同時発売!

シリーズ累計
170万部
突破!
(紙+電子)
小説
第15巻
2023年
12月20日
発売!
TOKYO MX・MBS・BS11にて
放送開始!
※都合により放送日時は変更となる可能性がございます。
帝国物語
餅月 望――著
Gilse――イラスト
式HPへ!
原作HP
TVアニメHP

ティアムーン帝国物語
コミックス
第7巻
2023年
10月14日
発売!
漫画：杜乃ミズ
2023年10月7日から
TVアニメ
ティアムーン
断頭台から始まる、
姫の転生逆転ストーリー
詳しくは公

（第14巻）
ティアムーン帝国物語XIV
～断頭台から始まる、姫の転生逆転ストーリー～

2023年10月1日　第1刷発行

著　者　餅月 望

発行者　本田武市

発行所　TOブックス
〒150-0002
東京都渋谷区渋谷三丁目1番1号　PMO渋谷Ⅱ　11階
TEL 0120-933-772（営業フリーダイヤル）
FAX 050-3156-0508

印刷・製本　中央精版印刷株式会社

ISBN978-4-86699-938-8